JN201578

P・K・ディックの迷宮世界
世界を修理した作家

小野俊太郎 ── 著
Shuntaro Ono

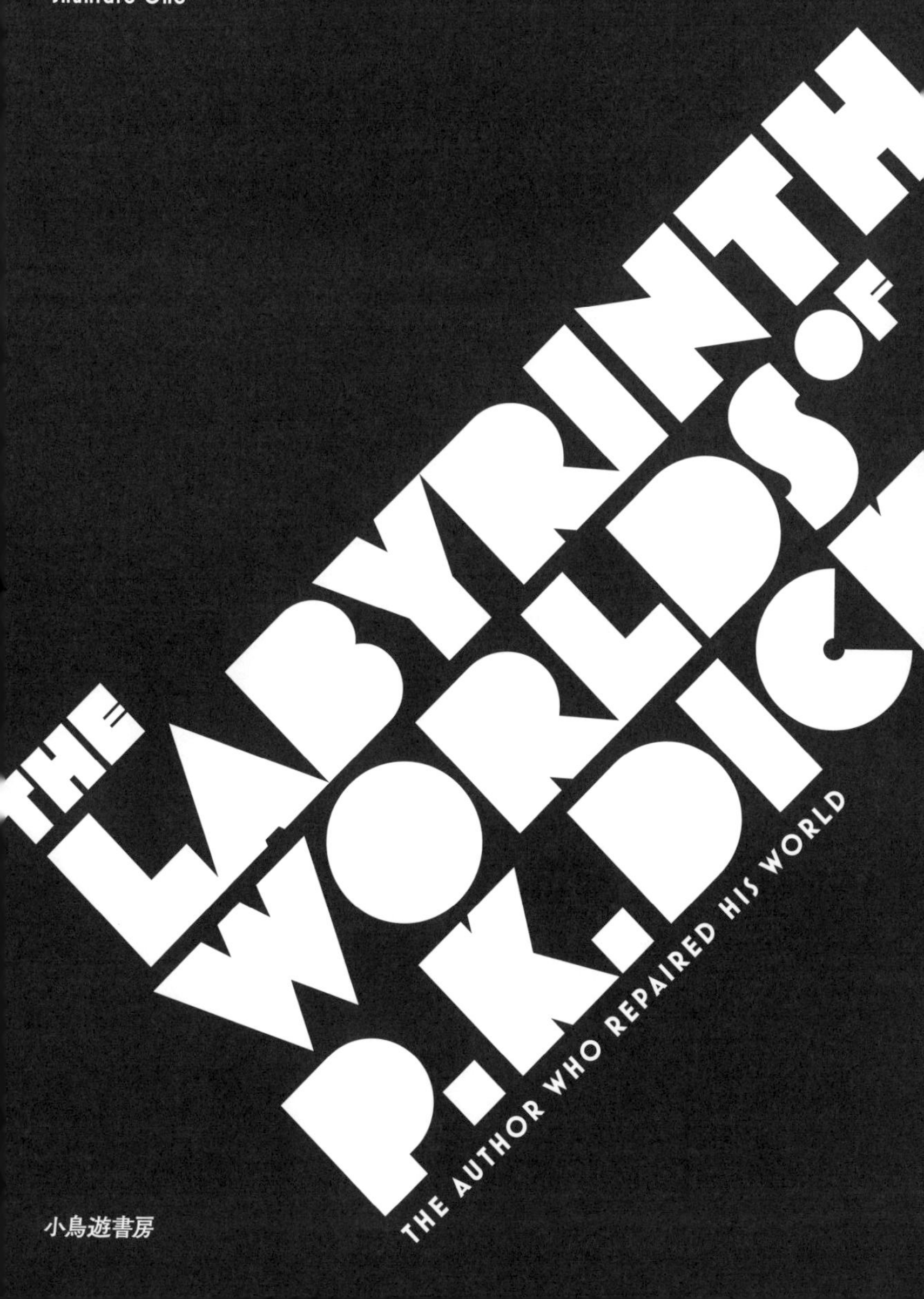

小鳥遊書房

America when will you be angelic?

Allen Ginsberg "America"(1956)

O, how I long to travel back,
And tread again that ancient track!

Henry Vaughan "The Retreat"(1650)

目次

注意点◉　本書では、扱われる作品のすべてに関して、結末やネタばれに当たる部分に触れています。作品発表の年号は煩雑になるのを避けるために一九〇〇年代は、（六八）のように略してあります。
作品のタイトルは邦題に準じて、複数ある場合には、標準的と思えるものを使用しています。引用は、既訳を参照しながら、基本的には原文から翻訳しましたが、借用している箇所もあります。多くの翻訳者、とりわけ仁賀克雄、浅倉久志、友枝康子、山田和子、小尾芙佐、大瀧啓裕、大森望、山形浩生、佐藤龍雄、阿部重夫の各氏の訳業に最大限の賛辞と謝辞を捧げたいと思います。ディックの生涯については、ローレンス・スーティンやアンドルー・バトラーなどの評伝を参照しましたが、ＬＯＡ（ライブラリー・オブ・アメリカ）の三冊本所収の詳細な年表が標準的と思えるので利用しています。なお敬称はすべて略しています。

ディック依存症

今となっては到底信じられないだろうが、P・K・ディック（一九二八―八二）を、一九五〇年代から六〇年代にかけて小説を書き飛ばした大量生産の作家にすぎない、と低い評価を与える傾向があった。

同時期に活躍した理工系の知識を背景にもつアシモフ（化学）、クラーク（物理学）、ハインライン（工学）という「ビッグ3」に比べるとSF考証も甘く、同工異曲に見える作品も多かった。しかも家賃や請求書の支払い目的で、節操なく書き散らした芸術的動機が希薄な売文作家だとして、一段下に置かれたのである。つやつやのスリック紙を使った高級雑誌ではなく、紙もざらざらで読み捨て前提のパルプ雑誌やペーパーバックの著者にすぎないというわけだ。

そうした作家の悲哀を描くビートルズによる〈ペイパーバック・ライター〉という曲が、一九六六年に発表された。出版社に原稿を送りつけた際に同封した手紙の形をとり、自分の作品を本にすれば「一夜にして百万は稼げる」とおだて、「仕事が欲しい」と乞い願っている。ビートルズの曲が街に流れていた年に執筆していたのが、仕事に疲れた賞金稼ぎが活躍する『アンドロイドは電気羊の夢を見るか?』（六八）だったと知ると感慨深いものがある。

じつは、前年の六五年に発表された『パーマー・エルドリッチの三つの聖痕』を読んだジョン・レノンからディックに映画化の申し出があった［Sutin: 129］。六六年に、レノンは「ビートルズは神より人気がある」と発言して、アメリカの宗教右派による「反ビートルズ運動」にさらされた。最終的にヴァチカンを含めた宗教者にレノンは謝った。こうした時期に、ディックの小説はドラッグや精神世界への関心を深めていたレノンの琴線に触れたのだ。映画化の話は消えたが、ディック作品は映像化を誘発する要素を多分にもち、その後多くの映画やドラマが作られた。この頃のディックは、すでにハードカバーも同時に出版される作家であり、ペーパーバック専業作家の地位からは脱却していたのであるが。

遺作となった『ティモシー・アーチャーの転生』は、他ならないレノンが殺害された日である一九八〇年十二月八日を舞台に、死んだ義父で聖職者のアーチャーとの過去を回想するエンジェルという女性の物語となっていた。「転生」のアイデアがあるだけで、普通小説といえる内容だが、それだけに自作に関心をもってくれたレノンへの文学的な追悼ともなっていた。アーチャーの愛人の息子ビルがエンジェルに向かい「ぼくはティム・アーチャーなんだよ。向こう側から帰ってきたんだ。愛する人たちのもとへね」と告げる衝撃的な瞬間がある［第14章］。そこに、「イマジン（想像してごらん）」を歌ったレノンが、生まれ変わってこの世に戻ってくる可能性さえ垣間見えそうだ。

同じように結婚離婚歴があるビッグ3が私生活と作品世界とを切り離すのに対して、生活の破綻体験を自作に平然と取り込んでいくのがディックだった。ディックの作品群は、そのおかげで登場人物のモデル探し的な伝記的な関心を招く。働き続けるために利用した覚醒剤（アンフェタミン）から一時はドラッグ依存症となり、幅広い意味での「錯覚」や「幻覚」を描いた作家としても、現在では高い評価を得ている。

古今東西、アルコールやドラッグから恋愛やセックスまで、何らかの依存症で人格が破綻した「ダメ人間」を扱う文学作品は、その作家当人も含めて愛される傾向にある（森岡裕一による『飲酒／禁酒の物語学』（二〇〇五）ではポー、フォークナー、ヘミングウェイなどが扱われた）。ときには、作品はほとんど読まれずに、作家の奇行や言動がおもしろおかしく語られる——ディックもその仲間入りをしたのだ。さらに、作者の異性関係(「黒い髪の少女」への偏愛)や、繰り返される結婚と離婚の騒動、そして、ドラッグ依存や自殺未遂といった「私生活」への関心から、神学的なメモの類や手紙が発掘され、出版された。まさにそれこそが「ダメ人間」作家の仲間入りをした証拠だ、とは言いすぎだろうか。

なによりディック依存症のファンは世界中にたくさんいる。こうしたファンにとり、作品のランクづけはさほど重要ではない。主人公が巻きこまれる混乱ぶりを考慮すると、『未来医師』と『暗闇のスキャナー』との構成上の優劣など気にならない。エンディングが与える余韻ならば、『銀河の壺なおし』は『火星のタイム・スリップ』にひけを取らないし、一度読み始めて『空間亀裂』や『フロリクス8から来た友人』を愉しめないファンは皆無だろう。海岸線や腸の内壁を生み出すフラクタルな構造において、細部と全体とが自己相似形をもつように、ディックはどこでもディックだと思い知らされるのだ。スコールズとラブキンによる古典的なSF史でも「ディックの複雑なタイム・スリップを掘り起こすには、みずから読み、くり返し読まなくてはならない——しかし、それでもしばしば謎は残るだろう」と結論づけていた[スコールズ&ラブキン:148]。

作品の多くには、SFパルプ雑誌由来の派手なガジェットや設定が散りばめられている。とりわけ長編の後半では分量の制約もあって、強引に結末へと向かうので、「プロットの破綻」という紋切り型の批判をよく受ける。小説の完成度が低いともよくみなされる。読者を混乱させる特徴が、粗製乱造をくぐり抜けたせいなのか、ディック本来の資質が原因なのか、ドラッグによる影響のせいなのかはにわかに判別しにくい。複合的な要因が働いた結果とみなすのが、いちばん妥当であろう。一九七四年の神秘体験以降、独自の神学的な主張が強く前面に出てくる後半の作品への反発も強い。読者を戸惑わせることが、同時にカルト的人気を獲得する要素ともなる。結果として、ディックに依存する「中毒者」が生まれ、全作を読破したいという欲求に駆られてしまう。そしてある者はディックを卒業し、ある者はおそらく生涯とどまるのである。

ビッグ4の一人として

ディックの活躍時期は十年ぐらいずつ三期に分けられる。一九五三年にデビューしてから、アイデアストーリーなどの作品を量産する一方で普通小説を書き溜めていた「前期」、一九六二年の『高い城の男』の成功からの「中期」、一九七四年の神秘体験以降、神学的傾向が強まり、『ヴァリス』などを完成させて一九八二年に死去した「後期」である。おおよそ、前期は五〇年代、中期は六〇年代、後期は七〇年代以降にあたる。ディックをめぐる言説の大半は、たいてい三つの時期のいずれかに焦点を当てるのだが、それは、論者がどのタイプのディックが好みかの違いによるところも大きい。

ディック後期にあたる一九七五年の『サイエンス・フィクション・スタディーズ』第5号の特集号で、ダルコ・スーヴィンやフレドリック・ジェイムスンなどの主にマルクス主義系の学者評論家が後期資本主義の特徴をしめす作家として持ち上げたおかげで、ディック評価は変化してきた。現代のディストピア的なテーマを扱う作家として重要性が認知されたのだ。ちなみに同じ年の同誌第7号は、ディックとハイスクールで同学年だったアーシュラ・K・ル＝グウィンを特集したのである。ル＝グウィンは、ディックの神学的小説に関しては拒絶したが、彼をボルヘスに喩え、高く評価した一人だった。それ以降、数多くのディック批評が書かれてきた。

ビッグ3にディックを含めて「ビッグ4」とみなす評価はもはや定着している。MITから出版されている入門書「エッセンシャル・ノレッジ」のシリーズに、二〇二一年にシェリル・ヴィントが著した『サイエンス・フィクション』が加わった（ヴィントは、カリフォルニア大学リバーサイド校で教え、『明日の身体』や『動物の他性』といったSF研究書を発表している）。

ヴィントは、五〇年代から六〇年代にかけての「黄金時代（ゴールデン・エイジ）」という用語を次のように説明していた。

この時期にSFというジャンルの創造者として称賛され、称賛に値する作品の大半を出版した作家には、アイザック・アシモフ、アーサー・C・クラーク、フィリップ・K・ディック、ロバート・ハインラインがいる。この時期は、ジョン・W・キャンベルが編集を通じて支配することで大まかに作り上げられ、ヒューゴー・ガーンズバックから一手を進めたのだ。［Vint: 174］

さらに本文で、ディックが『ユービック』などで、社会にクレジットのシステムが深く入り込んでいる状況を描いていることに注意を向けていた［第8章］。ディストピア的監視システムが、経済のネットワークとして働く様子を扱っている小説の系譜に位置づけたのだ。

ヴィントに対して、アダム・ロバーツの『サイエンス・フィクションの歴史・第二版』（二〇一六）では扱いが少し異なる。ロバーツは作家としても多作で、そのうち『ジャック・グラス伝　宇宙的殺人者』は翻訳されたが、ロンドン大学のロイヤル・ハロウェイ校でテニスンなど十九世紀の詩を教える研究者でもある。SF関連としては、二〇一九年にH・G・ウェルズの新しい評伝を出版した。

ロバーツのSF史は、カトリックとプロテスタントの宗教的な観点の影響も考慮し、古代から現代までの通史となっている。H・G・ウェルズとジュール・ヴェルヌが姿を見せるのは、五百ページを超える本のようやく三分の一近くになってからだった。二十世紀初頭の作品群を「ハイ・モダニズム」と「パルプ」とに分けて論じ、ヒューゴー・ガーンズバック以降を重視するアメリカ系のSF史とは一線を画していた。キングスリー・エイミス（『地獄の新地図』）やブライアン・オールディス（『一兆年の宴』）の仕事を拡張した、イギリスの文学の歴史を基準に置くイギリス系のSF史の一冊と言える。SFの起点として、ポーを置きたいアメリカ側と、それ以前に遡らせたいイギリス側の確執もある。オールディスがメアリー・シェリーの『フランケンシュタイン』を持ち出したのもそれが理由であろう。世間によくある「本家」と「元祖」の争いなのだ。

ロバーツはディックを「ニューウェーブ」に位置づけ、アメリカからやってきた作家とみなす［第12章］。「二十世紀でもっとも重要な作家だろう」とし、テクストが荒っぽいのも経済的理由で粗製だからだとみなす。ロバーツは幻視的作家として、クリストファー・スマート、ウィリアム・ブレイク、ウィリアム・S・バロウズの系譜に入れた（ディックが敬愛する『幻想録』のW・B・イェイツが漏れているのは物足りない）。さらに、デカルト主義的な精神と肉体の分離に異議申し立てをしている点に重要性を見出していた。

そして、ヴィントとロバーツが共に編集に加わったのが、『サイエンス・フィクションの鍵となる50人』（二〇〇九）だった。アルファベット順に配列され、『サンダーバード』を制作したジェリー・アンダーソンに始まり、「新しい太陽」で知られるジーン・ウルフで終わる。ビッグ4として、ディックも当然入っているが、「アフター・ディック」とでも呼ぶべき影響を受けた人々が含まれる。映像作家として、スティーヴン・スピルバーグや押井守が項目として採用されている。スピルバーグは、他ならない「少数報告」を『マイノリティ・リポート』として映画化した。押井作品に見られる現実と非現実との境界線を問いかける設定は、ディック作品のモチーフと深く関連する。映画の『ブレードランナー』を通してにせよ、ディックは間接的な影響力をもっていた。

五十人には社会学者のジャン・ボードリヤールも含まれていた。ボードリヤールは『シミュレーションとシミュラクラ』で、シミュラクラを扱うディックを論じた。主著の『象徴交換と死』の第二部「シミュラークルの領域」は、ディックの作品への註釈ともなっている。「半-死（half-death）」を描くことが好きなディック作品のあり方を説明してくれる。三段階のリアルをしめし、とりわけハイパーリアルを提唱したボードリヤールとディックとの近接性はもはや常識に属するだろう。

日本での受容

ディックの人気は日本でも根強く、廃れることはない。各種のファン投票でも上位に入るし、映画化などを機に雑誌特集が何度も組まれてきた（八九年に『銀星倶楽部』、九一年に『ユリイカ』が特集をし、『S-Fマガジン』の特集は二〇〇二年に『フィリップ・K・ディック・リポート』にまとめられた）。

たとえば死後すぐに刊行された『あぶくの城』（八三）は、三田格の編集により「フィリップ・K・ディック研究読本」と銘打たれていた。「ニューアカ」と呼ばれた日本流ポストモダン思想の牽引者たちが寄稿することで、バブル経済と冷戦崩壊へと向かう時期の一種の高揚感と屈折が感じられる。栗本慎一郎はヴォネガットのほうに軍配をあげ、浅田彰は映画『ブレードランナー』がディックの原作小説より優れていると語る。また、香山リカは「ドラッグマニュアル」として、バルビツール酸類や硫酸タリウムなどの解説をする、といった具合である。メディア研究で知られる粉川哲夫が『ヴァリス』論を寄せているし、山田和子、山野浩一、高橋良平、巽孝之、森下一仁とSFプロパーからの応答も掲載されていた。

そもそも戦後の日本SFの歩みにおいてディックは無名の存在ではなかった。一九五七年に東京元々社の「宇宙科学小説」の一冊として発売されたグロフ・コンクリンによるアンソロジー『宇宙恐怖物語』（下島連訳）に短編が収められていた。アシモフ、ハインライン、スタージョン作品とともに「外来者（Imposter）」（五三）が並んでいる。この短編集は五九年に翻訳者を一新して、早川書房から同じ題名で出版されたが、同作を「にせ物」として翻訳したのは福島正実だった。

地球への侵略者を追い詰める主人公、そして「その爆発は、はるかアルファ・ケンタウリまでずっと見通せた」という最後は、地上の話が一瞬にして広がり印象深い。現実には不可能でも、この「絵」となる終わり方も、ディックの魅力のひとつだろう。光のイメージに彩られるディック作品のなかでも心に残り、福島訳はアンソロジーに何度も採用された。他に「にせ物」（大森望訳）、「なりかわり」（品川亮訳）の訳もある人気作である。

また、福島正実と都筑道夫の苦闘を経て、一九五九年十二月に発売された『S-Fマガジン』創刊号（六〇年二月号）には、アシモフ、クラーク、シェクリィなどと並んでディックの「探検隊帰る」（五九）が中田耕治訳で掲載された。火星から地球に帰ってきた探検隊が歓迎されず、むしろ迫害を受ける話である。不気味なものが故郷（ホーム）に帰還するのは、恐怖物語の王道でもあった。六〇年五月号には森郁夫訳で「パパに似たやつ」が登場した。その後何度となく訳し直された郊外を舞台にした侵略ものの傑作である。ディックは注目すべき同時代作家だったのであり、決して後から発見されたわけではない。

ただし、受容のポイントは変わってきた。当初の「奇妙な味」とか「奇想」といった評価から、イギリスで始まった内宇宙を描く「ニューウェーブ」と連動する作家として、さらにサイバーパンクの登場によって、その先駆者という扱いもなされた。アヴァン・ポップ論から、ボードリヤールやジェイムスンやジジェクといった思想家を通じて、ポストモダンに入れられ哲学的な議論の対象となった。

なかでも、山形浩生のように後期の作品などをウィリアム・バロウズにつらなる麻薬小説の系譜として重視する理解もある。阿部重夫のようにビート世代の詩人や文学者との関係からさらに三位一体説のモンタノス派との関係を重視する解釈もあれば、大瀧啓裕のようにグノーシス主義などのディック神学を真摯に受け止める者もいる。とりわけ山形、阿部、大瀧による翻訳は、自身の関心や解釈に引き寄せた独自色が強いものだ。

当初、短編を中心に仁賀克雄、さらに長編を含め浅倉久志や小尾芙佐などにより、ハヤカワ文庫を中心に細々ながら翻訳紹介が続けられていた。ちなみに仁賀は五〇年代の短編作家とディックを規定し、長編も『宇宙の眼』と『宇宙の操り人形』しか認めていない。

大きく転換したのが、一九七八年に創刊され、山野浩一が編集の要となったサンリオSF文庫である。四冊の中短編集を含め合計二十一冊が翻訳された。この集中的な紹介のおかげで、ディックの全貌が見えてきた。ダリなどシュルレアリスム絵画の影響を受けた藤野一友の精密な装画が表紙を飾った『ヴァリス』『聖なる侵入』『ティモシー・アーチャーの転生』は、今でも強い印象を残す（その後創元推理文庫で復刊された際も装画が継承された）。

版元の都合で、惜しまれつつもサンリオSF文庫は終了してしまった。しかも、一九八七年の文庫最終巻となったのは、『アルベマス』（八五）だった。完成しながらも、『ヴァリス』を書くために破棄され、死後出版された作品だった。世評や金銭を手に入れた晩年のディックが自分を納得させるために書いた小説である。

『アルベマス』は、フィリップ・K・ディックという小説家と、ニコラスという友人が交互に語る体裁の隠れた佳品である。原題は「自由ラジオアルベマス」であり、自分たちの声を発信する「自由ラジオ」

という日本にも影響が及んだ抵抗文化（カウンター・カルチャー）の流れを汲んでいた。国家による電波の独占への抵抗としてラジオ放送、とりわけローカルなＦＭ局の開設を目指す動きがあった。ラジオでクラシック音楽のＤＪをしていたディックにとっておなじみの世界でもある。しかもその後、西海岸から生まれたパーソナルコンピュータの普及やハッカー文化ともつながっているのだ。

とはいえ、日本で広範囲の読者にディックの名が浸透したのは、やはり亡くなった一九八二年に公開された映画『ブレードランナー』によるだろう。原作にあたる『アンドロイドは電気羊の夢を見るか？』は、すでに一九七七年に翻訳出版されていた。浅倉久志は「訳者あとがき」で、ジョン・ブラナーやブライアン・オールディスによる絶賛を並べ、七七年の時点で「日本におけるこの作家の人気が必ずしも高いとはいえないのをガイタン」する状況だった。ところが、「有名映画の原作」として扱われたことで、とりまく状況が一変したのである。その意味では、日本においても死後に名声が高まった作家の一人といえる。日本でもディックの小説の魅惑的なタイトルである『アンドロイドは電気羊の夢を見るか？』は類似の使用例をたくさん生み出した。

仁賀克雄と浅倉久志による翻訳群のあと、友枝康子、山田和子、大瀧啓裕、大森望、山形浩生、佐藤龍雄、阿部重夫など多くの翻訳者、さらに牧真司、渡辺英樹、水鏡子（鳥居定夫）などの紹介者や解説者を得て、ディック作品の新訳や改訳がおこなわれた。死後出版された普通小説もいくつか紹介され、大半の作品が日本語で読める環境が整えられた。ディックファンを公言するのは、ＳＦファンやＳＦ作家のみならず、村上春樹や宮部みゆきなど有名作家にも多いし、日本における人気は、小説を超えた領域に広く及んでいる。

一九八四年のウィリアム・ギブスンの『ニューロマンサー』を起点とする「サイバーパンク」の隆盛

のなかで、ディックを始祖の一人とみなす考えが広まった。サイバーパンクは、さらに「アヴァン・ポップ」として、太平洋を挟んで日本とも応答しながら展開した。そのため、アナ・マクファーレンらが編集した『サイバーパンク・カルチャーの鍵となる50人』（二〇二二）には、ディックやボードリヤールや押井守だけでなく、大友克洋、士郎正宗、石井聰亙（岳龍）、塚本晋也が入っており、映像や視覚文化での日本からの影響も大きいことがわかる。ディックを受容した日本からの発信もおこなわれ、太平洋を挟んで文化が相互関係をもっていたのだ。

死の翌年には、フィリップ・K・ディック賞が制定された。ペーパーバックで刊行された作品から優秀作を選ぶものである。ペーパーバック作家であったディックを記念し、同じような異才を見出そうとする趣旨をもつ。第一回のルディ・ラッカー以来、イアン・マクドナルド、スティーヴン・バクスター、ギネス・ジョーンズなどが受賞し、英訳された『屍者の帝国』の共著者である伊藤計劃と円城塔が特別賞を獲得した。巽孝之は、「タゴミ氏の惑星」（二〇一五）で、ディックの影響を受けた作家として、荒巻義雄、川又千秋、伊藤計劃を挙げていた。

本書の目的と構成

どの作品にも「ディック常数」とでも呼ぶべき特徴があり、多数の読者や作家が惹かれてきた。本書では、ディック作品における悪夢のような迷宮を味わい、悲惨な展開を読んだ後で、ふと「温もり」を感じる印象が、どこから生じるのかを具体的にテクストに即して解明したいと考えている。社会学者の後藤将之は、秀逸な『アンドロイドは電気羊の夢を見るか？』論（「フィリップ・K・ディックの社会思想」）のなかで、自己犠牲的な「親切」を鍵にディックを評価し、「むしろすぐれた主流文学作家だった」と指摘していた。やはりこの意見に賛同したい。

ひと通り本書の草稿が完成した後に、ドゥルーズの弟子であるダヴィッド・ラプジャードによる哲学的な『壊れゆく世界の哲学——フィリップ・K・ディック論』（二〇二二）の翻訳を読んだ。ディックをめぐっては、「人間」か「非人間」かの境界線をめぐるポストヒューマン論や存在論的な議論が多いが、それを乗りこえた成果として出色である。

デッカードをデカルトと読み替え、情報理論こそが現代の観念論だとしめされる。セルバンテスによる『ドン・キホーテ』の第2部、つまり偽ドン・キホーテとの対決を、ディック的世界の始原と考え、近代小説の出発点と連なる系譜上に位置づけるのだ。そして、ファシズムを内在的に描いた作家としてディックをとらえ、さらに、レヴィ＝ストロースによるブリコラージュを体現していると結論づけた。ラプシャードの「修繕」という概念は、本書で「修理」として指摘したものと重なる。

ただし、ラプジャードの議論は、セルバンテスから続く大陸的な文化伝統とフランス思想のなかでディックの魅力を解き明かすものだった。ディック作品もフランス語訳を通じた理解のようで、英語の肌触りは考慮されず、死後出版された普通小説に関しては視野にほとんど入っていない。それに対して、本書では、ドイツ系およびアングロサクソン系の文学や芸術に惹かれるディックを浮かび上がらせた。とりわけクラシック音楽や絵画は、ディックの作品世界の深いところと関連している。

第1章では、初期の中短編群から、その後繰り返される四つのモチーフを抜き出し、「西海岸的想像力」「郊外化と冷戦の日常化」「遊戯性あるいはゲーム性」「自動化と複製」と整理した。そして、生前未発表だった普通小説がもつカフカからの影響を確認し、初期の三長編『偶然世界』『ジョーンズの世界』『いたずらの問題』が、くじ引き民主主義や偶然と必然の関係さらにシステムを内部からダウンさせる、といった冷戦期の「文化冷戦」の課題を扱っていることをしめした。

第2章では、シンクロトロンの一種であるベヴァトロンを舞台にした『宇宙の眼』が冷戦の不安をもつ点を浮かび上がらせる。提示された四つの世界は、アメリカに内在する「宗教的狂信主義」、「ピューリタン的清潔主義」、「強迫観念的な支配欲」、「左翼的な不安と陰謀」を表現していた。そして「現実」世界へと帰還した主人公は、半官の企業における核ミサイル開発から離れて、オーディオ装置のスタートアップ企業を設立するのだ。

第3章では、ナチス・ドイツの問題との関連で分析されることの多い『高い城の男』を、日本の支配下という文脈から考えた。そして、八卦だけでなく、鈴木大拙経由で禅や「胡蝶の夢」が伝えられ、ディックの迷宮世界の基本原理となっているとわかる。さらに看過されがちなムーアの南北戦争改変小説やナサニエル・ウェストの小説との関連も掘り下げた。

第4章では、映画のイメージの強い『アンドロイドは電気羊の夢を見るか?』だが、映画との違いを明らかにした。ノワールの話法に載せて、ホフマンの「砂男」やフランケンシュタインの怪物へと遡る解釈に呪縛された映画とは異なり、バウンティハンターのデッカードと対照的なイジドアを対位法的に配置することで、小説はダブルプロットをもち複雑となった。アンドロイドでなくても人間たちは情調オルガンで気分を調整し、イジドアは「聖なる愚者」として、コミックリリーフを超えた役割をはたすのだ。

第5章では、『流れよわが涙、と警官は言った』を扱った。六〇年代のアメリカにおけるキャンパス内の反乱を背景に、第二次南北戦争の結果として、黒人がマイノリティとして「断種」させられるディストピア社会を舞台にしている。人気エンターテイナーでありながら、身分証明の手段をなくしたタヴァナーというシックスと、それを追いかける警察本部長のバックマンの人生が交差する。全編をダウランドの〈涙のパヴァーヌ〉が彩り、背後にワーグナーが響く作品なのである。音楽からディックが学び取ったことが大きいとわかる。

終章で『ヴァリス』を中心とする作品群を扱った。ディックがキリスト的なものに求めていたのは、旅の仲間、あるいは同伴者的な存在だったと思える。彼方で待ち構える大いなる救済者ではなく、共に歩く巡礼者としてのキリストの姿が、マーサーのように形象化され、さまざまな主人公たちのあり方につきまとうのだ。最後に、ディックが偏愛した詩人ヘンリー・ヴォーンによる一篇の詩に込められたものが、ディック作品を読む上で示唆的であることをしめした。

当然ながら、章立てとして、『パーマー・エルドリッチの三つの聖痕』や『火星のタイム・スリップ』がないとはどういう訳だ、とか、『ユービック』を無視するとは許せない、という非難の声があがるだろう。そうした傑作への言及や関連説明も含めるが、A・E・ヴァン・ヴォークトの衣鉢を継ぎ、多元方程式をいっぺんに解くように展開する小説を説明するのは困難なので、プロットが比較的たどりやすい作品を選んだ結果でもあり、個人的な好みも反映されている。ご寛恕願いたい。

それでは、ディックの迷宮世界へダイブしよう。

第1章◉ディックが始動する——中短編と三つの初期長編

1　中短編作家としての爆発的魅力

アイデアの宝庫

ディックの全体像を把握しようとすると、どうしても長編が中心となりがちである。けれども、初期の中短編で各種のアイデアが試された点は無視できないし、何よりも短編の名手としてのディックの手腕は見過ごせない。

一九五二年にディックの短編デビュー作となる「ウーブ身重く横たわる（輪廻の豚）」が発表された。[*1] 掲載されたのは、『プラネット・ストーリーズ』誌だったが、この雑誌は、ソープオペラの宇宙版となるスペースオペラ（宇宙ロマンス）を売りにしていて、表紙のイラストも、異星人に襲われた肌もあらわな女性が定番だった。ただし、ディックが寄せた短編にロマンス的要素は皆無であり、そもそも女性は一人も登場しなかった。

地球へ帰るために、火星で食用にと購入した豚に似たウーブが、テレパシー能力をもつことで生じる混乱が描かれる。帰路に食料が不足して殺されそうになると、ウーブは船員たちの頭から神話の知識を読み取り、比較神話学を述べ、多数決で誰を食べるかを決めようと提案する。激高した船長はウーブを豚とみなし、解体し調理させ一人で味わうのだ。すると、船長の口からウーブのセリフが出てきて、「私が理解するところ、オデュッセウスは」と終わる。食人譚が変形され、人格の乗っ取りもおこなわれるが、『オデュッセイア』への言及がしめすように、内容としては漂流譚や南洋物として語られても違和感はない。

デビューした一九五二年には、他に「おもちゃの戦争」、「自動砲」、「髑髏」の三編が掲載されただけだった。どれも題材は異なるが、ディックらしい「捻り=味つけ」がある。以下、ネタばらしも含めて紹介するなら、「おもちゃの戦争」は、兵士のおもちゃが子どもを脅して世界を支配しようとするのを、子どもとぬいぐるみなどが阻止するレジスタンス物語だった。これは立場の逆転が妙となる。「自動砲」では、ある惑星を訪れた調査船が地上から撃たれて墜落する。元凶となった大砲を発見し解体するが再生してしまう話だった。これは武器が残されている限り、戦争の終結がありえない世界を扱っていた。また、「髑髏」は、残された髑髏を手がかりに、タイムトラベルで歴史を変えた人物を殺しに行くのだが、結局その髑髏は自分のものだったという話である。

それにしても、五三年から五五年にかけて、ディックが発表した中短編の数は多い。その内訳は、五三年に三十編、五四年に二十八編、五五年に十二編となる。短期間にこれだけ量産されたのは、ディック本人の才能や執筆意欲の働きだけでなく、マーケットのニーズに応じ創作され、人気を獲得した結果でもあった。

一九五〇年代、ディック前期における中短編群は、その後に展開される特徴を多く含むのでここで整理しておきたい。「西海岸的想像力」、「郊外化と冷戦の日常化」、「遊戯性あるいはゲーム性」、「自動化と複製」というディック作品に通底する四つの特徴を挙げ、その後の長編作品との関連も指摘しておこう。

第一の特徴：西海岸的想像力

第一に、作品世界は「西半球」さらに「西海岸的想像力」に彩られていた。アメリカSFである以上、アメリカが舞台の中心となることは不思議ではない。モンロー宣言以来、南北アメリカを中心に据えた西半球という考えがアメリカ中心主義やアメリカ例外主義を支えてきた。たとえば、地球が回転しながら最後に南北アメリカに焦点があたるユニバーサル映画のロゴを見ると視覚的に理解しやすい。[*2] 明らかに「ユニバーサル」とはアメリカのことだと告げている。そして、西半球を中心とした地図からすると、裏側にあたる東半球はヨーロッパやロシアなどの旧世界となる。

多くのアンソロジーに収録された「変種第二号」（五三）は、第二次世界大戦の記憶を残すフランスの戦場が舞台であり、ソ連の兵士との戦いとなる。核戦争後のアメリカは、月に戦略本部を置いている。地上は死んだ世界であり、第二次世界大戦の焦土とイメージが直結していた。しかも、ディックが好きだった『オズの魔法使い』でのカンザスの「灰色」の風景にも似ている。「爪（クロー）」という無差別に敵を殺す武器が、同情を引く人間の姿をとることで敵を油断させる。最後には、主人公を騙した変種第二号が、月面にあるアメリカの基地へと向かうところで終わるのだ。

続編となる「ジョンの世界」（五四）では、人間の姿をした変種どうしが戦う戦場が描かれた。そこで、タイム・マシンを使って、主人公のライアンたちは「爪（クロー）」の発明そのものを阻止しようとする。過去への介入は「髑髏」の語り直しであるが、未来から出発点へ介入すると「親殺しのパラドクス」に直面する。時間のどこかに出来事の起点があり、時間線を遡って起点を消滅させたなら、その後の家系や世界は変更されてしまう。実行すると本人自身や本人が所属する世界は消滅するはずだが、時間旅行をおこなう本人が存在する以上、過去に誕生の事実はあったことになる。この矛盾がパラドクスというわけである。それはそのままタイムトラベルが不可能の証明に思えるが、SF作家たちはさまざまな形で乗り越えようとしてきた。

「髑髏」の場合には、創始者と主人公が入れ替わることで矛盾を解決しようとした。タイトルの「ジョンの世界」とは、精神に病を抱えるライアンの息子がヴィジョンとして見る戦争のない世界のことである。過去に遡ったライアンたちは、「爪（クロー）」の発明を阻止し、世界を改変した。そのあとで、彼らは元の世界には戻らないことを選択する。このジョンは、『火星のタイム・スリップ』で、時間を旅できる少年マンフレッドの先駆けでもあった（連作について、仁賀克雄と大森望はともに短編集の解説で映画「ターミネーター・シリーズ」の最初の二作の元ネタだと指摘している）。

ハリウッドのあるカリフォルニアはSF映画にとり重要な場所でもある。ディックが中短編を執筆していたのと同じ頃、ジョージ・パル監督の『宇宙戦争』（五三）でも、ウェルズの原作小説でのロンドンが南カリフォルニアへと変更されていた。『ターミネーター2』で、シュワルツェネッガーがバイクに乗って疾走する水路は、『放射能X』（五四）で巨大蟻が巣を作った場所でもある。

ディック作品で、アメリカのなかでも西海岸、それもカリフォルニア州が描かれるのは、もちろん住み慣れた場所で、土地勘をもつせいだ。そのため作中にネイティヴ・アメリカン（『未来医師』）、ラテン系の恋人たち（『空間亀裂』）、アジア系（『高い城の男』や『火星のタイム・スリップ』）が登場するのも、身近に見聞してきたからこそである。東海岸のニューイングランドを舞台にしては同じような雰囲気はもたないだろう。

ディックは地球と対峙する形で、月や火星やタイタンやその他の星を描きながらも、西海岸以外の地域への関心が薄い。とりわけ自伝的な作品になると、登場人物たちは、ディックがほぼ生涯を過ごしたカリフォルニアから一歩も出ないのである。ディック前期の五〇年代は、二人目の妻クレアの影響もあり、ビートニック世代の価値観に囚われていた。[*3] カリフォルニアに住みながらマリファナもやらない「スクエア」なタイプの人間たちへの冷笑的な見方が、短編の捻りを生み出していた。

第二の特徴：郊外化と冷戦の日常化

戦後世代となるディックの作品には、一九五〇年代のアメリカ社会学において指摘された変化がある。デイヴィッド・リースマンは、『孤独な群衆』（五〇）において、人々が中世までの「伝統指向型」から、近代社会の自我の確立を第一とする「内部指向型」、さらに他人の視線に同調する「他人指向型」へと変貌したと定式化した。あらゆるメディアが「他人指向」を強要してくる。

たとえば、「CM地獄」（五四）ではセールスロボットがさまざまな商品を売り込んでくる。「アジャストメント」（五四）や「サーヴィス・コール」（五五）では、家庭に直接売り込むセールス販売を描いている。「サーヴィス・コール」では、クレーム対策で未来からやって来た「スウィブル」の修理業者とのちぐはぐなやり取りが描かれる。家庭にさまざまな電化製品やラジオやテレビといったメディア装置が入り込む時代になっていた。それは、郊外住宅と親和性をもつ。間取りや家族構成が似通っていれば必要となる商品も共通するからだ。さらには「生活必需品」（五三）のような作品もある。

そして、C・ライト・ミルズは『ホワイト・カラー』（五一）で、個人商店主ではなく、ビジネスマンとしてサービス産業に従事する新中間層の台頭と政治的無関心の関係を解き明かそうとした。生命保険や家電などの商品を売り込む産業の規模が大きくなる。ライト・ミルズをディックも読んでいて、五二年頃執筆された普通小説で死後出版の『市(まち)に虎声のあらん』の扉に『ホワイト・カラー』の第7章からの引用がある。主人公のスチュアート・ハドリーが勤めているのは「モダンTV」というラジオやテレビを販売修理する店だった。ディックが社会学的想像力に関心を寄せていたことは注目に値する。

ディックには実社会で巨大組織の歯車となった経験がほとんどない。農業省に勤めた父親とは両親の離婚後疎遠となるが、それが官僚的な組織への嫌悪と結びついたのかもしれない。ディックは、生まれた世代からも軍隊経験を欠いている（『ジャック・イジドアの告白』で戦争中の子ども時代の体験が語られる）。ところが、冷戦下で大学生に課せられていた軍事演習に反発し、カリフォルニア大学バークレー校を一年でやめている。組織をイメージするときに、軍産複合体や大企業へ反発する理由も、育ったバークレーという土地柄だけではない。小説家という個人事業主が大組織に属さないのは確かである。しかも、ディックは税の滞納の請求やFBIによる身元調査や犯罪の警察への通報という否定的な形でしか、官僚組織と関わっていないのだ。

社会を支える新中間層となるスクエアな人間たちが多数暮らす場所として、戦後アメリカに広がったのが郊外住宅だった。アメリカの郊外に関し、ジョン・ショートなど人文地理学者たちは、四段階の変化を指摘した。十九世紀から二十世紀前半までの「郊外ユートピア」は健康と健全を宣伝文句とした高級住宅地だった（運河を掘ったカリフォルニア州ヴェニスを考えるとよい）。一九四五年から六〇年の「郊外コンフォーミティ」では、住民の均質化とクッキーカッターで切ったような同型の建物が特徴となる。一九六〇年から八〇年の「郊外ダイバーシティ」は人種や民族さらに階級による分断が進み、一九八〇年以降は「郊外ダイコトミー」とされ、古い郊外と新しい郊外が交代しているとされる。*4

戦後の郊外の変化は、日本でも人気のある「地図にない町」（五三）に端的に表れている。原題は「通勤客（Commuters）」であり、メイコン・ハイツに行くまでの回数券を買い求める客とトラブルになった駅員ペインの話である。B路線上にそのような駅はなく、売らないでいると、再びやってきた客は、典型的な郊外の新しい町の様子を告げる。駅員は、そこが、地元の商店の反対で開発競争に敗れた場所だと知る。そしてペインがB線に乗ると、その駅で停車し訪問できてしまう。

ペインは不安になり、メイコン・ハイツが、自分の世界を脅かすとおそれ、慌てて自分の住まいへと戻ってきて、妻や子どもを確認するのだ。「新しいものが生まれ出て、入れ替わりに古いものが去って行く。過去は変化していた。記憶は過去と結びついていた。どこまで記憶を信用できるか?」とある。壁に掛けて大切に思っているルノアールの「複製画」が変化していないことに安心するのだ。記憶をめぐるこの問いかけは他の作品のなかで繰り返されることになる。

一九三〇年に父親はネヴァダ州リノに職を得たが、通勤が大変なので、カリフォルニア州バークレーに住む家族とは離れた暮らしとなった。週末にだけ帰ってくる人となり、それも離婚の原因のひとつとなったようだ。ディックは住まいに関する意識が強く、結婚や離婚によって引っ越すことで、近隣との人間関係が変化し、作風にも影響した。それだけ、郊外の住民がもつ価値観に敏感となったのだろう。

鉄道やバスあるいは自家用車によって、郊外住宅と職場とが結ばれる。「有名作家」(五四)で、主人公は旧約聖書の著者となってしまう。その始まりは、通勤する時間節約のために、空間を直接結びつけて移動する装置を実験的に利用していたときに、通路に亀裂を見つけたからだった。のちに『空間亀裂』へとつながるアイデアだが、郊外住宅の隆盛によって、通勤時間というムダを省く発明が求められていた。

そして、外面は画一的な家屋に、両親と子どもだけの核家族から成り立つことで、「郊外コンフォーミティ(均質化)」を目指す郊外住宅に住む家族を核戦争の不安が襲うのだ。「薄明の朝食(たそがれの朝食)」(五四)において、父親は会社に、子どもたちは学校に出かける前の光景が描かれた。ところが家の外は灰色で核戦争後の世界だった。通勤通学前の一家がタイム・スリップしたことで、同じ空間が別の意味をもつことになる。理想の場所が核ミサイルに粉砕されてしまう。一家は最後にミサイル攻撃の爆発によって「現在」へと帰還できたが、家屋はバラバラになってしまった。タイトルの「薄明（twilight）」という語は、夕刻だけでなく朝も指すという皮肉なのである。

郊外に住む家族の誰かが別人に入れ替わってしまうとか、自分だけがどこからか貰われてきた血のつながらない他人ではないか、という不安をもつ児童心理に基づいたのが「父さんもどき」（五四）だった。ジャック・フィニイの『盗まれた街』（五五）のように、当時繰り返し描かれた異星人侵略テーマを扱っている。こうした侵略テーマは、ＵＦＯの飛来目撃が東西冷戦の不安と結びつけられたように、たいていマッカーシズムの恐怖と関連づけられる。しかも、ディックの「父さんもどき」は、家庭内の横暴な父親への反発という「ハックルベリー・フィン」以来の主題を継承してもいる。父親殺しは、ふつう象徴的なレヴェルにとどまるが、今回は直接的行為につながった。

「父さんもどき」の舞台は、ガレージを構えた一軒家で、九歳のチャールズ・ウォルトンは、金髪でハンサムな父親のテッドに別人が入れ替わったことに気づく。ニセの父親はそれを察知して表情を変えるのだ。「ほんの短い瞬間、テッド・ウォルトンの顔は親しみやすさをすべて失った。何かよそよそしく冷たいものが光り、捻れてのたうつ塊となった」のである。「親しみやすさ（familiarity）」には家族という語が、「何かよそよそしい冷たさ（Something alien and cold）」にはよそ者としてのエイリアンの語が入り、対比が鮮明となる。父親を占有していたものが「形態（ゲシュタルト）」を維持できなくなり、崩れる一瞬を描いている。乗っ取りが原因だと説明されるが、父親のテッドが当初から二面性をもつ可能性さえある（ディック本人の父親との確執と結びつくのは間違いない）。

チャールズは、ガレージに置かれた樽の底に、父親の抜け殻を発見した。彼が、秘密を打ち明け援助を求めたのは、年上で十四歳のトニー・ベレッティだった。チャールズをいじめる少年だが、それだけに暴力の行使に慣れ、決断力もある。トニーがリーダーとなり、失せ物探しが得意だとして、チャールズと同じ年齢の黒人少年ボビーが調達（リクルート）される。彼ら三人は空気銃や灯油を使って、父さんもどきや他の母さんもどきたちを倒し、さらに背後で操る虫を発見して焼却したのだ。

エイリアンの侵入を阻止した少年たちの手柄話なのだが、アングロサクソン系、イタリア系、黒人の三人組が、十年後に大人となって、ヴェトナム戦争でゲリラ戦をする穴に隠れた「虫」を手際よく退治する軍事行動をとっても違和感はない。太平洋戦争のあと、アメリカが関与していたのは朝鮮戦争（五〇―五三）だった。その後五四年に、フランス植民地軍がヴェトナムのディエンビエンフーで敗北し、尻拭いのために、アメリカが宣戦布告もないままヴェトナム戦争へとなだれこむ。それは七五年のサイゴン陥落まで続くのだ。

ハインラインは『宇宙の戦士』（五九）で、異星を舞台に壮大な虫退治を展開してみせたが、ディックは、むしろ足元の郊外住宅地を舞台にして手際良い作戦行動を描いた。ハインラインの小説でも、ジュアン・リコというタガログ語を母語とするフィリピン系陸軍士官の主人公と、海軍の少尉で幼馴染みのカルメンシータ・チャンダーという組み合わせにより、未来の戦争では人種やジェンダーと関係なく総動員される様子を浮かび上がらせていた。ロジェ・カイヨワが『戦争論』（六三）で明らかにしたように、フランス革命以降の共和制こそが、国民皆兵という建前や総力戦を準備したのである。フランス革命の理念を継承するアメリカ合衆国がその方向に向かわないはずはなかった。そして、アメリカ国民は革命権こそもたないが、武装権は憲法の修正第二条が保証しているのだ。

郊外化と冷戦における好戦的な態度の育成とが結びついている。「父さんもどき」の三人組のチームプレイは、「おもちゃの戦争」で、家のなかに侵略してくる兵隊人形を退治するために、ブタやウサギのおもちゃを指揮したテッドの手際良さとも通じるのである。

第三の特徴：遊戯性あるいはゲーム性

ディック自身が不動産ゲームである「モノポリー」などのボードゲームを好んだことは知られている。そのため小説内にゲーム性があからさまに登場する。家族や友人を交えたカードゲームは社交の場ともなるし、ブリッジやポーカーのように賭けがからむと騒動の場ともなる。チェスなどが一対一による決闘形式の延長だとすると、複数でおこなうものは、ギャンブル性も強く、それだけにプレーヤーは熱くなってしまう。『タイタンのゲーム・プレーヤー』(六三)はタイトルからもゲーム性がわかるが、そこでおこなわれているのは、土地を奪い合うゲームなのだ。

競争を煽り立てながらも、ゲームへと落とし込むことで、倫理的疑問は不問となる。すくなくとも道徳的な痛みを感じずに済むのだ。「おもちゃの戦争」(五二)では、兵隊人形たちの側は戦争の服装や武器を模倣しているが、対抗する側はブタやウサギのおもちゃであり、テッドも少年の姿をしていた。襲ってきた兵隊人形を始末するために、戦意をむき出しにせず平時と変わらない服装や態度をとることが、ゲリラ戦やレジスタンスの極意でもあった。自爆テロにおける戦闘員と非戦闘員の区別は困難であり、相手の誤認を招くのである。

「ナニー」(五五)は、明らかにロボット三原則につながったアシモフの「ロビー」(四〇)への応答だろう。アシモフの場合とは異なり、子どものお目付役として乳母の役目をするはずのロボットが戦闘機械となる。ロボットどうしが夜の間も戦うのである。メーカーはより強力なナニーを開発し販売する。負けた側は新式の大型ナニーを購入するのだ。子どもの世話をする目的から離れ、安全確保という大義名分のもとで、ナニーは強度とパワーを兼ね備えた武器となっていく。隣近所に負けられない対抗心が示され、そのまま東西の軍拡競争の戯画となっていた。

この裏返しとなったのが、同じ五五年に書かれた「フォスター、お前はすでに死んでいるぞ」だった。核シェルターの民間購入が半ば義務づけられた世界なのに、フォスターの父親はシェルター嫌いで、金銭的な余裕もないため設置を拒否していた。息子が仲間外れとなるようすから仕方なく購入したのだが、支払い不能となって地下から撤去されてしまう。核シェルターの最新型が次々と売り出され、さらなる安全安心を確保するには追加の経費が必要となる。敵を殲滅する兵器だけでなく、敵から身を守る装置にも、自己負担が不可欠となる時代を皮肉っていた。これは次々とセキュリティの装置やソフトを購入させられる現在の状況にも通じる。

また「ウォー・ゲーム」(五九)は、敵対するガニメデから、子ども向けの三種類のゲームの輸入を許可するかをめぐる話である。担当の係員はゲームに侵略的な意図や仕掛けがないかをテストする。一番目のものは、おもちゃの兵隊と城塞の攻防戦を展開するもので、城塞が原子爆弾を製造するのではないか、といった懸念から輸入は許可されなかった。二番目のものは、服を着用すると現実と溶解した過去へと退行する幻想を観ることができるおもちゃだった。これも精神に及ぼす影響から許可されなかった。三番目の「シンドローム・ゲーム」は、地球人にもなじみのあるモノポリーのような投機ゲームだったので、輸入が許可された。喜んだマネージャーがサンプルを家に持ち帰ると、ゲームを試した子どもたちは夢中になった。けれども、モノポリーとは逆で、富を独占するのではなく投げ出すことが勝利条件となるのだ。

最初の二つのゲームは一種のダミーであり、第三のおもちゃを通じて、地球の子どもたちを洗脳する戦争をガニメデ人が仕掛けているとわかる。ゲームを通じて、喜んで自分たちの富をガニメデ人に投げ出す世代が育てられるわけだ。

ディックが好んだ「モノポリー」が不動産ゲームであるように、郊外化とつながる宅地開発の話は、ディックの小説につきまとう。「地図にない町」には、鉄道と住宅開発の結合によって、郊外ができあがるようすが描かれていた。ペインは、新旧の間で、自分に馴染みのある古い世界を選ぶ。この選択は、社会学者のリンド夫妻が一九二〇年代から三〇年代にかけて、中西部の「ミドルタウン」を調査して浮かび上がらせた特徴にほかならない（『ミドルタウン』（二九））。しかも、リンド夫妻は町の住民を一括して扱うのではなく、ビジネスクラスとワーキングクラスとに分けるべきという結論を得ていた。ディックが描く郊外住宅とは異なる町の様子も気になってくる。

「小さな町」（五四）では、町一つを模型化して支配する強迫観念が具現化した。それは『宇宙の操り人形』（五七）に出てきた侵略された故郷の町ともつながる。記憶にあった町の住民や場所が別物に変わっていく不安がある。『ブラッドマネー博士』（六五）で、核戦争前の商店街は核戦争で吹き飛び、戦争後には車ではなくて、ロバで荷物を運ぶような古い商売のやり方や経済に戻るのである。核戦争により、小さな町あるいはミドルタウンが、過去へと回帰する。しかも人口が減ることで、田舎化する状況をディックは執拗に描くのだ。

「変種第二号」にあるように、戦争においては陣地戦こそが鍵を握る。実効支配するには、土地の確保が必要なのだ。『タイタンのゲーム・プレーヤー』（六三）は、星間戦争によって、タイタン人に支配されながらも、地球人は土地を奪うゲームに興じているのだ。『最後から二番目の真実』（六四）では、最終戦争は終結していたのに、東西陣営が結託して戦争を続行中だという虚偽の体制を作り上げていた。ところが、地中で働く者はその事実も知らずにノルマを果たそうと働き、地上はヤンスマンと呼ばれる者たちが、自分の領地を獲得して分割していたのである。また、『火星のタイム・スリップ』（六三）はF・D・ルーズベルト山の政府による開発計画を知った者が、あらかじめ土地を取得することで利益を得ようとする争いでもあった。西部の先住民居留地で起きたことの再演ともいえる。

ディックは、第二次世界大戦のような国家間の戦争の記憶を描いているだけではなく、西半球を「新大陸」として捉えたときに蘇る記憶も扱っている。しかも、地球における東半球（旧世界）と西半球（新世界）の対立が、脳における右半球（空間認知能力）と左半球（言語能力）の対立と重なっていく点にディックらしさがある。マクロコスモスとミクロコスモスとを直結し、対応させているやり方がディックの真骨頂でもあった。

第四の特徴：自動化と複製

ディック作品の特徴として指摘されるのが、「本物」と「偽物」との区別のゆらぎへのこだわりである。ディックの「人間とアンドロイドと機械」（七六）は著名なエッセイだが、五〇年代の中短編を読むと、そこに結実した考えを当初から抱いていたことがわかる。エッセイのなかで、冷たい存在を機械と捉え、それが人間に紛れ込むときアンドロイドとなるのだ、とディックは独自の定義を下す。機械もアンドロイドも本来は人間が創造したはずなのに、制御できずに人間を脅かす存在とみなされる。そして、生命体であっても、感情移入が欠けている者は、人間ではなくアンドロイド、つまり排除しても構わない一員とされる。

ジョン・ダンの「誰も島のように孤立してはない（No man is an island）」という主張をひねって、共感能力をもたずに孤立した島のような存在は人間ではない、とディックはみなすのである。今なら「アンドロイド＝サイコパス」とでも了解されるべきかもしれない。機械のように有能だが、人間的温かみをもたない人間というわけだ。そうした存在が被造物としてこの世に届けられている理由をディックはさぐろうとする。それが神学的あるいは存在論的考察へと向かう動機となっている。

「アンドロイド」という言葉が用いられてはいるが、「サイボーグ」という言葉が作られたのは一九六〇年であり、五〇年代のディックは、人間と機械のハイブリッドという発想はもっていなかった。『空間亀裂』に出てきたジョージ・ウォルトという結合双生児が、じつは二人の人間が癒着しているのではなく、一人が亡くなった後で代わりに人工の身体をもっているのが、一種のサイボーグとして目立つくらいである。とりあえず機械と人間の境界線は明瞭だった。

ディックはアンドロイドを機械の擬態と把握することで、人間どうしに境界線を引こうとする。ディックは自分が考えるアンドロイドが判別される、あるいは生み出されるプロセスを執拗に描いてきた（小学校時代に能力判別テストを受けて以来、ディックはテスト好きでもあり、これが強迫観念として作品のなかに何度も登場する）。しかも、人間は自分が機械から生み出されたアンドロイドではない、と自己証明し続けなくてはならないのだ。ディック本人も、自分が文章製造機械ではないことを証明するために小説を書き続けたともいえる。

機械が自律することの恐怖が強調される。「自動砲」は、人類が死滅したとしても、戦争を遂行するプログラムが生き残ることを示していた。ディックにとって、不気味さを生み出すのは、是非を判断し修正し必要なら停止する意志が欠如していることだろう。「変種第二号」と「ジョンの世界」では、地下のオートメーションの兵器工場が、それぞれ独自に新しい兵器を開発していた。戦争に勝利する最適化の結果として、自分たちには欠けているが、人間はもつ「共感」や「同情」を最大限に利用するのだ。傷病兵や家族と別れてしまった少年など戦争の犠牲者の姿を模したのは、相手を油断させるためにいちばん効果的な姿だったからである。目的のためには手段を選ばないのだ。

機械が機械を生み出すパターンの帰結を描いたのが、「自動工場」(五五)だった。惑星全体のネットワークが、核戦争後も合成ミルクなどを作り出し、自動的に供給している。それが天然資源の枯渇を招いているとして、生き残った人間側が生産を阻止しようとする。工場側は人口減少以前の供給計画をかたくなに維持しているのだ。そこで欠陥品があると異議を申し立て、自動工場と交渉を試みるが失敗する。さらに、ニューヨーク、シカゴ、デトロイト、アトランタといった自動工場どうしが、まるで生物のように、タングステンなどの希少な資源をめぐり争いを始めるのである。

戦略のために戦術を多少修正しても、戦略自体を変えることはなく、互いに殲滅へと向かう。最後に工場を破壊された際に、防衛本能のように、小型の球体の工場を種子のように放出することで、自動工場は生き延びようとした。人間が介入する余地がなくなってしまうのだ。生命を模倣するように、プログラムに従い、それを守るために工場が工場を生み出す。最大級の物資の消費をもたらしたのが戦争だった。ところが、廃墟に住むかろうじて生き延びた人間に、戦前と同じ計画のまま不要な物資が供給される点に「自動工場」の皮肉はある。

複製が続き、それを阻止できないと判明するとパニックが引き起こされる。「植民地」(五三)はあらゆるものをコピーする生物が存在する植民惑星の話だった。当初害をなす存在がいないのでエデンの園と考えていた乗組員たちだが、顕微鏡やタオルが襲ってくる事態が生じる。ある種の有機物の生命体が、無機物をコピーし、周囲に身を潜めながら探検隊を食べていく。人体にも有害な砒化水素で正体をあぶりだすことに成功するが、増殖能力に手を焼き、撤退を決める。無機物に変装した相手を地球に持ち帰らないようにという苦肉の策から、みな裸体となって待機するのだ。そして、救援するために呼ばれてきた宇宙船さえも、じつはコピーだったというのがオチとなる。

アンソロジー・ピースとして名高い「にせ物」(五三)は、外宇宙人の侵略への防護壁を超えてやってきたスパイ容疑で主人公のオーラムが捕まるところで始まる。U爆弾を内蔵したアンドロイドとみなされ、月面で処理されようとしたが、地球の妻のもとへ逃げ出す。さらに、追われて外宇宙人の宇宙船が墜落した現場にたどり着く。そこで発見されたのが人間オーラムの死体だとわかるのだ。にせのオーラムは「もしそいつがオーラムなら、それじゃおれは間違いなく…」と口にする。空白の部分が爆発の引き金となる合い言葉で、自分が何者かと認識したと告げるものだが、爆発したので聞き取れない。この空白に入る語こそ、本文では使用されないタイトルの「にせ物(impostor)」に他ならないだろうが、その事情はメタの立場にいる読者だけが了解できる(タイトルはジャン・ギャバン主演の映画『逃亡者』〔一九四四〕から採られたのだろう)。オーラムが認識を獲得した瞬間にすべてが消失したのである。地球の防衛網が破滅するほどの光が、アルファ・ケンタウリまで届くとして、現実の距離からいえば四・三年かかるはずだが、小説においてはそれが瞬時の出来事のように描かれるので効果的なのだ。

たとえ人間として生まれても、自分が機械やアンドロイドではないと自ら証明し、他から証明され続けないといけないのである。「新世代」(五四)では、プロキシマ・ケンタウリで働くエド・ドイルは、地球で生まれたわが子ピーターを抱くことも許されなかった。ピーターはロボットによる完璧な教育に委ねられる。法律が許すので、エドは九歳となったピーターとピクニックに出かけるが、父と子の会話はすれちがってしまう。ピーターはロボットの教師に、父親は実験動物みたいな臭いがしたと感想をもらすのである。これは戦後世代と前の世代との乖離を物語るとともに、アンドロイド（サイコパス）化している新人類の問題を突きつけてもいる。郊外族の子どもたち世代の変化であり、「訪問者」（五三）のようにミュータントという言葉で、核戦争や放射線によって質的に変化した存在として描かれる。死の灰や放射能の雨が、死をもたらすだけでなく、人間を遺伝子のレヴェルから変えるという恐怖が冷戦時代には蔓延していた。

「人間の姿をしたアンドロイド＝偽物」という発想は、「父さんもどき」や「クッキーばあさん」のように人間の抜け殻を描いた短編作品のイメージともつながる。本来の人間が吸い取られて上皮だけになってしまうのである。「複製や偽物」にあふれている点に、早死した双子の妹への固着を読み取ることは難しくない。双子のどちらがオリジナルでコピーかという問いかけもあるが、無論正解は「どちらもオリジナル」のはずである。自分がコピーあるいは影にすぎないのではないか、という強迫観念に囚われるが、これはそのまま「アンドロイド嫌悪」につながるものだった。

六〇年代の中期以降発表される中短編はしだいに年に数編となり、ディックは長編作家として定着した。それは、マーケットが大きく変化したせいでもあった。一九五二年のデビュー以来質量ともにディックの中短編旋風が吹き荒れたわけだが、五五年に発表点数が大きく減ったのは偶然ではない。市場が冷え込み、第二次世界大戦を乗り越えた老舗のSF専門雑誌の廃刊が続いたせいだった。本人の資質だけでなく、発表媒体の縮小という外的な条件が、ディックを否応なしに長編作家へと向かわせたのである。

2　二つの普通小説

カフカ的迷宮からの出発

　ディックはマーケットの変化を受けて、中短編から長編へとシフトしたが、やはり色々と勝手が違ったようである。[*5] 中期にあたる六〇年代の終わりになって、ディック本人が両者の違いに関して、「短編は殺人を扱うが、長編が扱うのは殺人者そのものや、殺人以前にもっていた心理に基づく殺人者の行為である（書き手が技量を熟知していればだが）」と、短編集『名曲永久保存法』（六九）への未発表の序文で述べていた［OnPKD: 16］。さらに長編は構築であり、分量の問題ではない、との説明も加えている。エース・ダブルを中心とした短めの作品も、長編として意識していたわけである。

　最初期の長編で、出版社に原稿が売れないまま手元に残り、死後となる一九九四年に発表されたのが、旧約聖書のゼファニア（ゼパニア）書に由来する『汝ら共に集まれ（*Gather Yourselves Together*）』である。一九五〇年ごろ、二十四歳で書いた普通小説だった。ここに、「カフカ的」と評されるディックの原型のひとつがある。とりわけ、普通小説の執筆において、本人がカフカを参照していた点を見逃すわけにはいかない。

　一九四九年の中国本土を舞台に、毛沢東の中国解放軍が押し寄せる騒動で「アメリカ金属開発会社」が撤退し、明け渡しのために現地に取り残された三人の男女（カール、ヴァーン、バーバラ）をめぐる話となる。ディックが知るはずもない外国を舞台に選んだのだが、企業の敷地とその周辺が出てくるだけの一種の密室劇である。現地の人間も、アメリカで英語を習得したハリー・リウという交渉役と、エピローグで姿を見せた工場などの引きとり役となった若い兵士くらいである。

明け渡しまでの一週間でアメリカ人たちに起きた人間関係の変化と、アメリカ生活の回想が語られる。若いカールはほぼディック本人であり、年上のヴァーンは、離婚で疎遠となった父親の代わりとして、愛憎関係をもったテレビ店の店主ホレースがモデルだった。この設定は、『市に虎声のあらん』や『ジャック・イジドアの告白』の普通小説、さらに『ブラッドマネー博士』や『アンドロイドは電気羊の夢を見るか？』で繰り返し使われることになる。もちろん、変換され、その度に役割は異なるのだが、核になる部分は実体験に基づくものだった。

このモラトリアム的空間のなかで、かつてヴァーンと性的関係をもっていたバーバラとの間にカールがどのような関係を確立するのかが主筋となる。三人の視点的人物を置きながらも、外なる敵としての中国解放軍の脅威への不安などは描かれない。代わりに、カールは哲学的な断片を並べた自説を述べて、バーバラに自分を受け入れさせようとする。そして、カールは高校や大学で、共和党にも民主党にも進歩主義政党にも絶望した、という過去が回想される［第16章］。現状を否定しても、第三の道を選べない閉塞感がある。また、ヴァーンが大学時代のテディという黒い髪の女性との関係を回想するが、これはディックが最後までこだわった女性像の始まりでもあった。ヴァーンは若いバーバラとの過去の経緯を、年下のカールが知ってしまうかどうかを気遣うのだ。アメリカ企業の中国本土からの撤退という歴史的な変化のなかで、三人にとっての関心の対象は、あくまでも互いの人間関係だった。

施設の受け渡し責任者であるヴァーンに、中国側の交渉役リウは、カフカの断片小説である「万里の長城」（三一）を持ち出し、支配者の皇帝が代わったことを知らずに人々が働き続け、税金を収め続ける広大な世界が中国だと説明する。アーノルド・トインビーやヴィーコのように「歴史が円環（循環）する」と考える歴史家が将来、事態を総括するだろうと予言する。ローマ帝国と立ち去るアメリカとを結びつけたヴァーンに、それならば自分たちがキリスト教徒にあたる、とリウは応じるのだ［第17章］。ここでの「中国」はカフカが構築したような人工世界であり、その設定でディックは一種の思考実験をしてみせた。

主人公の名前がカール（Carl）で、小説全体はカール（Karl）・ロスマンを主人公としたカフカの『アメリカ』（二七）の裏返しでもある。カールは、バーバラの名字がマーラーだとわかると「ドイツ系？ユダヤ系？」と問いただし、別な機会には、彼の出自となるドイツ系の祖父母の話を持ち出すなど、ドイツとのつながりを強く意識していた。カフカの空想的な「アメリカ」の代わりに空想的な「中国」が設定されている。ただし、カフカ作品であっても、アメリカを旅し、オクラホマの遊園地へと向かうディケンズ風の旅行記よりは、むしろ『城』（二六）のKが体験する閉塞状況に近い。

カフカの『アメリカ』が自分のイニシャルであるKという視点的人物に寄り添った疑似一人称の語りで終始するのとは異なり、カールたち三人それぞれの視点を切り替えて物語が作られているのも重要だろう。ディックの長編作品は強烈な主観的な歪みをもっているが、主人公の視点からだけ語られないことで、広がりをもち、果たしてどの視点が正しいのかを不明とさせる方法を最初から採用していた。

二作目のピカロ小説

次に書いたとされるのが、「一九五二年六月五日木曜の朝」と始まる『市に虎声のあらん（*Voices From the Street*）』であった。これは体験に基づくリアリズム小説である。原題の「路上からの声」とは、朝鮮戦争時のサンフランシスコ湾沿いの町に住む人々の本音であり、対立や暴力があふれている。こちらの作品のほうが、カフカの『アメリカ』の手本となったディケンズの『オリヴァー・ツイスト』や『デイヴィッド・カッパーフィールド』に近いのだ。アンチヒーローの人生遍歴という意味で、ビート世代を代表するウィリアム・S・バロウズなども好んだピカレスクロマンの系譜に入る。ちなみに「ピカロ＝悪漢」ではなく、社会の逸脱者やはみ出し者を指し、アメリカ文学ではしばしばハックルベリー・フィンの文学的子孫とされる*6。

主人公スチュアート・ハドリーが酔って警察に捕まった状態で話は始まる。精神的にだけではなく、肉体的にもスチュアートは、ぼろぼろになっていく。そして、妻と息子を抱えた生活から逃走し、職も失い、最後には田舎の土地を手にする。その過程で、世代間の断絶や戦後世代の憤怒や絶望、さらには人々が抱える反ユダヤ主義や黒人差別、アジア系住民への蔑視などの人種的差別意識がむき出しとなる。朝鮮戦争が終末戦争へとつながる不安が漂っている。冷戦における血を流す戦争は、東西が対峙しているヨーロッパではなく、アジアやアフリカで起きていた。

前作の三角関係から広がり、多くの人物が登場する。なかでも、権威主義的な「厳父」、主人公を救済してくれるように見える「慈父」、翻弄する「悪女」というこの後繰り返し登場する人物造形が出現しているのが注目に値する。

厳父にあたるのは、「モダンTV」商店のオーナーで、スチュアートを雇うジム・ファーガスンである。第一次世界大戦を闘い、「朝鮮半島を中国に渡すな」とか「原爆一発で中国人は葬れる」と口にする。そしてエズラ・パウンドを「ファシスト」と決めつける。前作のヴァーンは、T・S・エリオットを「ネオファシスト」と呼んでいた。ただし、ディックはモダニズムの作家たちを取り上げるし、大きな影響を受けている。とりわけジョイスはお気に入りで、『フィネガンズ・ウェイク』を引用までした。

文化冷戦のなかで、モダニズムは当初のラディカルな意味を失い「スタイル」となり、さらに西側の文化的兵器ともなった［*Barnhisel*, 16-18］。硬直した社会主義リアリズムと科学への素朴な信頼をもつ東欧圏の多くのＳＦに対して、西側のＳＦが対抗措置としての役割を担った点を忘れてはいけない。スタニスワフ・レムがディックを評価したのもそうした文脈で理解できる。*7 パウンドとファシズムをめぐる問題は、『高い城の男』に出てくるファシスト団にいたジョー・チラデーナのように思わぬ形で姿を見せるのである。

スチュアートには肝臓の障害があるので、兵役検査の結果、徴兵が免除される「４Ｆ級」となった。そのため朝鮮戦争に出かけられない。出征できない点もジムは気に入らずスチュアートは責められるのだ。前作では、中国を舞台にしながらも、具体的な情景や風俗的な描写が皆無であったが、今回はチャイナタウンで、スチュアートは料理を注文し、その際に姉のサリーの夫ボブは「中国人の残飯なんて食べられるか」と拒否する。不動産業に関係するやり手のボブは、戦時住宅の建て替えの入札に際し、備えつけ家具すべてを七十五ドルの格安で手に入れ、自社の住宅棟に二万ドル相当の設備として使いまわし、ボロ儲けをした話をする。

ボブが話す集合住宅は、略語である「コナプト（conapt）」として、ディックの小説には数多く登場する。たとえば、『アンドロイドは電気羊の夢を見るか？』でイジドアが住んでいるのも、多くの人々が退去したコナプトだった。そして、『空間亀裂』は、生活空間が亀裂から新しく見つかる話であり、『火星のタイム・スリップ』でのＦ・Ｄ・ローズベルト山周辺の土地開発や『最後から二番目の真実』でのヤンシーたちの地上世界の勢力争いともつながる。土地への投資とそこから法外な利益を得る話が、資本主義的な成功譚として語られるのだ。

スチュアートはジムが店の経営を自分に継承したがっていると考え、月給以外の歩合給の計算までする。個人商店に関わってきたディックらしい数字に裏打ちされたリアリティがある。ジムの「モダンＴＶ」

の店をめぐる話は、その後ディック自身が妻の店の手伝いをした経験も含めて、『高い城の男』の装飾品製造の投資や、『パーマー・エルドリッチの三つの聖痕』での壺づくり、さらには『ブラッドマネー博士』や『アンドロイドは電気羊の夢も見るか?』のテレビ店の話へとつながっている。日銭を稼ぎ経営をどのように維持していくのかが、ディックの作品世界を裏打ちしてリアリティを与えている。作品世界が社会観察や主観的妄想だけではなく、ディックの体験も踏まえていて、たとえ未来の架空の話でもどこか地に足がついている。

また、スチュアートの「慈父」にあたるのは、「イエスの番人教会」の主宰者である黒人のセオドア・ベックハイムだった。スチュアートを気に入り、選ばれた者が集会に入場するのに必要なカードを一ドル五十セントで譲るのだ。これは『偶然世界』で、クイズマスターのカートライトが主人公にパワーカードを二ドルで譲る場面で再利用される。ところが、スチュアートはそれを捨ててしまい、中に入れずに、万人に開いているはずの救済者ベックハイムに幻滅するのである。しかも彼を紹介してくれた雑誌編集者のマーシャは、じつはベックハイムの愛人で、その後スチュアートはレイプ同然に彼女と関係をもつのだ(当時普通小説として受け入れられなかったのはこの性描写のせいかもしれない)。

サルトルの実存主義をマーシャが口にするように、スチュアートは出口なしの脱出不可能な閉鎖状況から抜け出そうともがくのだ。店を勝手に休み、店主のジムとも決裂して、クビを言い渡される。喧嘩にまき込まれたスチュアートは顔が変形し、片目を失うほど傷つく。「ゲイバー」と思しきアンダーグラウンドの店に入り、さらにドイツ語を話す夫婦と出会う。

『汝ら共に集まれ』の主人公カールはドイツ系に設定され、シューベルトの音楽への言及が何度かなされるので、歌曲集『冬の旅』や『水車小屋の娘』に登場する職人の徒弟遍歴も想定されているのかもしれない。ただし、スチュアートの「遍歴」は、ピカレスクロマンにもなり切れずに、出発点となる家族のもとへと戻るものである。スチュアートは片目を失い、機械の修理など地味な仕事をして暮らすのだ。

最後に妻のエレンや息子とともに訪れた田舎で頭金を払い更地を手に入れる。アラスカ譲渡以前にロシア領だったことにちなんで名づけられたロシア川の近くにある土地だった（アメリカとロシアの関係を象徴する場所ともいえる）。姉のサリーはメキシコへ脱出することを勧めていたが、カールは実行しなかった。土地の所有者の変化は、空間の関係をたえず意識するディックにとって重要となる。アメリカの土地の一部をもつことで、スチュアートはとりあえずの放浪を終えたのである。

アメリカの「怒れる若者」として、スチュアートが万事に懐疑的となったのは、戦時中の沖縄戦を扱ったニュース映画内で、火炎放射器により火だるまになって洞窟から出てきた「ジャップ」を見ながら観客が笑ったのを目撃したせいだった。それに基づき、妻のエレンに、戦争時の狂気について語る［第1部「朝」］。ディックが生涯抱える、敵対し侮蔑する存在への「共感」は可能なのか、という問いかけの始まりでもある。『ジョーンズの世界』で、法的に危害を加えることが禁じられた飛来する「漂流者」と呼ばれる異星生物を、「ヒトラーだって最後は死んだんだ」として、嬉々として焼き払う群衆が姿を現す［第7章］。こうした群衆がもつ盲目的な力の行使は、人間が他人に共感できないアンドロイドとしての姿を見せる瞬間となる。ディックは広場恐怖症だけでなく、群衆や集団への嫌悪を抱えていた。

ディックの根っこには、ラジオや映画を通じて子ども時代に吸収した第二次世界大戦の間接的な経験がある。ヴァーンやスチュアートたちが第一次世界大戦での体験を誇るのは、ガスマスクをつけて過酷な戦場を生き延びたことを我が子に誇ったディックの父とも共通する。

「ウォー・ベテラン（歴戦の勇士）」（五五）には、肌の色が異なる火星人や金星人を排除し、地球を取り戻せという地球中心主義の一団が出てくる。公園でひとりの退役軍人が昔の戦争の体験を語っていたはずだが、記録によると年齢はまだ十五歳のはずで、将来の戦争の出来事を口にしているのだ。退役軍人の記録そのものが疑わしくなり、存在が虚構だと判明していくのである。それは排外主義を警告するためのアンドロイドだった。第一次世界大戦だろうが、第三次世界大戦だろうが悲惨な出来事が繰り返され、過酷な状況を生き延びる者がいるのは間違いない。そこに「広報」という情報戦の話が入ってくる。

最初期の普通小説二作は、カフカを含めた文学的伝統を摂取する努力の産物である。身近な人物だけでなく、中国情勢や朝鮮戦争などの時事的なネタをダイレクトに自作に取り込む姿勢があった。ただし、当たり前だが、SF小説という虚構空間での物語のほうが、描写は活き活きとしてくる。残念ながら、普通小説の領域で、ディックの才能が評価され、開花することはなかった。前期の五〇年代後半には他にも普通小説を数多く執筆したが、基本的には、最初の二作に描かれた事柄の変奏や変換となる。けれども、中短編小説のさまざまなアイデアを組み合わせると、魅力的なSF長編となり、読者を獲得したのである。

それには、二つの短めの長編を組みわせて一冊にしたエース・ダブルでの経験が不可欠だった[*8]。ドナルド・ウォルハイムの編集補助をしていたテリー・カーの編集方針を端的にしめす言葉がある。ポール・アンダースンの妻カレンの証言によると、「聖書をエース・ダブルで印刷するには、それぞれ二万語に切り詰めて、旧約は『混沌の守護者』、新約は『三つの魂をもつ物』と改名しないとだめだ」としていた[Sutin: 66]。草稿が容赦なく削除され、ジャンル小説の読者に向けて、思わせぶりなタイトルを採用する方針がとられていた。小説の不備に思える飛躍や欠落点の責任を作者だけに帰するわけにはいかないのだ。

『偶然世界』執筆より前となる一九五三年には、『宇宙の操り人形』の草稿は出来上がっていたのだが、『暗黒の鏡』として雑誌『サテライト』の五六年十二月号に一挙掲載され、改稿の上エース・ダブルに入ったのは五七年だった。この長編第五作は、ヴァージニア州の田舎町が異星からやってきた者に乗っ取られる話でファンタジーとして扱われるが、普通小説からＳＦへとディックが主軸を移す途中の作品とみなすべきである。

3　初期の三つの長編

◉3―1　『偶然世界』とくじ引き民主主義　チャンスをつかむ

一九五五年に『偶然世界（*Solar Lottery*）』はディックの長編第一作として刊行された。セットになったのは、スペースオペラ作家として実績をもつリイ・ブラケットによる『文明の仮面をはぐ』だった。ベテランと新人の組み合わせだったのである。

原題を強いて訳すと「太陽ロト」となり、宝くじのイメージをもつ。主人公テッドは、地球を支配する五大企業のひとつワゾウ＝リルの基幹システムが壊れて解雇されるが、むしろチャンスと考える。そして二年間執政庁に君臨しクイズマスターの地位を守ってきたヴェリックに、職務ではなく個人的な忠誠を誓い、出世の手がかりを確保する。そのテストに備えるために、テッドは図書館のテープやスキャナーで生化学の知識を詰め込むのだ。アメリカの大学などで「クイズ」といえば小テストを指すのもどこかに響いていそうだ。

ところが忠誠が認められた瞬間に、テッドはいきなり失職し、運命が急転する。ボトルという「公共的偶然発生装置」により、六十億人各自がもつパワーカードが抽選される。その結果、最高位のクイズマスターに、ヴェリックではなく、無級で下層の高齢者カートライトが選ばれたことで、一種の下剋上が起きたのである。そして、執政庁からヴェリック派が追放される。ホワイトハウスの政権交代で起きるのと似た事態が生じた。

君臨する者は「クイズマスター」と呼ばれるが、大量生産社会が完成したあとで生まれた職種である。大量に生産された商品が消費されずに野ざらしとなり焼却されていた。そこで商品をさばくために豪華賞品の当たるクイズが大きな役割をはたすようになった。そしてクイズの最高の景品が、権力者の地位となったのである。全員に割り当てられた券は「パワー（権力）カード」通称Pカードと呼ばれる。当たる確率は六十億分の一なので、当選を諦めた者たちは一枚二ドルで闇取引していた。ただし、個人に紐づけられた社会保証番号ではなく、まさにロトや野球カードのような扱いとなる。「本人」ではなくて、カードの所有者が当選者となる。数多くカードをもつほうが、当選の確率が高くなるので、束でもつ者もいる。

クイズマスター＝クイズ王が社会の英雄とみなされる世界像は、五〇年代当時テレビでクイズ番組が、高い視聴率をとれるコンテンツとして乱立した状況を受けていた。『偶然世界』では、偶然に見えたものが故意の「やらせ」だと最後に判明する。これなどは、ロバート・レッドフォードが『クイズ・ショウ』（九四）として後に映画化したクイズ番組「21」の騒動を先取りしたようだ。

ディックは長編第六作の『時は乱れて』（五九）で、毎日出題される「小さな緑の男はどこへ行くか？」という新聞のクイズにたえず正解する主人公レイグルを登場させた。妹夫婦と同居するダメ人間でありながら、レイグルは、皆が自分を知っていて、正解する期待をもつ重苦しい世界に疑問を感じ、脱出しようともがくのだ。出版年と同じ一九五九年が舞台のはずだったが、じつは近未来の一九九七年であったことが判明する。『時は乱れて』が、ＳＦではなくサスペンス小説として受け入れられたのも、当時のクイズ番組をめぐる騒動を踏まえると理解できる。やらせや不正が、テレビの視聴者に向けてではなく、クイズの解答者に実行されたらどうなるのか、というシミュレーションとみなされたのだ。

パワーカードとボトル

『偶然世界』では、Pカードのくじ引きにより選ばれるので、クイズマスターは競争の勝者ではない。当たりのカードをもっているかどうかで決まるのだ。「くじ引き」で政治的代表を決める方法は古代から存在し、ギリシアの都市国家アテネの民主政で確立された。アリストテレスは『アテナイ人の国制』で寡頭制を防ぐ手段として推奨した。

この考えは現在でも裁判の陪審員制にかろうじて残っている。ただしアテネでも将軍職は投票で決めていて、こちらはローマの統領、さらにアメリカなどの大統領へと引き継がれていくのである。政治の指導者と戦争の指揮官という二面のぶつかり合いをどう扱うのかは、ディックにとっても課題だった。クイズマスターの場合には選挙を経ずにランダムな形で地位が与えられるのだ。

『偶然世界』は、戦後脚光を浴びたゲーム理論を念頭に置いていた。扉には、邦訳もあるジョン・マクドナルドの『かけひきの科学』から、「良い戦略とはミニマックスの原理を採用することだ」の文言が引用され、作品中でも解説された。*9

ミニマックス、つまり人生という大いなるゲームを生き延びる方法は、二十世紀のフォン・ノイマンとモルゲンシュテルンという二人の数学者が発明した。そして、第二次世界大戦、朝鮮戦争、最終戦争でそれが利用された。〔第2章〕

最終戦争つまり核戦争を経た二〇三年の世界は、「ミニマックス」戦略に支配されている。人々は、自分の手の内が相手に読まれていることを想定し、自己の損失を最小限に留めようとする。他のゲーム・プレーヤーが自滅するのを待ち「損をしない生き方」を選ぶことで相手に負けない、という発想である。ボトルのくじ引きによって下野したヴェリックたちは、カートライトを暗殺しようとする。そもそもクイズマスターは、暗殺を退けることで、権力を維持できるという制度でもあるのだ。

冷戦時代のアメリカ文学やビート世代を論じるスティーヴン・ベレットによると、ゲーム理論は国家の安全保障(ナショナル・セキュリティ)と結びついていた。また、ウィリアム・S・バロウズは『裸のランチ』など「カットアップ」の手法に関してゲーム理論をヒントにしたと述べ、カート・ヴォネガットは『プレーヤー・ピアノ』(五二)で戯画的に利用していた［Belletto2009:338］。『偶然世界』もその流れにあったとベレットは指摘する。

ゲーム理論の有効性を連邦政府に喧伝したのはランド研究所だった。サンフランシスコにある高名なシンクタンクは、『アンドロイドは電気羊の夢を見るか?』(六八)で、「世界最終戦争=核戦争」により破壊されてしまう。「国防総省と、その乙にすました科学的奴隷であるランド研究所のいさましい予測にもかかわらず、戦争はひどく高価なものについた」と出てくる［第2章］。ここには、熱核戦争でのアメリカの勝利を「予測」したハーマン・カーンを擁したランド研究所への非難がにじみでているし、アジア太平洋の戦場、とりわけヴェトナム戦争への関与が、ゲーム理論による早期終結という予測を超えて泥沼化したことへの揶揄が含まれている。

ベレットが指摘するように、「偶然=チャンス」は西側にとって重要な主張で、ソ連の公式哲学が共産主義の勝利という歴史の「必然性」を主張していたことへの対抗でもあった。ところが、予測は必然性を提示しないと成立しない。

その悲喜劇をディックは「変数人間」(五三)ですでに扱っていた。ケンタウリ星系の全情報を収集しているSRBコンピュータにより、地球とプロキシマ・ケンタウリとの戦争の勝率がたえず計算される。たとえば、新兵器が開発されると勝率があがる。ところが、二世紀前からやってきた男は、統計的予測に入らない逸脱した「変数」だったのである。変数人間によって状況が変わりうるならば、核戦争による終末が「必然」なのか、避けられる「偶然」なのか、という問いかけも生まれる。

『偶然世界』は、西半球中心主義ですらない。太平洋上のインドネシア帝国が九惑星連邦の中心地となり、首都バタヴィアに執政庁が置かれている。一九五五年に通称バンドン会議と呼ばれる第一回アジア・アフリカ会議がインドネシアで開催され、「第三世界」という考えが生まれたことが念頭にあるのかもしれない。一九四八年のベルリン封鎖に代表される軍事的緊張があっても、ヨーロッパ大陸を中心に据えた東西対立は、全面的な戦争へとは発展しなかった。しかしながら、アジアでは、太平洋戦争が終結したあとも、朝鮮戦争からさらにヴェトナム戦争とアメリカ軍は戦い続けた。そうしたなかで、米中戦争勃発への不安とともに、大西洋を挟んだ「西半球」の冷戦構造とは異なる太平洋をめぐる状況に、カリフォルニアに在住しているディックは反応したのだ。

冷戦時代の新しい国際秩序を生む可能性をもった第三世界の台頭と、クイズ番組の裏側のように、政治権力の裏側を見せるのである。偶然やランダムが支配するように見えて、じつは台本が用意されるとか、露骨な介入がある。アリストテレスがギリシア悲劇に関連して、フィクションに偶然はありえない、と言ったように、ここでも偶然はなかったのだ。偶発的に隣接する要素を強引に関連づけて物語を回収する(回収しそこねる)のがディック作品の魅力となる。その力技がすでに第一作から発揮されていた。

◉3—2 『ジョーンズの世界』と確定した未来プレコグの行方

『偶然世界』の次にレコード店で働くヒロインものの普通小説『メアリーと巨人』を執筆したが、原稿は結局売れなかった。そこで、大胆で複雑なSF作品を作ろうとしたのだ。ディックの長編二作目となる『ジョーンズの世界』(五六)では、三つのプロットが交差する。

第一の中心プロットは、ジョーンズの正体をめぐる謎の解明だが、関連する人間関係は、『市に虎声あらん』を変換したものである。類似したキャラクターを配置し、他のプロットやアイデアを絡めることで変換して、別の物語を生み出すことにディックは成功したのである。

ジョーンズは、ディック作品ではおなじみとなる予知能力者である。生まれたときから異常な能力を発揮した。一九七七年八月十一日にコロラドで戦時中に生まれたが、戦火はアメリカの中西部に届かなかった。田舎は平穏無事に思えたが、九歳半のときに、アメリカに水爆が落ち、ソ連の細菌兵器にも攻撃され、世界が一変した［第6章］。ジョーンズは生まれてから、未来と現在の二重の時間を生きてきた。言語能力も含め早熟なのも、一年後の未来が見えるからだった。捕らえられたときにこう応じる。

わたしは一年前に這い進んだ道を、もう一度のろのろ這いずっているだけさ。なにひとつ変えることができない。この会話だって——ぜんぶ暗記している。目新しいことはなにもない。［第5章］

未来が過去の体験となってしまい、すべてが追体験でしかない。その後ジョーンズは「愛国者連盟」

という宗教組織の中心人物となる。予言どおりに世界情勢が進み、連邦政府に対して反旗を翻すことになるのだ。ただし、「少数報告」（五六）や『パーマー・エルドリッチの三つの聖痕』（六五）のようにプレコグという予知能力者が複数存在したならば、各自が同一の未来を見るとは限らない。けれども、ジョーンズの場合には、対抗するプレコグがいないので、彼の予知が既知のものとなっていく過程が物語の太い中心線となった。予言や予知は古代より伝わる意匠だが、ここでは「プレコグ（予知能力者）を暗殺できるのか」という主題が持ち出される。ジョーンズは暗殺を予知でき、だからこそ暗殺者プラットの銃弾を避けることができたのだ。そこで、ジョーンズの命を奪う役目は、主人公ダグに回ってくるのだ。

第二の「漂流者」が飛来するプロットが加わる。これは、核戦争後の脅威であり、当初は宇宙船と考えられていた。ところが、ジョーンズは正体が生物だと告げた。古代からある宇宙播種説（パンスペルミア）のように、単細胞生物が空から落ちてくるのである。「植物は争わない」という平和的なイメージも語られるが、受粉をして成長を始め、地球を「子宮」として育っていく。これは人類を唯一の存在と考える地球中心説を揺るがす。「漂流者」が平和な姿をした脅威であることは、出版年としては後となるがすでに執筆を完了していた『宇宙の操り人形』で導入されたグノーシス主義的な考えとつながる。グノーシス主義での善悪の二元論的対立は、冷戦の東西対立とうまく合致するのだ。

第三のプロットが、金星へと向かうミュータントたちの話である。生化学者のラファティ博士が、金星の環境に合わせて、自分の子どもを改造したのである。原水爆が熱によって人間を殺傷するだけでなく、その遺伝子を狂わせるという発想が、当時のSF的想像力を刺激した。ガンマ線をあてて、植物の遺伝子に突然変異を人為的に起こさせるのは、戦後における原子力の平和利用の一つと理解されていた。現在のネオ・ダーウィニズム（総合説）では、生物の進化は、自然選択と突然変異の二面の作用とみなされる。

今ではゲノム解析が終了しているので、人間のＤＮＡを直接操作する遺伝子組み換え技術さえも定着している。だが当時の発想としては、これが限界だったのである。

ラファティ博士の実験には、執筆された五〇年代当時の原爆投下や放射能の影響への懸念が反映されていた。すでにディックは「爬行動物」（五四）という不気味な短編を書いていた。原題（"The Crawlers"）は、蛇のように地を這うものを指す。エデンの園を実現するとは、蛇も生み出すのである。金星へと向かう「ミュータント」たちは、テラフォーミングの逆であり、植民する環境に合わせて人間を改造するほうが、手っ取り早く経済的なのである。その結果、彼らは宗主国となる地球で暮らすことはできずに、金星の環境に縛られてしまう。ディックは、この三つのプロットを組み合わせて、ジョーンズの暗殺と、暗殺者が金星へ脱出するという流れを作り出した。

暗殺を待つ男

ダグが予知能力者を追い詰める側となる設定は興味深い。ディック作品では、追い詰める側が途中で追われる側ともなり、相手が何者かの正体を暴くはずだったのが、逆に混乱してしまうのである。秘密警察のダグも、ランダムに選ばれているようでいて、ジョーンズの見た予言どおりの行動をとる。しかも、夫に隠れてジョーンズの「愛国者連盟」に加入していた妻のニーナは、組織内で出世して、女性防衛隊の責任者の地位につき、夫婦間で立場が逆転する。そのせいもあり離婚してしまい、息子は連邦世界政府の施設に預けられるのだ。

ジョーンズは、一年先を予言できるからこそ、自分の死とその後の空白さえも承知している。「ジョーンズが作った世界（*The World Jones Made*）」という原題が活かされる。

ダグは『アンドロイドは電気羊の夢を見るか?』のデッカードの先駆けでもある。ダグは、ロボットが十年前に死んだ歌手を再現して、モーツァルトのオペラ《フィガロの結婚》の曲を歌うのを妻といっしょに聴いて感動する［第8章］。同じように、デッカードはアンドロイドが歌うモーツァルトの《魔笛》の曲に聴き惚れるのだ。ただし、その後アンドロイドは仲間のバウンティハンターに殺害（消去）される。一回ごとに楽譜や台本に基づく「再現芸術」としての歌劇と、記録による「複製芸術」としての再生との問題系が交差している。ダグも、ジョーンズの予言という予め存在する台本をなぞって行動しているにすぎない。

ジュリアス・シーザー暗殺の再演ともいえ、キリストの磔刑とも重なる。ダグがジョーンズを殺害する暗殺者に選ばれた。正確には、ダグの銃弾の前にジョーンズが身を晒すことで、暗殺させたのである。しかも、それは一年前から確定していたことだった。暗殺がジョーンズを神格化させてしまう。

［ダグにも］ジョーンズの未来予知能力がなくても、それくらいはわかった。新たな宗教、磔刑に処された神、人類の栄光と引き替えに屠られた男。いつの日にか必ずや復活する。意義のある死。寺院、神話、聖典。地球に相対主義がよみがえることはない、もうない。今後はぜったいに。［第19章］

ダグはシーザーを殺したブルータスか、ピラトに命じられてキリストを処刑した者の役をやらされた。ダグが暗殺を決断したのは、ジョーンズが帰還する「星間十字軍」の軍隊を使って民衆の反乱を抑える話をニーナから聞いたためだった。それ自体がニーナを使って、ダグを殺害へと誘導するジョーンズの策略だったのである。

金星という避難所

広場恐怖症の傾向をもつディックにとって安らぎを与えてくれるのは囲まれた場所である。『偶然世界』のパワーカードをめぐる騒動で、カートライトは月の保養所に身を潜めた。そこが「アジール」としての逃げ場所となった。『ジョーンズの世界』では、「避難所」と呼ばれる地上に作られた金星の環境を模した施設があり、そこはミュータントたちが金星という第三世界へ向かうための学校でもあった。

ディックの小説では学校や病院やテーマパークのような閉ざされた空間が重要な役割をはたす。普通小説の『汝ら共に集まれ』はアメリカ企業の敷地内で話が完結していた。そして、『アルファ系衛星の氏族たち』（六四）では、とうとう衛星ひとつが、精神の病を抱える人々がタイプ別にコロニーを作る空間となった。これは『ジョーンズの世界』の「避難所」を拡張したものでもある。

第二のプロットの「漂流者」が種子であり、あくまでも「無目的」にランダムに放出されたものに対して、第三のプロットの金星に向けたミュータントによる植民計画は意図的なものだった。金星では、ミュータントではない普通の人間たち（非金星人）による植民計画が失敗していた。そして、事故のリスクを踏まえて二台のロケットに分かれて、金星に到着した最初の八人は、子どもが生まれて九人となることで順調に定着していくのだ。現地人としての金星人は存在せず、「ワズル」という支配種族がいて、彼らは知性もあるが、飼い慣らしてしまうのだ。

ジョーンズを倒したダグは、暗殺者なので地球にいられないとして、妻や子とともに金星へと逃れる。離婚したために、自分たちの息子を一度は連邦の施設に預けたが、取り戻して、三人でやってきた。『市に虎声のあらん』の最後で、主人公一家がロシア川のそばの土地を手に入れたのにも似ている。今度は地球を模した環境で暮らすのである。家の天井に金星には存在しない青空を描いて暮らしている。そこに宗主国での生活習慣を守ろうとする植民者の願望を読み取るのは難しくない。ダグ一家の生活は、金星にきた九人のミュータントたちからすると、地球にあった「避難所」と逆転した状態に思えるのだ。

『ジョーンズの世界』は、三つのプロットそれぞれに「生命」や「生命力」のイメージが置かれ、全体が統括されていた。ジョーンズは予知能力によって暗殺される未来をわかって、最後の一年を生き抜く。しかも、暗殺で神格化され、死後も名声が歴史に残るのだ。「漂流者」も繁殖のために飛来し、自分の身を守るために人類を排除し、弱体化させる。それは生命力の発露であり、特に地球を狙った意図的な行為ではない。また、金星での植民を担うミュータントたちも、先祖返りによって普通の人間にもどる不安を抱えながら、ダグたち暗殺者一家と共存し、一家がいつか地球へと帰ることができる日が来ることを見守るのである。小説全体に次世代への希望が託されていた。

◉3－4　『いたずらの問題』とメッセージの真偽道徳再生運動の世界

第三作となった『いたずらの問題（*The Man Who Japed*）』は、執筆順では『宇宙の眼』の後となる。クライマックスとなるテレビ番組でメッセージを伝える作戦は、『宇宙の眼』で日曜日ごとに宗教番組にチャンネルを合わせる退役軍人が出てきたように、テレビが日常に浸透している時代だからこそ成立する。『最後から二番目の真実』（六四）でのヤンシー大統領がシミュラクラで、その発言はすべてライターの手によるものだという設定とも重なるのだ。ジョージ・オーウェルの『一九八四年』に出てきた「ビッグ・ブラザー」が、多くの者たちの思惑と労働で維持されている仕掛けであるのにも似ている。

原題は、「からかった男」くらいの意味だが、ストレイター少佐（major）が開始した「道徳再生運動（モレク）」が支配する世界となっている。一九二一年にフランク・ブックマン牧師が提唱した「道徳再武装（Moral Re-armament）」運動がヒントになったのかもしれない。「少佐」の設定は、ソ連を批判したオーウェルの寓話『動物農場』（四五）におけるレーニンを模した老メージャーという豚が登場したことと関係ありそうだ。ちなみに、農場主の名はジョーンズであった。

少佐の胸像に赤いペンキを塗る話は、こうした政治的権威への揶揄も含まれているし、実際の歴史においても偉人の彫像は破壊を含めて、数多く蛮行や政治的修正にさらされてきた。旧ソ連のレーニンやスターリンの像だけではない、南北戦争のリー将軍の銅像も、白人至上主義者が支持していると批判された。ヴァージニア州リッチモンドにあった銅像は二〇二一年に撤去されている。

ニューア・ヨークのアレン・パーセルの部屋が、ベッドルームからキッチンに「変形（transfiguration）」するところから始まる。「ニューア（Newer）」と比較級を使うことに皮肉がこめられている。ニューヨーク自体が、新しいヨークのことだったからだ。模造品の模造品つまりコピーのコピーというわけだ。また、「変形」は、そのまま見かけの姿をとどめていないことや悪夢が連続するディック世界の鍵語ともなりうる。そして、この語は普通の「トランスフォーメーション」とは異なり、光り輝く姿を見せる「主イエスの変容」に使われ、宗教的な意味合いをもつ。神学的な含みもあるので、ディックが小説をこの場面から始めたい理由があったはずだ。

ワンルームのアパートメントは両親の財産によって四十年間の貸借を続けている。維持する収入も必要だが、土地は国有化され、ブロックの管理委員会による定期的な集会が開かれる。音声も変換した匿名による隣人からの道徳的告発がおこなわれ、人民裁判が開かれる。これがディストピア体制を下から維持していた。ジュヴナイルと呼ばれるハサミ虫に似た監視記録装置が市中に這い回っている。監視カメラのように固定されていないので、スキャンダラスな事件が起きたら集まってくるのだ。

もうひとつ有力な手法が、メディアによる人々の意識の「訓化」である。パーセルの仕事は、自分の名を冠した「調査会社（リサーチ・エージェンシー）」で、パケットと呼ばれる番組を作ることだった。モレク社会においては「道徳的教訓」が求められる。たとえば、「植民惑星ではりんごを育てられない男」というパケットには「よその土地では育たない」というモレクがあるとパーセルは主張する［第2章］。ところがテレメディアという巨大トラストの行政官フロストは、政府の委員会が外世界への農業に大規模な予算を費やしてきたので、それに反するとみなすのだ。教訓と政策との対立である。

「CM地獄」（五四）で、ディックは第二次世界大戦後の広告の浸透を描いていた。パケットは、紙媒体だけでなく、ラジオやテレビを通じて広告が浸透する公共広告にも近い。しかも政治プロパガンダやスローガンともつながる。『偶然世界』でクイズマスターが、商品を売るためのクイズから発生したように、商業と政治との密接なつながりが示される。

アメリカは第二次世界大戦中も、本土は戦場とならず、大は兵器から小は携行食糧まで、戦時体制下で大量生産が進み、五〇年代に経済的隆盛を誇った。郊外住宅の建設とともに、「豊かな時代」という幻想を支えていた。ディックの短編第一作が掲載された『プラネット・ストーリーズ』の一九五二年七月号を開いても、ヘルニア矯正のベルト、家族向けの生命保険、ラジオやテレビの組み立て部品の販売、ナイロンソックスの四つの広告があるだけだった。およそ、スペースオペラとは無縁でありながら、むしろ身体と機械をめぐるディックの関心に沿う内容だ、と言えばおおげさだろうか。ディックの作品が訴求したのは、こうした広告のターゲットとなる読者層だった。

大量生産の品物があふれている。ディックは「自動工場」（五五）で資源を貪り尽くすまで生産を続けるシステムを批判的に描いた。モレク社会の利便性と経済性が優先される世界となるなかで、妻のジャネットは手作りで電子時計を作っていた。それは「ためになるひまつぶし」であった。パーセルは、自宅のオーブンを指してその意義を説明する。

それはうちの家族がつくったんだ。二〇九六年に遡るが、ぼくは十一歳だった。ずいぶんとあほらしいと思ったのを覚えてるよ。自動工場製のオーブンが三分の一の価格で売られていたからね。父と兄が、そのモレクについて説明してくれた。［第3章］

パーセルにとって頭を使ってパケットを作ることとは、自動工場製とは異なる価値をもつのである。そして、この手仕事を重視する姿勢は、テレビやラジオの組み立てから装身具や陶器作りまで、一貫してディック作品に姿を見せることになる。そこから「修理」という重要なテーマが浮かび上がるのだ。

モレク社会とリゾート社会

複数のプロットが絡んで、視点の切り返しや移動を多用した『偶然世界』や『ジョーンズの世界』とは異なり、『いたずらの問題』では、『宇宙の眼』をハミルトンの視点で統一した経験からか、多くが主人公パーセルの視点を中心に語られる。結果として、モレク社会という出世競争と陰謀にまみれた世界で生きる野心に満ちた男の運命をたどりやすいストーリーとなっている。

テレメディアの局長として君臨していたマイロン・メイヴィスが突然辞任して生じた権力の空白を埋

めるために、パーセルが後任に指名され、結局受諾する。こうした権力の継承には、ストレイター少佐の子孫が牛耳る委員会の承認が必要だった。こうして限定つきではあるが、パーセルは権力をもつ地位についたのだ。ところがパーセルに難題が降りかかる。モレク的にはブロック集会で告発されるような「悪事」をおこなっていた。ストレイター少佐の銅像にいたずらをし、結婚していながら、出会った黒い髪の女性と匿名で関与していた。モレクを確認する居住地のブロック集会を通じて、パーセルの足を引っ張る動きもある。また、パーセルがクビにした部下がライバル企業へと転職し、彼のスキャンダルを暴こうと攻撃してきた。

というわけで、降りかかる難題を切り抜けるパーセルを主人公とした未来ビジネス小説になるかにみえる。もとよりディックの小説がそうした安易な方向に向かうはずがない。パーセルの自我崩壊が導入され、展開が複雑化されるのである。そのために、もう一つのプロットとして、リゾート社会での出来事が描かれる。

パーセルのいたずらを目撃した黒い髪の少女グレッチェンとその兄の精神科医ドクター・マルパルトが営むメンタル・ヘルス・リゾートをめぐる話である。グレッチェンにストレイター少佐の胸像へいたずらをする場面を目撃されたので、パーセルは、コーツという偽名で兄の精神科医のもとへ訪れるのだ。それは自分がいたずらをした無意識の動機を探りたかったからである。

パーセルに視点が置かれているせいで、「夢」と「現実」との境界線が読者には不明となる。執筆順では前作となる『宇宙の眼』で四つの主観世界はそれぞれ独立して成立していたのに対して、『いたずらの問題』では、あくまでもパーセルの体験となる。

短い第11章は、夢の内容に思えるが、実際にはパーセルがトランス状態のなかで、ストレイター少佐の銅像にいたずらをして、頭部を持ち帰ったことが描かれている。そして、第13章は、完全にモレク社会とは異なるパーセルの内宇宙であり、二十世紀のシカゴのようすが描かれる。しかも、グレッチェンがミセス・コーツとして登場し、二人の間に子どもまでいるのだ。願望と逃避が混じった世界だった。自我が残っているとして、医師は、モレク社会にもリゾート社会にも帰属できないとパーセルを診断する。そして、気づくと、メンタル・ヘルス・リゾートの「外宇宙」にある施設へと連れてこられたのだ。そこからの帰還も、モレク社会への復帰とされていた。

小説の中間で自己を喪失するという展開は、この後ディックが繰り返し描くパターンとなる。そして、マルパルトという精神科医が関与するのも鍵となる。精神分析が世俗化した世界となるアメリカ社会を映し出している。その後のディック作品ではスーツケースに入った精神科医、自動販売機のように料金制のロボット精神科医まで登場する。しかも、パーセルは何かあれば、薬剤に頼ることでバランスを保とうとする。モレク社会が競争社会としてのアメリカ社会と重なっていくのである。

システムをダウンさせる

グノーシス主義的に考えると、周囲の世界は創造者デミウルゴスによる悪意に満ちている。生存競争渦中のモレク社会から逸脱したと思われる者は、「ヌーズ（神経性精神病患者）」と名指しされ、外宇宙のリゾート社会へと放逐されてしまう。

そうしたモレク社会への対抗策の一つが、内在的にシステムをダウンさせ、無効化することである。

パーセルがストレイター少佐の胸像にペンキを塗って頭部を盗んできても、あくまで代替物の破壊でしかない。それにより、モレク社会のシステムはゆらぎもしない。そこで、解任されるか、それとも辞表を提出するのか、という危機的状況にありながら、パーセルはテレメディア局長というトップの地位を利用し、パロディによる空洞化をおこなうのである。「いたずら」というより、「からかい」に近い意味をもつ原語（jape）が選ばれたのはそのためである。パーセルは妻にこの言葉の意味を教える。

> パケットをまとめるときに使う言葉でね。おなじテーマをあんまり何度もくりかえして使ってると、しまいにはパロディとなる。陳腐なテーマで遊んだとき、ぼくらはいたずら（ジェイプ）したっていうのさ。
> 〔第3章〕

最後に実行した「いたずら」は、パーセルがパケット制作で依拠する「ドミノメソッド」を踏まえていた。ブロック内の誰かの考えがドミノ倒しのように「正しい」道徳が普及するとみなすのである。モレク社会は、「ヌーズ」という差別語が口にされ、誰かの行動がブロック集会でモレクに反する行為として認定されると、排除される偏見に満ちた空間である。パーセルを居住空間から放り出したミセス・バーミンガムのような小さな権力者が遍在している。それに影響を与えているのがテレビ放送だった。

パーセルは局長からの解任が決まってから、効力を発揮する月曜日までに放送番組を作り上げた。ストレイター少佐に関する情報を集め、それに基づいて、少佐が提唱していた「積極的同化」の復活を待っているというアドバルーン記事をでっちあげる。この概念自体がパーセルの産物なのだ。そうしておいて、偽の肩書きの教授などを集めて座談会を企画する。誘導するのは、敵への「積極的同化」とは、食糧問題の解決に相手を食らう「カニバリズム」のことだ、というおぞましいメッセージだった。

ストレイター少佐軍団により、放送中に電源が切られるが、放送局は自家発電機で対抗する。次に干渉を受けて電波が乱れ、最終的に乗っ取られ、軍団側の放送により停止されてしまう。この場面は、デジタル時代のテレビ体験や理解ではわかりにくいかもしれない。他局の電波が混線し、建物などに反射してゴーストが発生する、といったアナログテレビが日常的に抱えた不備を踏まえていた。この「いたずら」を通じて、視聴者＝民衆を管理するには、パーセルがやってきたような心理的洗脳か、軍団がやったように物理的中断により距離を設けるか、のどちらかだということが示される。現在でもクーデター後の軍事政権が選択する方法でもある。

居住地を追い出され、いたずらを終えたパーセルは妻とともに、テレメディアの前局長マイロンから、彼が所有する家畜だらけの惑星という「避難所」への逃亡を誘われるが、最終的に拒否する。以前に、宇宙空港で宇宙船に夢を託すティーンエイジャーたちに出会っていた。最後に彼らと再会して、憐憫から思いとどまるのである。『ジョーンズの世界』で一家が金星へ脱出するのとは対照的な選択だった。


アレンは、片腕を妻の肩にまわして、軍団のゲッタバウトがやってくるのを、落ち着き払って待っていた。［第23章］

これはヒロイックな態度の表明となる。ストレイター少佐とは違った意味でパーセルも神格化されるのかもしれない。その証拠に、パーセルを居住地から追い出すのに貢献したウェールズは、自分の行為を恥じて、「ユダだ」と責めていた［第20章］。ユダが裏切りで得た金で購入した土地で自殺したという「使徒言行録」の話をなぞっているのである。

原題はあくまでも「いたずらをやった」男であり、パーセル本人の言によれば、その行為はパロディだった。しかも、積極的同化をカニバリズムへと結びつけたのは、キリストの血と肉を共有する聖餐とも重なる。過去から語られてきた物語や神話をリサイクルし、再話することでしか何かを語れない点を描いた小説だともいえる。むろん、パロディを作り「からかった男」とはディック本人のことでもあるわけだ。

「エース・ダブル」で続けて発表された『偶然世界』、『ジョーンズの世界』、『いたずらの問題』の三つの長編での経験は、普通小説で書いていた主題をどのように展開するのかの実践でもあった。それぞれ政治参加の平等性、宗教とプレコグとの関係、商業広告と政治プロパガンダをめぐる課題を秘めていた。しかも、複雑化したプロットをどのように処理すべきか、という工夫に関して経験を積んだのである。三作品は、質的な意味での代表作とはなり得ないだろうが、ディックの苦闘の跡が見えるし、のちに開花する種が眠っている点でも評価すべきである。

とりわけ次世代やティーンエイジャーへの温かいまなざしは、『暗闇のスキャナー』などでの若い麻薬依存者へ向けたまなざしともつながっていく。グノーシス主義の見方から、ディックの主人公たちはデミウルゴスが作り上げた醜悪な世界やシステムへの疑念をもち、戦いをおこなわなくてはならない。その際に自我崩壊を体験することになる。手仕事や手作りの重視は、大量生産時代での芸術をめぐるディックの考えをしめす。普通小説でなくても、いやそうではないからこそ、その考えは大量生産のペーパーバック小説のなかで、自己言及的に露骨に姿を見せるのである。

第2章●『宇宙の眼』における冷戦時代の悪夢

1　シンクロトロンのある風景

偏向したビームを浴びて

タイトルも印象深い『宇宙の眼（虚空の眼）』は、一九五七年に発表され、ディックの長編第四作にあたる。それ以前の作品は「エース・ダブル」に収められていたが、今作では単独作となった。[*1] 普通小説に近い設定で、冷戦時代の悪夢をあぶり出している。

冒頭に、カリフォルニアのベルモントに設置されたベヴァトロンという名のシンクロトロンが登場する。一九五九年十月二日に運用を開始したが、陽子ビーム偏向装置が故障し、見学中の八人が巻き込まれた事故が起きる。

もはや適切に偏向されず、そのため制御下を離れた、六十億ボルトのビームが、実験チャンバーの屋根に上向きに放射され、ドーナッツ型の磁石を覗き込むために途中に設置された観察用プラットホームを焼き尽くした。［第1章］

「制御下（under control）」という福島第一原発事故以来、見慣れた表現が出てくるが、この後に起きた出来事が、制御不能であると告げてもいる。また、陽子ビームを円周上に回転させる制御装置が故障したことで、引き起こされたビームの偏向（deflection）だが、これは思考の偏向を示す語でもある。八人が体験する日常から逸脱した四つの世界こそ、各人がもつ思考の偏向に基づき生成されたものだった。

八人の内訳は以下の通りである。ミサイル研究者のジャック・ハミルトンとその妻マーシャ、彼らの知り合いで会社の保安責任者であるマクファイフの三人。そして、居合わせた退役軍人のアーサー・シルヴェスター、裕福なイーディス・プリチェットとその息子デイヴィッド、自営業のジョーン・リースの四人。彼ら七人を案内したのが黒人のガイドであるビル・ロウズだった。

見学へと出かけるときに、ハミルトンは妻のマーシャに向かい、実験チャンバーではなく「ガス処刑室（チャンバー）に行こうか」と言う。こちらはナチス・ドイツのユダヤ人虐殺の施設を指す言葉だった。アルゼンチンへと逃れたナチスの学者の話が出てくる伏線ともなっている［第4章］。細かな指摘に思えるだろうが、ディックは古今の詩句に強い関心を抱き、ときには繊細で細心の言葉づかいをほどこす。単なる情報伝達を越えた言葉選びにも、ディック作品が放つ魅力がある。

シンクロトロン事故で被害者の一人となったハミルトンは、誘導ミサイルを製造するカリフォルニア・メンテナンス・ラボの優秀な技術者である。けれども、事故に襲われる前に、保安上の理由から、停職処分を告げられていた。理由は、妻のマーシャが、トルーマンの反ソ政策に反対して設立された進歩党にかつて参加し、ストックホルム平和条約などに賛同する署名をしていたことで、親ソ派や親中派とみなされたからである。会社の幹部であるエドワーズ大佐は、「民間企業だが、政府との取り引きが多い」として、保安責任者マクファイフが提出した資料に基づき、ハミルトンに処分をくだした。しかも、ハミルトン夫妻の監視役として同伴していたマクファイフも事故に巻き込まれてしまう。

舞台となったシンクロトロンとは、名を「円形」に由来するサイクロトロンの後継者となる粒子加速器で、性能はより強力だった。小説内には、カリフォルニアのバークレーに設置された初期のサイクロトロンによる事故への言及もある。円形加速器の構造に関して、ガイドの黒人青年ビル・ロウズが説明した。ロウズは、先端物理学を専攻しているので、原理的な説明が得意だった。

ところが、ロウズは黒人であるせいで専門職にはつけずに、ガイドの職に甘んじるしかない。その憤懣をハミルトンにぶちまけるのだ［第11章］。四つの世界のなかに、ロウズが支配する世界は登場しなかったが、第五の世界となりえたかもしれない。黒人のロウズは、白人で父親も高名な学者というエリート身分のハミルトンに反発しながらも、自分の理系的説明を受け入れてくる理性的な人物とみなし信頼を寄せる。第二の世界で、ロウズは石鹸工場を経営して安住すら望むが、最後には協力して抜け出す。そして、最後に失職したハミルトンが、オーディオ装置を製造するスタートアップ企業を始めるときに、その片腕として働くのだ。人種や階級を越えた一種の理想的な協働が描かれている。

粒子加速器と核兵器

粒子加速器のシンクロトロンやサイクロトロンは、物質の謎を解く先端物理学の実験施設に見える。けれども、原子爆弾の製造でサイクロトロンは活躍し、マンハッタン計画の一翼を担ったことを忘れるべきではない。テネシー州オークリッジの秘密施設で、原爆用のウラン235をウラン238から分離濃縮するのに、ローレンツ力を使った電磁精製法が採用された。カルトロンと名づけられたサイクロトロンを五十台近く稼働させ、ベルギー領コンゴよりニューヨークに運び込まれていた天然ウラン鉱を精製し、広島に投下された「リトルボーイ」に必要な量が確保できた。電磁精製法は効率などの点で、その後退けられたが、第二次世界大戦では、サイクロトロンの能力が原爆製造能力と直結していた。素粒子物理学の実験施設として、宇宙の物質生成の謎を解くのとは異なる利用法が存在したのである。

しかも、本物のベヴァトロンは、一九五四年に、小説に出てきたベルモントではなく、対岸のバークレーに設置され運用を開始していた(ディックはそれを踏まえ、現実とは異なる一九五九年の世界を構築した)。ベヴァトロンは翌五五年からすぐに反陽子や反中性子の発見に貢献した。一連の「反物質」の発見は、理論を裏づけ、宇宙像の訂正に役立った。陽子と反陽子が衝突する「対消滅」などの概念は、素粒子物理学の用語を超え、SF作品においても一種のメタファーとして利用されてきた。*2

ハミルトンは、ミサイル開発の技術者としてトップクラスの実力をもち、友人ウィルコックスが開発したシンクロトロン用のビーム偏向装置の見学へと出かけたのだ。ミサイルとシンクロトロンという組み合わせが、冷戦時代の核兵器開発の状況をしめしていた。

のちの六〇年代に東西冷戦が緩和した状態になると、ディックは核兵器の扱いを変化させた。一九六二年にキューバ危機を回避した後、代理戦争として戦場となったのは、東南アジア(ヴェトナムそしてラオス)や中東(イスラエル)、アフリカ、中南米であり、アメリカ本土ではないからだ。東西陣営の兵器デザイナーが活躍する『ザップ・ガン』(六七)で、対立を無意味化するためにも、互いに奇抜な兵器を思いつき製造していた。「兵器に防衛力などない。もはやありえないんだよ。一九四五年以来ずっと。ジャップの都市を消し去ってからはね」と登場人物の一人は言う[第4章]。原爆投下後に攻撃用の兵器はありえても、防衛用とはならないというシニカルな態度が表れていた。

けれども、冷戦時代、とりわけ五〇年から五四年にかけてマッカーシズムが支配していた時期に執筆された『宇宙の眼』には、そこまで突き放した視点はない。死後出版された同時期の普通小説とも共通するが、朝鮮戦争（一九五〇−五三）の延長で米中戦争として構想された「最終戦争」が勃発することへの不安と、魔女狩りのように社会内に「スパイ」をあぶり出す息苦しい感覚が描かれていた。

マクファイフは、ハミルトンに「FBIにはニクソンまでをも調べたファイルがある」と話す［第1章］。出版時点でリチャード・ニクソンはまだ大統領に就任してはいない（一九六九年から七四年まで大統領で任期途中で辞任した）。それでも、カリフォルニア州オレンジ郡出身のニクソンは、一九五三年からアイゼンハワー政権で副大統領を務め、将来の大統領候補とみなされていた。ニクソンは、マッカーシズムで、赤狩りの先頭に立った政治家の一人でもあった。地元選出の上院議員から大統領へと成り上がり、さらに一九七二年のウォーターゲート事件でスキャンダルにまみれた人物に、ディックはリンカーンなどとは異なる大統領像を見出した。

ニクソンへの関心は生涯にわたっている。後期の『ヴァリス』（八一）執筆時に破棄され、死後刊行された『アルベマス』で、フェリス・フレマントという名前でニクソンを描き、フィルつまりディックの自画像ともいえる主人公と重要な関係をもたせた。フレマント＝ニクソンを生み出した「オレンジ郡は反動的な土地だ」とまで記す［第3章］。『ヴァリス』で、今度は実名のニクソンとして姿を見せる。この二作はニクソンへの強い固着を描いていた。こうした将来の大統領候補さえも見逃さずに調査する強固な管理社会なのだ。

カリフォルニア・メンテナンス・ラボが、ハミルトンの妻マーシャがもつ政治的な過去を調査し、問題視して、最終的にハミルトンを失職させたのには元ネタがある。一つは、当時のディックの妻であるクロエの政治的な過去を調査確認するために、FBIの二人のエージェントが訪れたという実体験だった［Sutin: 83-4］。ディックはエージェントとそれなりに付き合い、たえず調査され監視されている緊張感は続いた。その後ディックは陰謀論にとりつかれ、今度はＦＢＩに、自分を評価してくれているスタニスワフ・レムがじつは共産圏の犯罪組織だと告発する手紙を送るのである［巽『パラノイアの帝国』：18］。

もう一つが、当時大きく報道された「原爆開発の父」ロバート・オッペンハイマーの処分であろう。オッペンハイマーは、広島と長崎への原爆投下の後で、水爆製造に反対したことで、アメリカに敵対する人物とみなされた。そして一九五四年四月に、妻や弟がアメリカ共産党員だった過去をもつことを根拠に、大統領令により原子力委員会から休職処分を受けた［藤永：344-5］。ハミルトン夫妻を連想させるが、『宇宙の眼』の草稿が執筆されたのは五四年なので、ヒントを得たのだろう。第五福竜丸が放射能を浴びたビキニ水爆実験が同じ年の三月一日に実施され、水爆怪獣映画『ゴジラ』が制作され公開されたのは十一月三日だった。その歴史的な文脈のなかにオッペンハイマーの騒動はあった。

ハミルトン夫妻、オッペンハイマー夫妻、そしてディック夫妻がともにＦＢＩに調査監視されるのは、模範的なアメリカ市民の言動を外れないように制御するためである。実験用の粒子が、シンクロトロンが生み出す磁石と偏向ビーム装置のおかげで、正しく偏向することで正規の軌道を保ち、加速されていく様子にも似ている。それは内在的な管理ともつながる。『いたずらの問題』では、ブロックの管理組合が、ストレイター少佐の生み出した「モレク社会」を守るために、各人の道徳的状態を相互監視していた。

『アジャストメント』（二〇一一）として映画化もされた「調整班」（五四）では、神が介入するために万物を一時的に脱力化し、調整していた。見張っていた犬のミスから、脱力化され灰色となった世界を開発会社の主人公は見てしまう。一枚皮をめくった「真の姿」を見た、という感覚が鍵となる。ここでの調整は、神慮に基づき、ある不動産をめぐる発見が人類を進歩の方向へと導くためにおこなわれたのだ。ところが、主人公の上司は老いて保守的な判断しかできないので、若々しい判断をする人間へと置き換える「調整」がなされる。主人公が神と秘密を共有するのがオチとなっていた。『宇宙の眼』には、そうした予定調和的な神は登場しないが、地上に建設されたシンクロトロンが、宇宙生成の謎の解明と結びつくことで、四つの世界が姿を見せる展開を読者に納得させるのだ。

少しズレた世界

もとよりディックの関心は、シンクロトロン事故の原因究明や事態収拾のプロセスを描くことにはなかった。たとえばマイケル・クライトンの『アンドロメダ病原体』(六九)は、宇宙から人工衛星に付着して地上にやってきた細菌の影響とその収束までを「科学的」に描いている(とはいえ、根拠となる科学論文は架空のものだが)。ディックは事故や事件の解明には向かわない。

かといって、核兵器開発をめぐるスパイ戦を描くわけでもない。同時期に発表されたイアン・フレミングによるジェイムズ・ボンドのシリーズの第三作『ムーンレイカー』(五五)は、イギリス国内の核ミサイル開発をめぐる陰謀を扱っていた。戦中の英雄と称賛される大富豪のドラックスが、私費で核搭載できるミサイルを開発する。ドラックスの正体は元ナチスで、ロンドンへ核ミサイルを投下するためにソ連と手を組んでいた。ドラックスの正体を暴き、陰謀を阻止するのに、ボンドが活躍するのだ。

『宇宙の眼』の主人公のジャック・ハミルトンは、愛国的な動機から事態を解決に導いたわけではない。むしろハミルトンは、連邦政府の政策とは距離をとり、妻のマーシャの政治的な態度にも理解がある。今まで友人として接しながら、自分たちを密かに調べていたマクファイフの態度を批判し、妻に「これが一九四三年に戻ったなら、きみが正常とされ、マクファイフは職を失うだろう。熱烈なファシストとしてね」とまで言う[第3章]。とはいえ、ハミルトンは、ベヴァトロンの技術的な内容に関心をもち、失業してもマーシャが働いて助けると言うと、それを拒絶する古臭い価値観を抱えていた。あくまでも、保守的なリベラリストなのである。だからこそ、ミス・リースのような自立している女性に対する反感を隠さない。このあたりをディックのジェンダー観の限界と指摘できるだろう。

シンクロトロンの事故は、一瞬の出来事だったが、邯鄲の「一炊の夢」のように、目覚めるまでに引き伸ばされた悪夢が描かれる。彼らが体験した四つの世界を通じて、アメリカ社会に内在する「宗教的狂信主義」、「ピューリタン的清潔主義」、「強迫観念的な支配欲」、「左翼的な不安と陰謀」といった社会学的ともいえる病が浮かび上がってくる。

同じ一つの事件に遭遇した複数の人間の体験を多面的に描く手法そのものは珍しくはない。たとえば、ピュリッツァー賞を受けたソーントン・ワイルダーの『サン・ルイ・レイの橋』（二七）が、ディックに構成上の示唆を与えたかもしれない。十八世紀の南米ペルーのリマにかかる吊り橋が落下し、居合わせた五人が死亡する。彼らがどんな罪によって落ちることになるかを探る司祭が登場し、神意を探ろうとするが、それ自体が神への疑念として弾劾される。そして、五人のうち三人のそれまでの人生が語られるのだ。ジョン・ハーシーが『ヒロシマ』（四六）で六人の被爆者を描くのに参照したとされる[*3]（その一人である谷本清はメソジストの牧師であり、のちに翻訳にたずさわった）。

『宇宙の眼』の場合、四人それぞれの願望が投影された世界が登場し、彼らは「宇宙創造者」（ヴォークト）でもある。その役割はグノーシス主義におけるデミウルゴス（創造神）に似て、結果として作り上げられたのは、悪意に満ちた世界だった。「現実世界」の成分が都合よく改変されてしまう。しかも、意識が目覚めた順番に自分の世界を創造できる。そのため途中で、ミス・リースのように自分に順番が訪れることを期待する者さえ現れた。

物語の舞台は、出版の二年（執筆時からは四年）後にあたる近未来の一九五九年に設定されていた。これまでの三作では、二二〇三年（『偶然世界』）、一九九五年（『ジョーンズの世界』）、二一一四年（『いたずらの問題』）といった数十年から数百年先の遠い未来だったのだが、今回は風俗描写も冷戦下アメリカの生活をリアルに扱い、普通小説に近いのだ。ノルウェー産の燻製ニシンとか、ハーシーのチョコレートバーの自動販売機、プリマスのセダンなど、映画やドラマの描写にも使える代物ばかりだった。

こうしたリアルな設定を必要としたのは、一九五九年とされる小説内の「現実世界」と、シンクロトロンの事故で現出した四つの「内面世界」との差異を効果的に表現するためだった。見慣れた世界と齟齬があり、登場人物が入院先の病院で「周囲の医者や看護師がまるで合成のようだ」と感じても、ショックから復帰した際の非現実感のせいだと医者から説明される［第3章］。そして、四つの異世界がもつグロテスクな姿がしだいに明らかとなる。室内にいるのに、聖書の記述のようにイナゴの群れが襲ってくるとか、人間の性器が消去され中性化されるという奇怪な現象に出くわす。その謎解きや脱出劇に説得力をもたせるには、「現実世界」との連続が不可欠だった。完全な虚構としての「未来世界」や「異世界」ではないからこそ、読者も恐怖を身近に感じるのだ。

『宇宙の眼』は、普通小説をズラしたところで、ＳＦ小説として成立した。執筆順からすると前になる『宇宙の操り人形』というファンタジー小説でのやり方を応用したのだ。さらには『時は乱れて』のようにサスペンス小説として通用するものが書けた。こうして後期の『死の迷路』以降の作品群で、体験や見聞に基づく「私小説」的な主観を全面に出しても、ＳＦ小説として成立させる強引な技を獲得した。独自の神学的な内容をどれだけ語ろうとも、現実世界から変換させた四つの世界を描き出せたことで、中期の傑作群を執筆できたのである。

2 四つの世界への変換

異世界を漂流する

『宇宙の眼』の四つの世界は、ベヴァトロンの事故を起点として、世界が分岐し、別個に並列されるわけではない。そうしたタイプの作品では、複数の世界線が置かれ、相互に相手の存在や歴史が不明なまま、複数の世界の間を主人公が移動する。空間トラベルだとユートピアあるいはディストピアを訪れる異世界物、または過去や未来への時間トラベルもありえる。ところが、ハミルトンたちは、前の世界での出来事や体験を覚えていながら、役割を変えて、それぞれの世界からの脱出劇を続けるのだ。

ここでは、短編第一作の「ウーブ身重く横たわる」でも言及されたディックの好きな『オデュッセイア』の形式が採用されている。『オデュッセイア』と『イリアッド』の二つの古代ギリシアの叙事詩は、ヨーロッパの文学の物語的原型となったのである。ディックは『いたずらの問題』のなかで、モダニズム版の『オデュッセイア』であるジェイムズ・ジョイスの『ユリシーズ』から引用までした〔第9章〕。そして、『宇宙の眼』でも、ミセス・プリチェットは自分の夫がいかに文化的な人物なのかを誇り、『イリアッド』の韻文訳を成し遂げた、と説明する〔第8章〕。[*4] つまり、『宇宙の眼』は、ギリシア叙事詩の規範に倣っていると間接的に告げているのだ。

『オデュッセイア』では、トロイア戦争が終わり、故郷のイサカへと戻るユリシーズの一行が地中海世界を漂流し、豚に変える魔女キルケー、声で船乗りを惑わすシレーン（サイレン）、一つ目の巨人サイプロスがそれぞれの島で待ち構えている。ハミルトンたちも、冒険物語の一行のように囚われた世界からの脱出し、故郷である現実世界へと戻ろうとする。だが、その度に裏切られるのである。『オデュッセイア』

の根幹にある英雄が故郷や出発点へと帰還する構図は、「叙事詩」的物語の主要なパターンとなってきた。結末で読者に安堵感を与え、旅が見事に終了したという説得力をもつからだ。

古典学者のイーディス・ホールは、ギリシア以来の文化史を論じた『ユリシーズの帰還』(二〇〇七)で、ルキアノスの「本当の話」を媒介にして、SF分野に広がった『オデュッセイア』の影響や痕跡をたどった。アシモフのジュヴナイル作品である『宇宙をかけるレインジャーの物語　地球の危機』以後のラッキー・スター・シリーズ、あるいはR・A・ラファティの『宇宙の舟歌』などを取り上げた。とりわけ、アーサー・C・クラークとスタンリー・キューブリックによる『2001年宇宙の旅』(六八)が転機となったとみなす。ディスカバリー号を制御するコンピュータHALが、事態を収拾する欲求と真相を知りたいという知識欲との間で葛藤する様子に、ホールはオデュッセウスとの類似性を認める。この映画作品が、その後映像やアニメ作品に『オデュッセイア』を浸透させたと指摘するのだ[Hall: 82-87]。

出発点へと戻る行動は対立やサスペンスを引き起こす。『オデュッセイア』でも、オデュッセウス(ユリシーズ)がイサカに戻っても、妻のペネロペに求愛する者たちがいた。そこで老人に変装して、ライバルたちを葬ったのである。故郷へと帰還する者が、敵意や排除と直面することはよくあるのだ。『いたずらの問題』では、診療中に外世界へと連れてこられた主人公が、どうにかして地球へと戻り復讐をすることで、『オデュセイア』のパターンをなぞっている。だが、「探検隊帰る」(五九)で、偽物の火星探検隊が繰り返し戻ってくることで、迎撃する体制は完成していた。最後に本物が帰還したときに待ち構える運命ははっきりとしているのだ。スペースオペラ的趣向をもつ『聖なる侵入』(八一)さえも、外宇宙で処女懐胎した母親を地球へと連れてくる物語が発端となっていた。それを排除するのは、地球の東西陣営の末裔たちで、両者が全体主義的に結託しているというのがディックの考えでもあった。

ハミルトンを含めたディックの主人公たちは、ホールがオデュッセウスに認めた二つの側面、つまり事態を収拾させ安定を目指す欲求と、真相解明の欲求との間で葛藤する。しかも、『宇宙の眼』では、新しい世界が出現するとともに、各人の心の内部に隠れた願望やイデオロギーが顕わとなる。

その例のひとつが、ハミルトン夫妻の飼っている猫のニニー・ナムキャット（頭がおかしな麻痺した猫の意味）の扱いだった。猫といっしょのポートレート写真を何枚も残している猫好きのディックにとり、猫嫌いの人間こそ嫌悪の対象だった。第二の世界ではカテゴリーごと消去できるというミセス・プリチェットの力によって、猫という存在がすべてこの世から消えてなくなる［第11章］。理由は、彼女の前を横切ったニニー・ナムキャットにつまずきそうになったからである。邪魔者を無意識に排除しただけであり、ミセス・プリチェットがもともと猫嫌いなわけではない。

けれども、ジョーン・リースは、ハミルトン夫妻が飼っている猫に、最初からケチをつけていた。妻のマーシャは猫が苦手な人もいるからと理解をしめすのだが、ハミルトンは反感を隠さず、ミス・リースを煽る態度をとる。そして、「猫嫌いは反ユダヤ主義者に等しい」というセリフまで妻に吐くのである［第4章］。ディックとは政治的意見が異なるロバート・A・ハインラインとの奇妙な仲が指摘される（献辞をつけた小説さえある）が、猫好きという共通点もありそうだ。『夏への扉』（五七）の護民官ピートはSFプロパーでいちばん有名な猫だろうし、『壁を通り抜けた猫（邦題：ウロボロス・サークル）』（八五）という長編もある。

ミス・リースが支配した第三の世界で、ハミルトン夫妻の飼い猫は、体の内側と外側とが反転した姿に変形させられてしまう。

ミス・リースは、猫が全く気に入らなかった。猫を恐れてきた。猫は彼女の敵だったのだ。床の上にある物体はニニー・ナムキャットだった。彼は内と外とが反転していた。ところが、まだ生きていた。もつれた塊は、なおも有機物として機能しているのだった。ミス・リースがそうした状況を望んだのだが、それを消去まではしなかった。［第13章］

黄色いニニー・ナムキャットは、手袋の裏表をひっくり返したような姿で、生物の形態をいわばトポロジー的に反転させていた。猫をまず「彼」と呼び、さらに「それ」と指すことで、家族の一員のように擬人的に捉える見方と、生物としての側面を捉える見方の二つが提示されている。「彼」と「それ」の違いこそ、ディック作品を彩る強迫観念ともなる。裏返しの問題は、のちに、『暗闇のスキャナー』（七七）で、トポロジーを使って、左右の脳がもつ働きの非対称を説明する箇所で展開されるのだ［第13章］。

四つの世界で、主人公たちの配置や役割は変換されていく。変換された世界において、ハミルトンを中心に脱出する方法が追求される。しかも、前の世界を主観的に形成して他を抑圧した人が、次の世界では無力となり、脱出の手助けをする者ともなりえるのだ。それとともに、ミセス・プリチェットのように変化に気がつかないとか、ロウズのように他人の世界にとどまるほうが現実に帰るよりましと考える者も出てくる。人間の考えは環境によって変化するのであり、善人と悪人といった境界線が単純に設定されてはいないのだ。

第二バーブ教の世界

第一の世界は、退役軍人アーサー・シルヴェスターが生み出したものだった。病室でシルヴェスターがひとりテレビの宗教番組を観ている姿が出てきて、「日曜の朝になると、霊的な滋養を一週間分摂取する」とされる［第8章］。日常生活に浸透したメディア装置が、その後、七〇年代にはテレバンジェリストと呼ばれる伝道師たちを生み、ビリー・グラハムやベイカー夫妻などが有名となった。『いたずらの問題』でも、メディアの影響力を信じた「ドミノメソッド」に基づき、テレビを使い「いたずら」をしかけるのである。執筆順からすると『宇宙の眼』のこの場面を拡張したものだった。この第一の世界を支配するのは、シルヴェスターが信じる第二バーブ教だった。バーブ教は、イスラム教シーア派の流れをくむ。バーブは「門」という意味で、一八四八年にイランで起きた「バーブ教徒の反乱」で知られる。そして、教えを説く「バヤーン」という書が、聖書の代わりに第一の世界を支配していた。

失職したハミルトンは、父親の知り合いであるガイ・ティリンフォード博士と会うために研究施設のEDAへと出かける。「神智学」がすべての原理となっていて、物理学は神との通信を司る役目に限定されていた。そして、天使の手や口が空間に出現するのだ。ハミルトンが職を得たと知ると、EDAの若手たちは、「異教徒」だとみなして排除を試み、ライターの火に指をかざすテストでハミルトンの信仰の度合いを確かめようと迫る。ハミルトンは、教義を逆手にとって、若手たちの「妬み」から生じた罪だと神に告発する。天使が言い分を認め、若手たちを呪われた存在にしてしまう。バーブ教の世界では、車を動かすのも、修理するのも神に祈ることでかなうのだ。

バーで再会したマクファイフは、この世界を受け入れ、酒に溺れていた。そして、姿を見せたビル・ロウズは、この世界が「複製」により労働が不要になっている点に感動していた。自動販売機を通じて、チョコバーから酒まで複製で出来上がっていくのだ。マタイの福音書に出てくるいくら分割してもパンが減らなかったキリストの話を裏づけるような設定である。ところが、この原理はこの世界でしか通用しないとロウズは言う［第6章］。短編の「にせ物」では、人間とすりかわったアンドロイドを、「植民地」ではあらゆるものをコピーする生物を登場させたが、ディックは複製への関心を持続させている。

スラム街にある非バーブ教会に成り果てたキリスト教会へと向かったハミルトンとマクファイフが、メアリー・ポピンズよろしく傘の力を借りて天上へと登り、地球を中心としたプトレマイオスの宇宙を見下ろす場面が出てくる［第7章］。神の顔を拝むところまで近づくのだ。マクファイフは神に驚愕してしまうのだが、宗教的な畏怖からではなかった。落下したハミルトンたちが着いたのは、ワイオミングのシャイアンにある第二ハーブ教の神殿だった。ハミルトンは、そこからベルモントへと戻ってこの世界を終了させようと決意する。

有色人種を排撃するシルヴェスターの人種差別があり、さらに大卒女性であるマーシャへの嫌悪から彼女の身体が醜く変貌させられる。ハミルトンたちが最終的に脱出できたのは、シルヴェスターの世界を維持するために遍在する天使たちと戦うことによってだった。病院で、テレビのなかから出てきた天使たちとつかみ合いの肉弾戦となるが、最終的にシルヴェスターをミス・リースが突き飛ばし意識を失わせたことで、影響が遮断される。脱出するには、妄想世界を作り上げる原因となる人物を突き止め、意識を失わせるしかない、という手段が見つかる。ところが、その瞬間に彼らは第二の世界へと入っていた。

ご清潔な世界

第二の世界は、息子のデイヴィッドと共にベヴァトロンを訪れていたイーディス・プリチェットが作り出した世界だった。彼女はシルヴェスターの次に意識を回復したので、意図せずに支配権を獲得していた。ミセス・プリチェットは政治などには無関心だった。そのため、新聞から政治欄は消え文化欄だけとなる。さらに、アメリカは東西の文化冷戦の勝者となり、不快に思えるロシアは地図や地上から消え、冷戦体制そのものがなくなってしまった。

その代わり、第二の世界では、まさにピューリタン的な清潔主義が人々を支配する。性欲の発露につながる一切が禁止された。それが性器の消去による男女の中性化だった。ここでは、ＥＤＡの統計学者のティリンフォード博士は、第一の世界でのような第二バーブ教の信奉者ではないが、電子産業で文化を大衆に伝達することが目的だ、とハミルトンに告げる。そして、応用科学ジャーナルに載ったフロイトに関する分析論文を読むように勧めてくる。この世界では精神分析が科学の中核にくるのだ。

清潔化が進み、車のホーンは醜いので無音となり、ウィスキーではなくて、フランスの香り高いリキュールや、芳香のための石鹸が重視される。それは人間にも及ぶ。第一の世界で登場しハミルトンと知り合いとなったのが、バー「セイフ・ハーバー」を根城にする「娼婦」のシルキーだった。この世界では女子学生風の清楚な姿になっている。そして、マーシャさえも、「単純なものになって、秩序だっている」と考え、この世界を支持する始末である［第10章］。けれども、ミセス・プリチェットはハミルトンと仲良くなっているシルキーを消去した。彼女は自分にとって気に入らない習俗や存在を消してしまうのだ。

たんに支持するだけでなく、この世界に順応したのが、意外なことにロウズだった。ミセス・プリチェットのもとでラックマン石鹸会社の運営を任される。ロウズが現実への帰還をためらう態度をなじったハミルトンに対して、苦学して大学を終えても、ベヴァトロンの案内人になるしかない人種的な偏見に関する苦情を訴えた。ロウズは「強制収容所にいるユダヤ人のようなものだ」と閉塞感を語るのだ［第11章］。

暴走を止めるために、ミセス・プリチェットにクロロホルム液を飲ませて意識を喪失させる計画が進む。立案したのは、シルヴェスターとプリチェットの息子とミス・リースだった。シルヴェスターが実行するが逆に消されてしまう。それを知ったハミルトンがハンカチに浸して試みたが、クロロフォルム自体が不快な臭いの物質だとして消去されてしまう。次にドライブに誘い、途中で目につき考えついた不快と思える存在や物質の名前を列挙すると、ミセス・プリチェットは要望に応じて次々と消滅させるのだ。最終的にミス・リースが「空気」と言ったことで、空気自体がなくなり全員が死亡して、ようやく呪縛から逃れることができた。

第二世界は、シルヴェスターの第二ハーブ教より、『いたずらの問題』のストレイター少佐の「道徳再生運動」に近い（執筆順は逆なので、この体験を踏まえたのだ）。ミセス・プリチェットは、血を見るのが嫌いなので、殺人や処刑ではなく消去による解決をはかる。「見たくないものは見えなくする」という原理をもち、これはソフトな姿をまとった究極の排除である。容赦なく「最終解決」がおこなわれるのである。しかも、ミセス・プリチェットの邪魔をしたニニー・ナムキャットだけではなく、この世の猫がすべていなくなる。消去されるのは「個物」ではなくて、「カテゴリー（類）」なのである。中世において、キリスト教の神の普遍性をめぐって唯名論と実在論との間で戦われた「普遍論争」を踏まえた設定である。普遍論争は神の位置づけをめぐる論争でもあったが、カテゴリーという普遍が実在するのなら、ミセス・プリチェットがやったように、消し去るのも簡単なはずだった。もしもミス・リースが最後に「空気」ではなくて「神」と言ったら何が起きたのであろうか。

普遍論争を経て、個物を重視する唯名論から、近代科学につながる経験論的な考え方が培養されてきた。実験や観察から、その背後にあるルールを見出そうとする。そして、理神論を経て、わざわざ神を考慮しなくても科学の法則が成り立つことになる。しかも、ミセス・プリチェットの世界が依拠するフロイトは、ユダヤ教ともキリスト教とも距離をとった「神なきユダヤ人」（ピーター・ゲイ）であり、科学的であろうとしたのである。

ハミルトンは電子工学の専門家でなおかつミサイル技術者で、そうした科学思考の後継者を自認している。なによりも、八人が被害を受けたシンクロトロンは、近代科学を発展させる目的で設置された最先端の科学的実験装置であった。ところが、先端物理学を学んでいちばん精通しているロウズは、人種的偏見からステレオタイプとして「黒人」というカテゴリーに入れられることを、常に不満に思っていた。

暴力的にカテゴリーを消滅させてくれる点で、ロウズがミセス・プリチェットの支配する第二世界にとどまろうと願ったところに、アメリカ社会がもつ根深い差別構造がうかがい知れる。むろん、なにかのきっかけで、ミセス・プリチェットがロウズを不快に思って「黒人」をカテゴリーごと消去する「最終解決」をはかる可能性も高い。しかも、のちの第四の世界で、隠れ共産主義者であるマクファイフに感化されたハミルトンは、「民族というのはファシストの概念」で、それに悩んでいるロウズを攻撃さえする〔第15章〕。個物とカテゴリーとの関係は古くて新しい問題なのである。

孤独な支配者

第三の世界はジョーン・リースに支配される。ミス・リースは、絵や書籍を売る店を経営する自立した女性である。彼女からパウル・クレーの版画をハミルトン夫妻が購入したことがあった〔第3章〕。ミス・リースは第一の世界からの脱出ではシルヴェスターの意識を失わせ、さらに第二の世界では、ミセス・プリチェットを最終的に死へと追いやった。ただし、意識が目覚めていく順番で世界を支配できると知り、自分の回(ターン)を待ち望んでいた。

これは、放射能を浴びた順番により進化の度合いが変わる「造物主」(五三)のアイデアをリサイクルしたものである。三人の乗りの探査宇宙船がたどりついた小惑星に、ハムスターを放すと、硬直して死んでしまう。そして、自分たちも放射能にやられて、「進化」することを知る。三人のなかで、先に放射能を浴びて、より未来の人類に進化した者が、地球に戻りそこを支配しようと考える。彼の野望の阻止を試みた二人は反撃されてしまう。その窮地を救ったのが、もっと前に放射能を浴びて、人間よりも進化したハムスターたちだった。放射能により生み出されたミュータントが、「爬行動物」（五四）のクローラーよりは明るい形で表現されていた。『宇宙の眼』では、目覚めた順番が物を言う。『偶然世界』のくじ引きにも近いが、与えられた偶然をミス・リースは自分の利益のほうへと引き寄せたのである。

ミス・リースは、ニニー・ナムキャットの体を反転させたように猫嫌いだけでなく、彼女自身が陰謀論的な不安をもっている。ハミルトンは、妻に説明する。「陰謀とか迫害といった妄想をもっている偏執狂だよ。ミス・リースが見れば、どんなものにもなんらかの意味があって、自分に向けられた陰謀が感じられるのさ」［第13章］と。

この後、実生活では陰謀論やパラノイアに傾斜していくディックだが、『宇宙の眼』では、とりあえず相対化ができていた。

ミス・リースにより、娼婦のシルキーは、ハミルトン家の地下に棲む巨大な蜘蛛へと変身させられてしまう。ハミルトンがその餌食となりかける。まさに「魔性の女」というわけだ。帰ってきたロウズたちに救出される。台所の缶詰は毒の味がし、ナイフが襲い、水道から血が流れる。しかも家自体が一種の生物となって、人間を食べ始めるのだ。逃げ切れなかったミセス・プリチェットは食べられてしまう。工場はどうやら拷問道具を生産しているようだ。カフカの「流刑地にて」にでてくる処罰の機械のようなメカニズムを連想させる。

ハミルトンはミサイルの設計者で、見知らぬ相手を多数殺害する兵器は開発しても、武器を携帯し特定の相手を殺そうとしたことはなかった。妻のマーシャの意見や考えを理解し、リベラルで、合理的な立場をとっている。その彼が好戦的になる。変化の引き金となったのは、猫嫌いのミス・リースがニニー・ナムキャットを裏返しにしたことだった。哀れな状態の猫を見て、ハミルトンは自ら水に漬けて安楽死させた。それはペットやときには戦友に死を与える決断であり、復讐心からハミルトンは「現実の世界では所有したこともない」銃を持ち出して、ミス・リースを即死させようとするのだ。二つの世界を脱出してきた体験も加わり、対抗意識のなかでハミルトンはしだいに凶暴化していくのである。

ミス・リースは他の七人を「あなたたちは人間じゃない」「だから、落ちても死なかった」ときめつける。すると、シルヴェスターとビルが怪物的な虫へと変身して、彼女の体を糸でぐるぐる巻きにする。そしてデイヴィッドが殺された母の敵だとしてその中身を吸い取る。このあたりはカフカの「変身」のオマージュかもしれない。ミス・リースはかさかさになってしまう。「ハンギング・ストレンジャー」（五三）のぶら下がる死体とつながるし、「クッキーばあさん」（五三）で生気を吸い取られて皮だけになった子どもと立場が反転している。

ミス・リースの影響で凶暴化したシルヴェスターやロウズがハミルトンに向かってくるが、彼女が絶命したことで第三の世界は終了する。ところが、それは次の世界の始まりとなる。映画のように二つの世界がオーバーラップし、不連続をしめす明白な切れ目がない、という表現をディックは自家薬籠中のものとした。その手法は次に執筆した『いたずらの世界』で応用された。

隠れたスパイ

第四の世界は、当初ハミルトンの妻であるマーシャの世界と考えられていた。ティリンフォード博士は資本家となって、ハミルトンを共産主義者と決めつける。そして、労働者と資本家の間でアメリカは内戦状態になっている。そこで、ハミルトンは、妻のマーシャの意識を喪失させたのだが、その世界は終わらなかった。第四の世界で明らかになるのが、ハミルトン夫妻の目からは、愛国的で保守主義者に見えたマクファイフが、じつは隠れた共産党員（＝ソ連のスパイ）というからくりだった。

ディックはスパイという存在に深い興味をいだいている。「にせ物」（五三）は、アルファ・ケンタウリ星から潜入したスパイをあぶり出していくと、それは自分自身というオチだった。偽物のオーラムはキーワードを口にして、爆弾が破裂して消滅した。一種の対消滅である。『暗闇のスキャナー』の自分で自分を監視することになる潜入捜査官の話の原型ともいえる。ただし、その長編では分裂を抱えながらも捜査官は死にはせず、ディック作品でも明るさをたたえたエンディングが待っている。そして「スパイは誰だ」（五四）の原題（"Shell Game"）は、「豆隠し手品」を指していて、これは古くからあるネタでもあった。スパイと手品が通底しているのである。

第四の世界は二重底となっていて、誰もがマーシャの世界だと思っていたのだが、正体が露見するとマクファイフは巨大化していく。そして、マーシャのような左右どちらも受け入れるリベラルは許容できないと告げるのだ。内戦のさなか、労働者や共産党員による無差別のライフル攻撃により、マクファイフも死亡してしまう。ハミルトンは負傷するが、救出してくれたのは赤十字の救急隊員であり、ようやく「現実」にもどってきたことになる。

マクファイフの正体は、これ自体が冷戦時代における紋切り型の表現である。興味深いのは、マクファイフが隠れ共産党員であるとハミルトンが告発しても、カリフォルニア・メンテナンス・ラボのトップであるエドワーズ大佐は、そんなことはありえないとして退けるのだ。そして、証拠が揃っているマーシャの件で、ハミルトンをクビにする。その点で小説は因果応報の展開とはならない。けれども、ミサイル開発から自由になったせいで、ハミルトンには電子工学者としてオーディオ装置の開発に専念する未来が待っているのである。

3　覗き込む目と見守る目

空の眼と地上の眼

それにしても「宇宙の目」とはなんであろうか。アメリカの一ドル札の裏には、宙に浮かぶピラミッドに大きな単眼が描かれた図像が印刷されていることで知られる。たびたび秘密結社としてのフリーメイソンやイルミナティとの関係が取りざたされ、陰謀論の説明でその図像が利用されてきた。このような「神の目（Eye Of Providence）」という空中から見守る大きな眼は、ディックにも読者にも日常的で見慣れたイメージなのだ。

アラン・パーソンズ・プロジェクトによる六枚目のアルバム『アイ・イン・ザ・スカイ』（八二）でも、タイトル曲で「私は空の眼、君を見ている、君の心を読める、私はルールの支配者」と歌われるので、これは神を指している。このプロジェクトによる一枚目のアルバムでエドガー・アラン・ポーの短編を扱い、二枚目がアシモフの『われはロボット』をオマージュしていたので、このアルバムがディックを意識していることは十分にありえるだろう。しかも偶然なのか、ディック死亡の年に発表されているのだ。

『宇宙の眼』全体を見るならば、円形や回転の図像学的なイメージが貫いている。冒頭のシンクロトロンが磁石の周りに粒子が回転する姿は、最後に出てくるハイファイ装置の回転するレコードへと転じる。しかもハミルトンは、レコードの盤面が減らない針を使う新式のカートリッジを考案中だという。すでにビデオやオーディオのテープはあったが、ハミルトンのアイデアは盤面と非接触で再生可能なCDによって実現した。現実世界にCDが商業的に登場したのは一九八二年つまりディックが亡くなった年だった。ハミルトンは軍事産業から平和産業へと転職するわけだが、彼のスタートアップ企業がCDを発明したという未来線が待っているのかもしれない。

回転というイメージを示すのが、第一の世界で、ハミルトンとマクファイフが雨傘で登ったプトレマイオスの宇宙を見下ろす箇所である。そこで二人は地球も含めた宇宙を一望する。

この天空内に、ただひとつ地球があるだけだった。周囲に、ずっと小さくて、光を放つ球体がまわっていた。巨大で不動の球体の周囲を、唸りをあげて明滅している。それが太陽だということに気がつき、ゾッとすると同時に狼狽した。この太陽は矮小だった。しかも動いているのだ。［第7章］

さらに、他の惑星も、地球から見える大きさにまで矮小になっていた。そして、下には地獄があり、上には天国があるのだ。このように彼らはプトレマイオスの宇宙像を立体視するのである。

これは、ポーが「ハンス・プファールの無類の冒険」（一八三五）でプファールが気球から見た光景について、「眼下の眺めでいちばん予想外だったのは、地球の表面が凹んでみえたことです」（八木敏雄訳）と報告したのと同じくらいの衝撃をもち、かつ笑える場面かもしれない。ポーの小説には、作品内に註釈者がいて、プファールの記述に疑問を呈するメタ作品となっている（八木の解説によるとプファール Pfaal の綴りを逆さまにすると laugh に近づくという説もあったようだ）。その註釈者に「まったく無意味」と切り捨てられたのが、十七世紀のシラノ・ド・ベルジュラックの『日月両世界旅行記』（一六五七、六二）だった。だが、ベルジュラックによると、地球が回転しているのは、地球内の地獄に亡者たちがいて彼らが業火から逃れようとしてよじ登るからだ、といった「科学的」な理由から聖職者がコペルニクスに同意する、などの奇抜な説明も登場していた。雨傘で上昇し、眼下に宇宙を見据えるというディックのこの箇所も、中世以来の奇想の系譜に含まれる。

そして、天上に昇っていくなかで、最初、大きな湖に見えたものは、じつは神の眼だった。ディックには空の目を扱った短編もある。『宇宙の眼』以後に発表された「よいカモ」（五九）では、ダグラス教授が、窓のところに大きな目をみる。彼を追い詰めてくる目から逃れようとしたが、最後に網にひっかかり捕らえられ、巨大なフライパンに落ちるのである。ダグラス教授は、目の正体が人類への文化寄生体と考えていたが、寄生ではなく餌にする意図で観察していたのである。これは「ＳＦほら話」に入るだろう。けれども、他人の目や視線に対する恐怖は神経症のひとつの特徴であり、ゴシック小説やホラー小説の定番のしかけでもある。一九六三年には、ディック本人が巨大な目を目撃するという神秘体験があった。フィクション内の出来事が、いつしか精神的な実体験となったのである。

「創世記」によると、ノアの洪水以降に虹が契約のしるしとなった。このように神の啓示が天に出現する考えもある。キリスト生誕を知らせたのは天の星だった。第四の世界、じつはマクファイフのものだったが、その空に現れた「平和」という文字が内戦のなかで落ちてくる。神の啓示がそこでは、党のスローガンになっていた。シルヴェスターが支配する第一世界の神も厳密に言えば、第二バーブ教つまりイスラム教の神であろう。ましてや、神ではなくて、単に高次的存在が見下ろしているだけならば、話は別となる。ディックの最初期、十代で書かれた「リリパットへと戻る」という『ガリヴァー旅行記』のパロディ作のタイトルにも、ガリヴァーがリリパットたちを覗き込むイメージを伴っていた。宇宙の神秘を解き明かす道具がかつては顕微鏡や望遠鏡だったが、現代ではサイクロトロンやシンクロトロンに取って代わったのである。

神にあたる高次的な存在としての科学者が自分の生成した宇宙を覗き込む姿は、エドマンド・ハミルトンの「フェッセンデンの宇宙」（三七）が広めたことがよく知られている。著者の名は『宇宙の眼』の主人公ジャック・ハミルトンを連想させる。またフェッセンデンという名前はカナダの発明家で、エジソンの下で活躍し、その後無線やソナーや水力発電で特許をとったレジナルド・フェッセンデンに由来するのだろう。素粒子物理学が浸透する以前のパラダイムにあったので、レイ・カミングスはデビュー作となる『黄金原子のなかの娘』（二二）を堂々と書くことができた。高性能のレンズを使った顕微鏡で覗くと、そこには別の宇宙があるというわけだ。

地上の巨大な磁石を使った円形加速器つまりシンクロトロンは、図像的に「宇宙の目」と対応した「地上の目」となる。素粒子から宇宙の構造を解明するにはさらにそのなかに入っていかないとならない。照応関係が、ある意味で小宇宙と大宇宙の入れ子構造をしめしていた。神が見守る世界と、ハミルトンたちがシンクロトロンを観察台から覗き込むのに何の違いがあるのか、というわけである。

空のネットワークと核シェルター

もうひとつの「空の目」は、冷戦時代の悪夢とつながる。ハミルトンがミサイル設計技術者であり、すべては空を向いている。「宇宙」とか「虚空」と訳されるが、空は核ミサイルが飛び交う領域でもある。これは空から神が監視するのではなくて、人間が人間を監視するのである。『暗闇のスキャナー』で、メキシコの畑で周りをトウモロコシに囲んで密かにマリファナを栽培するのだが、空からは一目瞭然だ、という話がでてくる。地上からではなく、上空から発見できるのだ。

グーグル・マップが日常化した現在では、空からの視点に何の驚きもないが、冷戦時代には、地図と同じく、航空写真や映像は軍事機密だった。ディックの小説と問題の映画『アイ・イン・ザ・スカイ 世界一安全な戦場』(二〇一五)は、昆虫型の軍事ドローンを使ってアフリカのテロリストを追い詰める話だった。SFに現実が近づいて、もはや日常化してしまったのである。ドローンは中東やウクライナでの戦争などで実際に使われている。

重要なのは、民生品と軍事品が競合しながら発展していることだ。国家プロジェクトの花形だった宇宙開発に民間企業が参入するのを許している。巨大コンピュータを中心とした一元的な支配は、『ヴァルカンの鉄槌』や『怒れる神』に登場していたが、今はパソコンやスマホを結ぶネットワークが重要となる。下からの支配を担う存在へとディックは次第に目を向けていたのだ(ハミルトンが開発するオーディオ装置さえも軍事転用が可能となる)。それはテレビやラジオの電波を利用することでもあった。

ドローンもそうであるように、空にはネットワークを作り操作する電波が溢れている。『ブラッドマネー博士』(六五)で上空の周回衛星からラジオ放送をする話が出てくる。普通小説の『壊れたバブル』はラジオ局の話で、これはディックがDJをやっていた体験に基づくものであった。オーディオ装置などの知識は、ラジオなどメカニズムのファンだったディックの得意分野である。テレビや映話(テレビ電話)といったガジェットが作品に多用されている。のちに「黒い小さな箱」として姿を見せるマーサー教の「共感ボックス」なども、まさに電波による同調の働きをもっているのだ。

ラジオやテレビの放送のイメージが重要なのは、眼には見えない電波の形で絶えずメッセージが流れていて、機械を介在することでアクセスできる点である。キャッチできる電波が不在とか停止されているという発想はない。世界は電波という見えない言葉に満ちている。この発想はラジオ放送の聴取が好きで、DJを務めた経験もあるディックにとっては身近だろう。声が遍在し、あちらこちらから聞こえてくるというのは、二十世紀前半のメディア状況の特徴だった。

とりあえず人間を見守る神の目や、核戦争のための監視ネットワークを逃れるには、核シェルターや地下への退避が必要となる。『最後から二番目の真実』（六四）のように、核戦争後に地下世界へと追いやられた労働者と、ヤンシーという虚像の背後で貴族的な生活をするものがいるというのは、ウェルズの「タイム・マシン」が描いたヴィクトリア朝の階級格差をそのまま扱っている。しかも核シェルター自体が、「フォスター、お前はもう死んでいるぞ」（五五）のように、民生品となり、自前で調達する時代になるとディックは皮肉っていた。

ただし、『宇宙の眼』の場合には、被害を与えた放射能はシンクロトロンから発生したのであり、あくまでも内部の事故だった。空から核ミサイルが飛来する警報もない以上、核シェルターへの避難も不可能だったのである。

変換と変身

世界ごとに登場人物の役割が転身していることは、単純なキャラクターシステムでは説明がつかない。退役軍人のシルヴェスターは第一の世界の支配者であるが、第二の世界ではミセス・プリチェットにクロロホルム液を飲ませようと試みて失敗し消される。第三の世界では、虫に変身して、ミス・リースを封じ込めるのである。また、シルキーやマーシャやミス・リースの身体は、それぞれの世界を支配する者によって、服装から姿かたちまで変身させられるのだ。

ベヴァトロンの事故により、主人公ジャック・ハミルトンは、ミサイル開発からハイファイ・オーディオの開発へと転じる。掘っ立て小屋のようなガレージ風の建物に機械が運び込まれ、しかも文化のパトロンを任じるプリチェット夫人から小切手で創業資金を獲得した。その息子は、レシーバーやチューナーを組み立てていると言って、将来頼もしい助手になりそうだ。スタートアップ企業の誕生であり、カリフォルニアならば東部や連邦政府の規制を逃れて開発に専念できそうだった。

ただし、最大の疑念は、彼らははたして事故以前の世界へと回帰したのか、という点だろう。この結末で、ハミルトンは失業したが、彼にとり都合のよい世界となった。ハミルトンの夢＝ハミルトンが支配する世界とも考えられる。ハッピーエンドでありながら、このあたりの不安の可能性を残しておくことが、ディックの作品世界がもつ悪夢的な仕掛けとなっている。

『宇宙の眼』自体は核戦争そのものを描いたわけではないが、冷戦時代の悪夢がどのように形成されるのかを変換や変身を使って描いた作品である。そして、この手法や発想はディック本人によって、さらに転換を遂げる。核戦争がもたらす前後の変貌については、『ブラッドマネー博士』（六五）で描かれた。また『死の迷路』（七〇）は、十三人の男女が疑心暗鬼となる話だが、そこには神学体系が持ちこまれて複雑さを増す。『宇宙の眼』はそうした描き方の準備をしたのである。その意味でも重要な作品なのである。

第3章●『高い城の男』における歴史の改変と記憶

※ディックによる日本人名の表記は、元の綴りをカタカナにした一九六五年の川口正吉訳のやり方に準じている。ただし便宜を考えて一九八四年の浅倉久志訳の漢字表記を適宜併記した。

1 複数の戦争を記憶する

ヒューゴー賞を獲得する

ディック中期の出発点となったのは、一九六二年にハードカバーで発売された『高い城の男』である。これは、ビッグ3の一人であるクラークによる『渇きの海』や、H・ビーム・パイパーが執筆した『リトル・ファジー』などを抑えて、六三年のヒューゴー賞を獲得した。[*1] ディックが名実ともに一流作家の仲間入りをした証しといえる。

候補となったクラーク作品は、月面で砂に飲み込まれた遊覧船セレーネ号の事故からの脱出をリアルに描き、パイパー作品は、超光速飛行時代のツァラトゥストラ星を舞台に異種生命体ファジーと人間が接触する話だった。それに対して、ディック作品は派手なガジェットを欠いた歴史改変小説である。せいぜいドイツ第三帝国による火星開発や金星探検が進行中とか、地中海の両端が塞がれて原子力により耕地に転じたという話題とか、大西洋やアメリカ本土を飛び越えるルフトハンザ航空のメッサーシュミット社のロケットが出てくる程度なのである（一九七五年に就航したコンコルドのような乗り物にすぎない）。

『高い城の男』は、クラークの科学的リアリズムの描写や、パイパーの異星生物の活躍とは無縁だし、そもそもガジェットやSF的設定が主筋にほとんど絡んでこない。『宇宙の眼』や『時は乱れて』につながる普通小説的な作品である。一九六五年に出た川口正吉による翻訳の解説で「エンタテイメントの枠をはみだした、異色の現代小説としても、充分に価値のある作品」と福島正実がコメントしたのも了解できるのだ。[*2] いちはやく「にせ物」を訳した福島らしい期待があったのだろう。

舞台設定は、アメリカが一九四七年に第二次世界大戦に敗北した、つまり実際よりも戦争が二年長引き、ドイツと日本が勝利した後の世界となる。実在した航空母艦「翔鶴」沈没への言及からすると、どうやら一九六二年の世界で、出版年に合わせていたのだろう［第4章］。『時は乱れて』は、過去の世界と思い込まされていた男の話だったが、ここでは別の時間線、平行宇宙の話となっている。

オーウェルの『一九四八年』の三分割された世界のように、冷戦下での勢力図を模している。他国に占領されたアメリカ全体は、「ロッキー山脈連邦」という中立地帯を挟んで、西海岸は大日本帝国が支配する「太平洋岸連邦」、東海岸は北が「ドイツ第三帝国」、そして白人支配の「南部」とに四分割されている。グレアム・グリーン原作の映画『第三の男』（四九）に登場した「米英仏ソ」によるオーストリアの四分割（一九四五−五五）や、ベルリンやドイツの東西分割とか朝鮮の南北二分割を連想させる。さらには、幻に終わった日本の四分割統治も重ねられるかもしれない。たとえ外から見て同じアメリカ人と思える相手であっても、どの立場や国に属すのかは見かけだけでは不明となる。実際、登場人物たちはみな表の顔と裏の顔をもつのだ。

四分割されたアメリカ

アメリカが四分割された世界観のもとで、複数のプロットが絡み展開していく。主に四つの流れがある。

第一の流れは、サンフランシスコの「アメリカ美術工芸品商会」の店主チルダンを中心にしたものだ。店の掃除や品物の並べ方などのディテールには、どうやらディックの体験が活かされているようだ。チルダンは、古本屋から転身し、主に占領軍である日本人相手に商売をしている。タゴミ（田上）という注文がうるさい客だけでなく、カソウラ（梶浦）夫妻というエリートの上客を獲得することに成功した。

第二の流れは、チルダンの客である通商使節代表タゴミをめぐるものである。スウェーデンのビジネスマンであるバイネスへの土産品をチルダンの店から購入した。だがバイネスはドイツ帝国のスパイで、日本側の元将軍との接触を試みていた。その過程でドイツが「タンポポ作戦」により、日本を核攻撃することを知る。ドイツの首相逝去に伴う内紛もあり、タゴミたちはドイツの秘密警察であるSDに襲われるが、タゴミはコルトを使って撃退する。最後に心臓発作に襲われ、生死をさまようことになる。

第三の流れの中心は、チルダンの店に卸された偽のコルト銃を製造していたフランクだった。社長と口論して会社をクビになり、裏商売の口止め料として二千ドルをせしめて、仲間のエドとともにオリジナルの装身具の製造を始める。彼が作った銀の三角の小物などをチルダンは販売委託してくれた。チルダンからプレゼントされたカソウラは大量生産品の原型にしかならないと否定的だった。ところが、購入したタゴミは、その力で、日本人は「イエロー」と差別される現実のアメリカ世界に一瞬だけまぎれこむのだ。ユダヤ人であることが判明して逮捕されたフランクは、タゴミが釈放の書類に署名したおかげで、ドイツ側に送られず、エドのもとへと帰ることができた。

第四の流れでは、フランクの別れた妻（ミセスと表記されたまま）ジュリアナは、ロッキー山脈連邦で柔道を教えながら暮らしている。飲み屋で会ったイタリア系の運転手のジョーと意気投合する。ジョーは『イナゴ身重く横たわる』の著者のホーソーン・アベンゼンを殺害する目的で、ジュリアナを利用し、接近しようとしたドイツ帝国の暗殺者だった。コロラド州デンバーでジュリアナはその正体を見抜き、ナイフで頸動脈を切って死に至らしめる。そして、ワイオミング州シャイアンで、単身アベンゼンと会い、彼の本が真実だという易経の結果を知らせるのである。

架空の時空での話に見えるが、執筆時の一九六〇年頃の冷戦状況が投影されている。ドイツ帝国と大日本帝国は、世界を二分割している。互いに相手の動向を警戒し、ドイツはスパイを太平洋岸連邦に送りこみ、さらにゲッベルスは「タンポポ作戦」で日本列島への核攻撃を計画していた。ドイツが水爆を所有する話は、現実世界をねじって反映させたものである。日本側も、ドイツへの警戒をおこたらず、第二次世界大戦を「反ファシズム」統一戦線で戦った、と思えた米ソの反目をなぞっている。

『高い城の男』の主な舞台となるサンフランシスコは、一九四五年四月から六月にかけて連合国が集まり、国際連合を決めた会議をおこなった場所である。第二次世界大戦の終了とその後に直接関係をもつ。そして、日本との間にサンフランシスコ平和条約を結ぶ講和会議が一九五一年に開かれた。その折、ソ連の反対を押し切って再軍備化をする日米安保条約が結ばれ、その延長をめぐる六〇年安保の騒動が日本を襲ったのである。どちらの会議でも、戦争記念オペラ劇場という第一次世界大戦の戦死者たちを記念する名称をもつ歌劇場が会場となった。ここは『アンドロイドは電気羊の夢を見るか?』で、デッカードがドイツ系のオペラ歌手に扮した女性アンドロイドの歌を聞く場所に採用された［第8章］。建物のなかに戦争の記憶をもつオペラハウスなのだ。

第三帝国のマルティン・ボルマン首相の突然の死去による跡目相続の騒動は、一九五三年のスターリン死去のインパクトを継承していた。ゲッベルスが次期首相の地位を得るが、他の候補についての論評をチルダンは、招かれたカソウラの家でする。ポールは「全体主義社会では、指導者の死んだ直後がいちばんの危機です。伝統の欠如と、中産階級という背骨のないことが重なりあって」と口にするが、政治の話は無粋だとして、やめてしまう［第7章］。そして、チルダンは、カソウラ夫妻が用意したTボーンステーキなど、久しぶりのアメリカ流の食事を楽しむのである。

カソウラ夫妻は、そうした地位をめぐる権力闘争が自分たちの身に及ぶ心配のないエリートたちだった。だからこそ、余裕をもって日本が敗北する物語『イナゴ身重く横たわる』を楽しめ、自分たちを「ポール」とか「ベティ」とアメリカ人風に呼んで生活している。占領地であるアメリカの文化に同化するカソウラ夫妻は、むしろ当時の日本に実在した一部の人物像に近いのかもしれない（夫の名前がポールではなくてジャックだと、実在した教科書を連想できてしまう）。彼らの視線は、現実の敗戦国としての日本において、戦勝国アメリカを憧れ、その文化を模倣する視線と共通していた。

ユダヤ人とパッシング

精巧な偽のコルト銃を作るほどの腕をもつ職人フランクは、拝日派白人（ピノック＝ピノキオに由来する「操り人形」）とつながりをもつ社長とけんかをして、十五年つとめた会社をクビになる。転職も難しいので、ロッキー山脈連邦へ逃げようと考えるが、そこは太平洋岸連邦の息がかかっているので避けたかった。東海岸にある「南部」は白人支配の国なのでよさそうだが、ひとつ難点があった。

南部は経済的にも、思想的にも、その他なんだかんだで、あやとりのように入り組んだ糸でドイツ

第三帝国とつながっている。しかも、フランク・フリンクはユダヤ人なのだ。〔第1章〕

フランクは、東海岸で生まれ、戦争中に陸軍に入って西海岸へと派遣され、一九四七年の敗戦後、日本統治下の太平洋岸連邦にとどまっていた。ユダヤ人なのでナチス支配下の東海岸へ戻れるはずもなく、本来の名字のフィンク（Fink）に一文字を加え、フリンク（Frink）と名乗り、太平洋岸連邦内で偽の「白人」として生活している。日本人が支配する地域なので、民族的詮議が厳しくないのだった。

フランクをめぐって、他の人種や民族として通用する「パッシング」問題が扱われている。この語は白人と黒人の混血であるネラ・ラーセンによる小説『パッシング』（二九）で知られるようになった。ユダヤ人についても昔から同じように起きていた[*3]。

チルダンは特高から聞いた「浅黒い肌の男」という特徴を思い出してようやくフランクをユダヤ人と確信するのだ。『宇宙の眼』で黒人のロウズが「強制収容所のなかのユダヤ人」と自虐的に述べていたように、ディックにとり、アンドロイドと人間をめぐる存在論的な問いかけの裏には、人種や民族的な見かけをめぐる社会問題が常にあった。誰にでもあてはまる存在論的な問いだけに限定してしまうと、ディックが描いていることから目を遠ざける危険がある。

ユダヤ人の扱いに関して、ドイツ帝国と大日本帝国は対照的だとみなされる。ジュリアナが利用するハンバーガー店の主人で、焼き物担当コックであるチャーリーは、「戦争中もその後も日本人はユダヤ人を殺さなかった。オーブンを建造しなかった」と口にする〔第3章〕。アイルランド系でボストン育ちとされるハンバーガー店の主人に、ブラックジョークめいた言い方をさせる点に、ディックのねらいがあった。『宇宙の眼』でハミルトンが、シンクロトロンへ向かうのを「ガス室へ行く」と述べたように、こうした言葉は思わぬところで姿を見せる。[*4]

他方、ベインズとの対話のなかで、タゴミは上海でドイツ公使からのユダヤ人殺害の指示を無視した上司の話をもちだす［第5章］。上司は「そのような処置は人道的配慮に合致しない」と返答し、ドイツの行為を野蛮とみなしたのだ。この上司の言動にタゴミは感動した。それは、ドイツ側に捉えられ、移送を求められていたユダヤ人フランクの釈放命令をタゴミが出す遠因となる［第14章］。タゴミや上司のこうした行動は、戦後に美談として繰り返し語られたリトアニアの日本大使である杉原千畝のエピソードにも通じる。シベリア鉄道を通過して弾圧から逃れようとしたユダヤ人に「命のビザ」を発行したという話だ。[*5]

ディックが描こうとしたのは、組織内の「君子」ではない凡人、つまり「小人」であるタゴミによるささやかで最善の決断だった。ディックが読んでいた英語版の『易経』のなかでも繰り返し「君子（the superior man）」と「小人（the lesser man）」との対比がなされる。この二分法に従えば、大多数は小人であろう。大きな体制のなかで、タゴミがとった選択が価値をもつのだ。

ただし、タゴミはナチス・ドイツがユダヤ人をアジア人に含めている点に苛立ちをみせる。つまり、アーリア系を頂点とするドイツ帝国のゲッベルス博士の考えでは、日本に核を落として良い根拠は、ユダヤ人と日本人とを同一視できるからなのだ。DNA的にはありえない「日ユ同祖論」が形を変えて浮かび上がってくる。スコットランド出身の宣教師ニコラス・マクラウドにより唱えられ、日本人がユダヤの失われた支族のひとつとつながるという説である。[*6]

現実のアメリカが原爆を日本に投下した文脈とは異なるが、人種差別的な動機が絡む可能性を示唆していた。つまり、はたして国内にドイツ系移民をたくさん抱えるアメリカが、親族の住むドイツに躊躇なく原爆を投下しただろうか、という疑念である。歴史改変小説的な空想であるからこそ、『高い城の男』にはさまざまな問いかけが眠っている。もちろん南京大虐殺などアジアで日本軍がおこなった非道な行為への言及はないので、現実の歴史を踏まえた意見というわけではない。

出自を隠そうとするユダヤ人フランクの「変装」は、皮肉な形で『高い城の男』そのものと関連する。アフリカ戦線のロンメル将軍に関する好意的な情報に関してディックが参考にしたのが、参考文献にあがった『砂漠の狐』(六一)だった。著者はポール・カレル(Paul Carell)で、カレルの独ソ戦に関する『焦土作戦』や『バルバロッサ作戦』といった著作も邦訳され、世界でベストセラーとなった。ところが、のちに判明したのだが、これはドイツ人パウル・カール(Karl)・シュミットのペンネームだった。英語圏で通用するように、シュミットを略し、綴りも変更したのである。それは、映画『オーケストラの少女』や『聖衣』で知られるユダヤ系のヘンリー・コスター監督が、ナチス・ドイツから逃れて、ドイツ名ヘルマン・コスタリッツから改名したのとは動機が異なっていた。

シュミットはナチス・ドイツで情報宣伝を担当し、ホロコーストにも関与した過去をもつ。それを隠して執筆活動を続け、現在著作は歴史修正主義的内容を含むとして顧みられないのだが、当時は広範な内部資料を使用した客観的な歴史書に見えたのである。フランクが本名のフィンクをフリンクへと変更した作業を、ユダヤ人ではなくドイツ人がおこなっていた。そして、ナチス・ドイツに好意的なスタンスをもつカレルの本は、別な形での『イナゴ身重く横たわる』にあたるのだ。

ユダヤ人問題とナサニエル・ウェスト

さらにユダヤ人問題は思わぬところに姿を見せる。ポール・カソウラは自宅の夕食に招いたチルダンに、ナサニエル・ウェストの『孤独な娘（*Miss Lonelyhearts*）』（三四）についての意見を求める［第7章］。それに対してチルダンは未読だと答えた。

ポールは、小説に描かれた苦しみについての考えが理解できないとして、「ウェストがユダヤ人だからだろうか」と言う。そこからチルダンはカソウラたちにも不明な領域が存在することを認識する。彼らが読んでいる『イナゴ身重く横たわる』を目にして、愛国的な感情が湧いたチルダンは、カソウラ夫妻が「タオ」による悟りを得ている存在だと幻惑させられていたと判断し、自分のほうが優位だと自信を回復するのだ。

ここで言及されているナサニエル・ウェストは、ドイツ系ユダヤ人として生まれたのだが、ネイサン・ワレンシュタイン・ワインシュタインという名をアングロサクソン風に変更してペンネームにした。フランクの改名の元ネタにあたる。絵画に影響を受けたシュルレアリスムの作風をもつブラックユーモア作家ウェストは、同じくユダヤ人作家カフカとともに、ディックへの影響を無視できない。

『孤独な娘』の男性が女性を騙っているという設定は興味深い（ディックが敬愛する『スラン』のヴァン・ヴォークトは女性雑誌の投書欄の解答者だった）。そして、ミス・ロンリーハーツは、アメリカ文学にも大きな影響を与えたユダヤ人の道化「シュレミール」の伝統に入る。しかも、女性をしめすペンネームを「彼」という代名詞で受けるアイロニーが全編に響いている。ミス・ロンリーハーツは、キリスト・コンプレックスにとりつかれ、最後には偶発的と思える銃の発砲者とともに階段を転げ落ちるのだ。単なる悲劇とは呼べず、見方によっては喜劇でしかない。

こうした展開はディックのブラックなユーモアをたたえる結末とつながる。『ユービック』（六九）で、権力者ランシターは自分の顔ではなくて、反予知者であるジョー・チップの顔がついた五十セント硬貨に驚くのである。そして、自分の世界が侵食され、書き換えられたことに気づくのだ。また『死の迷路』(七〇)でセス・モーリーが「千年間眠りながら生きるだろう」と言われて仲裁神(Intercessor)に宇宙船の外へと連れ去られたあとで、セスを探していた妻のメアリーは夫が転生したと考えて、新しい生活が始まるのにウキウキとした気分になる。こうしたブラックユーモアの感覚の一端をウェストから学んだのだろう。

しかも、『高い城の男』とウェストとのつながりはさらに続く。「もし、ドイツと日本が戦争に負けていたら、いまごろはユダヤ人が世界を支配していますよ。モスクワとウォールストリートを通じてね」とチルダンはカソウラ夫妻に言う。この反ユダヤ主義的言説は、ウェストの『クール・ミリオン』（三四）のなかで、元大統領シャグポーク・ウィプルが、「自分を没落させたのは、ウォールストリートのユダヤ系の国際銀行家と共産主義に操られたボルシェヴィキの労働組合だ」[第9章]と非難するのを踏まえたセリフである。

それは、ディックにおいて『聖なる侵入』(八一)での西側のキリスト・イスラム教会と東側の科学公使館という東西陣営の対立がじつは結託しているという枠組みの先駆けだった。周囲のシステムが「悪」であるという考えに、ディックは死の直前までとりつかれていたことがわかる。しかも、実際の歴史でドイツと日本は負けたのだから、チルダンの言葉は、十九世紀末の「シオン賢者の議定書」以来ユダヤ人のネットワークが世界を支配している(あるいは目指している)という陰謀論と結びついていくのだ。

ウェストの『孤独な娘』には、「数字は唯一の普遍的言語だ」とみなし、祈りを計算機に任せる教会が、コロラド州デンバーにあるという新聞記事が出てくる[『《孤独な娘》と無表情なマスク』]。ジュリアナが州都であるコロラド州キャノン・シティから北のデンバーへと向かい、そこでアベンゼンに会いに行くべきかの判断をするのと暗合する。ジュリアナは運命を計算機に任せはしないが、易経に委ねる。そして「益」

の卦が出たことで、デンバーから州間高速道路25号線をさらに北上し、アベンゼンのいるワイオミング州シャイアンへと着くのである。

ディックはこのストーリー展開そのものを八卦に委ねた、と口にしている。そもそも八卦の陰陽を十八世紀のライプニッツがイエズス会士からの書簡を通じて知り、数学の「二進法」を組み立てるヒントとなった。現在のコンピュータプログラムにつながる「数字は唯一の普遍的な言語」とする見方の根拠ともなっている。ディックも初期のヴァルカン３（『ヴァルカンの鉄槌』）から最晩年のビッグ・ヌードル（『聖なる侵入』）まで巨大なコンピュータあるいは知の検索システムを登場させてきた。ジュリアナ（とディック）は古代の計算機に運命を任せたともいえる。

また、主人公ミス・ロンリーハーツが質屋にいって、さまざまな品物に囲まれ、調弦をとりあげ「人間には秩序に対し向う性質がある」と考える［「《孤独な娘》と陰鬱な沼」］。エントロピーという語は十九世紀に熱力学から生まれた語だが、二十世紀には情報科学においても、ランダムなどと無秩序を示す用語となった。トニー・タナーが『言語の都市』で、ウィリアム・S・バロウズやトマス・ピンチョンなどを分析した際のキーワードでもあった。両者とディックとの関連は深い。『アンドロイドは電気羊の夢を見るか？』でイジドアが説明する「キップル」などの物の集積を増大する無秩序とみなす発想のヒントをウェストからもらったとしても不思議ではない。

また、『クール・ミリオン』で、主人公の十七歳のレミュエル・ピトキンは、最後に暴力行為にさらされる。ホレーショ・アルジャー流の出世物語とは逆の設定で、ガリヴァーと同じ名前をもらった少年は、キリストと同じく母親の目の前で身体を切り裂かれていく。歯を抜かれ、目をえぐれ、頭の皮まで剝がされ、最後には心臓を射抜かれた。アメリカ革命党の「殉教者」とされ、ウィプルが「このアメリカの若者に、みな万歳（ハイル）せよ」と叫んで終わる。戦間期のファシズムの台頭を受けた小説である。ファシスト党へ傾斜する心性は、ジュリアナを利用して暗殺しようとしたイタリア系のジョーの言説として姿をあらわすのだ。

殉教物語は、短編の「髑髏」以来ディックに繰り返し出現する。ミス・ロンリーハーツのような「キリスト・コンプレックス」をディック自身がもっていた。とりわけ、身体的な喪失とその代替物を扱った『パーマー・エルドリッチの三つの聖痕』（六五）が『クール・ミリオン』との関係で思い浮かぶ。義手、義眼、義歯の姿のエルドリッチは、レミュエルが一部を奪われた姿を連想させる。スーヴィンが赤ずきんの狼とのつながりで、後期資本主義の貪欲さを表現していると指摘した姿である。ディックはウェストの発想をさまざまな形で自作に取り入れたからこそ、謝辞の代わりとして、作品中に『孤独の娘』の名をあげたのだろう。もちろん、借用したアイデアを発酵させ別の形で展開するディック的変換は健在である。

ムーアの南北戦争改変小説

『高い城の男』は、冷戦とつながる核戦争後ではなく、広島と長崎への原爆投下が実行されなかった、という形をとって、第二次世界大戦と連続している。小説中でナチス・ドイツの核武装は当然視されていた。日本は水爆をもつドイツに対抗する核兵器を所有しているとは描かれてはいない。

全面核戦争の舞台となる恐怖こそないが、四つに分断されたアメリカ像には、この小説が執筆された一九六一年という南北戦争開始百周年という節目が影を落としている。南北戦争の分断と再統一の過去は、国内の対立を生み出したマッカーシズム、さらに南北戦争の負の遺産を清算しようとする公民権運動などで揺れ動いた五〇年代ともつながるのだ。ディックが傾倒し、神学体系の参考意見をもらったジェイムズ・パイク師も、マーティン・ルーサー・キングなどと共闘する物言う聖職者だった。[*7]

エドガー・ライス・バローズの火星シリーズの発端となる「火星の月の下で」が一九一一年に雑誌発表されたのも、南北戦争開始五十周年という節目と無関係ではない。ジョン・カーターは、ヴァージニア出身の南軍士官で、南北戦争の終わり頃には、南部連合の紙幣で数十万ドルをもっていたが、戦争が終了し、すべて無価値となった。終結後の一八六六年に西部のアリゾナ準州（一九一二年に州に昇格する渦中でホットな話題の的だった）へ友人と逃げた。二丁のコルト銃とカービン銃で武装しながら、アパッチ族や北軍の兵士に追われるのだ。友人が亡くなり、進退窮まったとき、目を覚ますと火星にいるのである。それ以降は、拡大したアメリカ西部のような火星を舞台に、カーターが活躍する異郷ロマンスが繰り広げられることになる。

しかも南北戦争は、『高い城の男』の歴史改変小説という形式そのものにも影響を及ぼしている。ディックが歴史改変小説のヒントを得たのは、南軍が勝った世界を設定し、その歴史からの脱却を描いたウォード・ムーアの『ジュビリーをもたらす（*Bring the Jubilee*）』（一九五三）だとされる。雑誌に中編小説で発表されたものが評判となり、長編に拡充された。ディックは出版時に読んで否定的な感想を述べていた[Rossi: 83]。それだけに、どのようにムーアの小説を乗り越えるのかを意識しただろう。

ムーアの小説のタイトルは、北軍で歌われた「ジョージア行進曲」の歌詞に由来する。ジュビリーとは、旧約聖書の律法書となる「レビ記」第二十五章に記載された五十年に一度の「ヨベルの年」のことで、大恩赦により、すべてがもとにもどるのだ。年季奉公の奴隷も解放され、借金もなくなる。つまりは貧しい奴隷が解放される結末を示していた。南部の勝利を肯定する歴史修正主義的な小説ではない。むしろ、トウェインの『アーサー王宮廷のコネティカット・ヤンキー』の系譜にある。

「今これを書いているのは一八七七年だが、私は一九二一年まで生まれはしなかった」というパラドクスに満ちた文で始まり、祖父が南部独立戦争の勇士だったホジズが、自分のこれまでの体験を物語る(バローズの『火星のプリンセス』の冒頭の「私は老人だが、何歳かわからない。おそらく百歳を越えているだろう(中略)見た目は三十代だ」と似たパターンである)。ホジズは、ゲティスバーグの戦いで分岐し、南部連合が勝利して、リー大統領が実現した別の時間線育ちだった。歴史に興味をもつようになり、物理学者が発明したタイム・マシンで過去へとさかのぼり、北軍の勝利に貢献する。だが、これにより、ホジズは元の時間線には戻れなくなる。ディックが「ジョンの世界」で描いたような一回限りのタイムトラベルである。

ホジズが並行宇宙について考える手記は、文の途中で途絶えている(このやり方をロバート・シルヴァーバーグは『時間線を遡って(時間線をのぼろう)』(一九六九)で過去の犯罪が時間警察に発覚して主人公が消される趣向に用いていた)。残された死者の手記を家で発見した編集者による註記が最後についているのは、ゴシック小説などに見られる古典的な手法である。

ディックが『高い城の男』を書く際に、ムーアの小説から受け取ったと思える要素として、とりあえず四点を挙げておきたい。

第一に、西海岸中心主義への変更である。ムーアでは、東海岸のニューヨークやピッツバーグで物語は終始していたのを、ディックは西海岸のサンフランシスコと、ロッキー山脈連邦にあたる中西部のコロラド州デンバーそしてワイオミング州シャイアンに舞台を据えた。『高い城の男』で、はミシシッピ川の西で話は展開する。結果として、ドイツ帝国とつながりをもち黒人奴隷を保持する「南部」は印象の薄い存在となった。だが、リンカーンによる奴隷解放は反故にされたのである。南北戦争時のイデオロギーや経済の対立が、人種的対立として残っている。

第二に、偽物作りである。ホジズは、「グランド・アーミー」という抵抗組織に加わるが、働く場所は、表向きこそ本屋だったが、裏で偽札づくりをしていた。ドイツ帝国とスペイン帝国が連携してアメリカを脅かすのに対抗し、経済を混乱させるために偽の「ペセタ」紙幣を作るのだ。これは、フランクたちが働いていたウィンダム＝マトスン社が、表向きは集合住宅用の階段や手すりなどを作る鉄工所だが、裏で日本人向けにアメリカ工芸品の偽物を作っているのと同じである。

第三に、カール・ユングの扱いである。ムーアの小説では、「スイスの警察長官のユングはロンブローゾによる人間の形態的区分を洗練させ改良した」とある［第6章］。主人公のホジズはユングもロンブローゾも読んだことはないと言う。人間を形態分類し、犯罪者かどうかを判定する主張をしたのが犯罪人類学者ロンブローゾだった。さらに「ロンブローゾとユングによれば、黒人は自治ができない」などと偏見にまみれた台詞もある。ユングに大きな影響を受けているディックにとり、これは不本意な扱いだったはずだ。『高い城の男』のほうで、タゴミは、ユングの元型の話がでてきたとき、大学で習い知っていると返答した［第5章］。どうやら大日本帝国では、ユングは知識人の常識の範疇にあるようだ。

第四に、日本人の扱いである。ムーアの小説には、ヒロ・アガチ（Hiro Agati）という日本人の化学者と妻キミの家族が出てくる。一八九〇年代に「黄禍論」による中国人狩りの巻き添えをくい、生き残った数少ないオリエンタルの人間とされる。「アメリカ人だけが、合衆国のなかでだけ、肌の色ですべてを判断する」［第16章］という指摘がある。しかもヒロは、日本には「アイヌという、肌の色がより薄い人」への差別があったと言及していた。ひょっとするとディックは、タゴミに見られる白人への優越感のヒントを、ムーアの小説のそうした箇所から得たのかもしれない。

当然ながら、『ジュビリーをもたらす』と『高い城の男』の二つの小説には、相違する部分の方が多いし、目指す方向も異なる。それでも、ディックは、単なる歴史改変小説の可能性を知っただけではなく、批判的に摂取していたのである。

2 歴史改変と時間

歴史改変小説

カソウラ（梶浦）家へ招待され、『イナゴ身重く横たわる』を見つけたチルダンは、未読の小説が「ミステリーか？」と問いかける［第7章］。それにたいして、ポールはＳＦに入ると答えるが、妻のベティが異議を唱える。カソウラ夫妻はともにＳＦマニアであった。

「なかに科学が含まれていない。それに未来が舞台じゃない。ＳＦは未来を扱うものでしょ。とりわけ、いまよりも科学の進歩した未来を。だけど、この本はどっちの条件にもあてはまらない」

「でも、別の現在を扱っている。有名なＳＦにこうしたタイプはたくさんあるよ」

夫妻のこの会話で、『高い城の男』が歴史改変小説であると自己言及し、ディックは自作のＳＦ性を擁護している。歴史改変小説は、ＳＦのサブジャンルとして好まれ、架空戦記などを生み出してきた。歴史改変小説は「現実」社会を批判するトウェイン以来の文学的伝統にもつらなる。

ディックがここで、ポール・カソウラに言わせている作品は、案外オーウェルの『一九八四年』（四九）あたりかもしれない。核戦争があり、巨大な三つのブロックが台頭するディストピア小説は、分岐点で別の歴史をたどっているのだ。それでいながら東西冷戦の現実を描いてもいる。しかも主人公が従事するのが過去の記録の改竄であり、歴史の書き直しと偽りの記憶をめぐる問題系を提示した小説でもある。

歴史改変をめぐり、歴史上の「if」を扱い、本能寺の変で信長が死ななかったらとか、関ケ原の戦いで家康側の東軍が負けたら、という話は、小説や映画やゲームにあふれている。過去の怨霊として、能や歌舞伎などで、平家の生霊が出てくるとか、ある人物の正体が「実は……」という趣向にも通じる。敗者の側が「世が世なら」と口にする「負け惜しみ」として、第二次世界大戦とりわけアジア太平洋戦争で日本が勝利していたら、と幻想をもつことは、日本側にこそ十分に成り立つのだ。

実際、戸田良一らによる『失敗の本質——日本軍の組織論的研究』（八四）というアジア太平洋戦争の日本軍の敗因を探る論集は、経営学の組織論などで教科書として利用されてきた。そこには、戦争への倫理的な反省ではなくて、ゲーム理論的に、日本をプレーヤーとして捉え、戦略上の失敗さえしなければ、成功つまりあの戦争に勝利していたはずだ、という含意がある。ビジネス理論への応用がなされたのも、民間での競争は「健全」とみなされているからで、そこから遡及して、戦争そのものも一種の企業競争とみなせるのだ。そして、戦争における勝敗の「チャンス」は平等だったという考えがあり、それは『偶然世界』で描かれたものにも通じる。

ところが、日独伊の枢軸国側が勝利していたら、という設定で、戦勝国アメリカの作家ディックが、あえて自国民を敗者として描き、「占領下のアメリカ」を舞台にしたことは、一種の精神的な余裕の産物に見える。もちろん、こうした想定はディックだけが実践していたわけではない。

『高い城の男』以前にも、たとえばフリッツ・ライバーの『ビッグ・タイム』（五八）に出てくる。ライバーは、この作品でヒューゴー賞の短長編賞(ノベレット)を獲得した。東西の対立を「改良戦争」におけるスパイダーとスネークという勢力の戦いに置き換えていた。登場人物たちは自分の生命線から離れてその戦争に兵士やエンターテイナーなどの役割で参加する。なかには十億年過去とか未来からやってきた生物たちが、ゾンビのようになって戦い続けるのである。そのなかに、ヒトラーが勝利した世界が登場する。それは話の中心とはならないが、「場所」と呼ばれる空間であり、乗り物に原子爆弾が持ち込まれてパニックとなるようすが描かれるのだ。そこには冷戦状況が反映されていた。

また、『高い城の男』以後に、ノーマン・スピンラッドは、『鉄の夢』(七二)で新境地を開いた。SF作家アドルフ・ヒトラーが書いた下手くそな小説という体裁で、アメリカと日本が手を組むという世界が描かれた。最初中編だった「アルジャーノンに花束を」(五九)も、知能のあり方と文章をリンクさせる表現を採用していた(これ自体、ジョイスの『若き芸術家の肖像』『ユリシーズ』などのモダニズムの実験にヒントを得たものだろう)。こうした作品は、ディックが『高い城の男』のなかに『イナゴ身重く横たわる』を置いた発想をもう一捻りしている。モダニズムのスタイルがSF小説に浸透していたのである。

日本がGHQの支配から脱却しつつあった時代に、敗戦と占領の記憶をもちながら、たとえば映画の『東京物語』(五三)や『ゴジラ』(五四)で、東京空襲による焦土やビキニの水爆実験を間接的に受け止めて描いたのとは異なる姿をとっていた。そして、キューバ危機を乗り越えた六〇年代となり冷戦が次の段階を迎えたことで、終末観さらにはアメリカが敗北するという危機感が遠のいたのである。

アメリカにおいて『高い城の男』は出版当時だけでなく、現在でも人気が衰えていない。二〇一五年から四シーズンにわたってアマゾンのオリジナルビデオが作られたのもその一端である。それは、作品内に独立戦争や南北戦争といった過去の歴史を織りこめるからだけでなく、アメリカ国内で世界情勢が完結する西半球中心主義でもあるからだ。ドイツ人も日本人も他の移民と同じくアメリカへとやってくる。しかも、作品中でアメリカ人がどれほどひどい目にあっても、あくまでも現実の歴史の裏返しなので、心の奥底では「戦勝気分」を抱きしめることができるのだ。

ドイツ帝国への関心

アメリカとソ連の代わり、あるいは重ねられる形で、日本とドイツが置かれている。これによって、第二次世界大戦との連続性を保ちながら、冷戦がもたらした二つの世界の対立をもちこんで、新しい東西陣営とみなせるのだ。

アメリカの東を支配するのはドイツ帝国で、西を支配するのが大日本帝国なのだが、とりわけドイツは「科学」の帝国として描かれる。これは科学万能で冷たい国としてのソ連の代替物ともなる（『アンドロイドは電気羊の夢を見るか?』でポゴロフというアンドロイドは、ソ連から来た刑事に変装するが、人間的冷たさが同じだから変装可能とされる）。そして、タゴミが交渉する相手としたスウェーデンからのバイネスを迎えるのも、プラスチックの新しい射出成形法を獲得する見込みがあるからだった。日本が遅れている技術で、ドイツの大化学工業カルテルが特許をもっている。

> プラスチック、特にポリエステルの開発では、全世界の市場を独占している。この方法によって、第三帝国の貿易は太平洋岸連邦の貿易より優位に立っていたし、テクノロジー面では、すくなくとも十年の差をつけていた。［第1章］

それに対して、日本側は今でも木材や鋳鉄が中心となる。タゴミは通商代表団の責任者として、ドイツの技術を取り入れたいと考えている。遅れている「木」の文明を代表するものが、筮竹を使った易経で、古臭い迷信と見られていた。火星の植民地にまで領地を広げるドイツ帝国と技術の差があり、日本がロケットを所有しているとは描かれていない。

ジュリアナはデンバーで、ジョーが所持していたドイツ紙幣を使いまくり、贅沢三昧で好みのファッションをあつらえる。二人はドイツやフランス（デュポン）が作る合成繊維を素材としたドレスなどに身を包む。ドイツ側が手に入れた情報では、アベンゼンはジュリアナのタイプの女性を好むとされていた。他方ジョーはラテン系を装っていたが、黒髪のかつらをかぶり、金髪のスイス生まれのドイツ人だった。タゴミが相手をしたバイネスと同じくドイツ帝国のスパイだった。

ドイツ第三帝国の首相が亡くなり、その跡目相続をめぐり、候補が争うことになる。タゴミたち日本側は緊急の会議を開いた［第6章］。入手した情報をもとに、ゲーリング、ゲッベルス、ハイドリヒ、シーラッハ、ザイス＝インクバルトの誰が権力を握るのかをシミュレーションした。裁判で有名なアイヒマンは、すでにハイドリヒに殺害されていた。結局ゲーリングが首班につく。その結果、SSが考えていた大日本帝国との秘密裏の接触もあやうくなった。ドイツ本国で起きた激変が組織の末端の者の運命を翻弄するのである。

歴史改変小説としての『イナゴ身重く横たわる』

『高い城の男』のユニークな点は、「小説内の小説」として『イナゴ身重く横たわる（*The Grasshopper Lies Heavy*）』が登場することだった。「小説内の小説」という趣向は、『ハムレット』の「劇中劇」の後継者でもあり、珍しくはない。だが、モダニズムにおいて、メタフィクション的な関心を呼んだのだ。

単に秘密文書が存在するだけとは異なる。アシモフの『暗黒星雲のかなたに』（五一）では、帝国側が必死に探していたものが、じつは抵抗の書としてのアメリカ合衆国憲法だったというオチがある。帝国に従順な地方の君主が、装った抵抗のリーダーであり、みなに向かってその序文を朗々と述べるところで終わるのだ。これは宝探しという古典的な仕掛を使い、アメリカがもつ西半球中心主義の意識をくすぐる展開となっていた。

それに対して、ディックの小説は、ディストピア小説として意識していたオーウェルの『一九八四年』に近い。オーウェルの主人公が手にしたイマニュエル・ゴールドスタインの『寡頭制集産主義の理論と実践』は秘密文書であり、作品内では部分だけが提示される。やはり、アベンゼンが書いた『イナゴ身重く横たわる』も、引用されることで同じような効果を与えていた。しかも、「実際」の歴史を記述しているのではなく、それ自体が独自に逸脱し改変された物語でもあった。

作品中に、あらすじや断片の言及があるだけで、全体の結末や展開は正確にはわからない。ウィンダム＝マトスンの愛人であるリタによると、恋愛要素をもつ戦争の話である［第5章］。太平洋で戦争の転機となる真珠湾攻撃に関して、タグウェル大統領は先見の目があって、軍艦が殲滅しなかったとされる。それに対して、ウィンダム＝マトスンは、日本海軍は強いのでありえない話だと結論づける。

実際にはフランクリン・ローズベルトは、戦時中の特例で大統領の三期目を務め、事前に真珠湾攻撃を知っていたのかは今も議論される点である。ミッドウェイ海戦で太平洋の戦局は大きく変わるのだが、もちろんアベンゼンの小説の展開とは全く異なる。また、地中海ではマルタ島の戦局も「史実」とは異なるのだが、ウィンダム＝マトスンは、アフリカにおけるロンメル将軍の強さを強調して、ドイツが敗北したなどありえないとみなすのだ。

こうして読者は『高い城の男』そのものと『イナゴ身重く横たわる』の二つの歴史改変小説を目にし、自分の知る、あるいは体験した「史実」と比較することになる。発表当時の読者には、ナチス・ドイツの残党を探す動きはリアルタイムな出来事であった。「ユダヤ人の最終解決」に関与した責任者アイヒマンが一九六〇年にアルゼンチンで逮捕され、翌年から裁判が始まっていた。カート・ヴォネガットは、『母なる夜』(六二)で、アメリカのナチ党員ハワード・キャンベル・ジュニアに、イスラエルの監獄でアイヒマンと会わせるのだ。ディックがおこなったのも、そうした時代の状況に支えられた歴史のコラージュである。

アベンゼンが書いた小説は『イナゴ身重く横たわる』という書名だが、出典となる聖書の「伝道の書」十二章では、身重くなったイナゴは飛べずに老いて死が近いという意味合いをもつ。川口正吉は訳書の註でこの点を指摘していた。「空の空なるか」で有名な「伝道の書」は、旧約聖書のなかでも諦念やニヒリズムを表出する箇所として知られるが、それでも最終的に神による救済が設定されている。

「イナゴ」への言及は、聖書とともに、やはりナサニエル・ウェストの代表作で映画化もされた『イナゴの日(*The Day of the Locust*)』が連想される。イナゴをしめす二つの英単語の違いは、羽を使い長距離を飛行できる段階にあるかどうかによるのだ。

ウェストの『イナゴの日』の主人公トッドは、東海岸からハリウッドへイナゴのように飛んできて成功を夢見る。そこでトッドが描こうとした絵は、「ロサンジェルスを燃やせ」という内容だった。あくまでも、小説内の絵の話であるが、ウェストの『クール・ミリオン』で示された殉教者の神話ともつながる。別世界の戦争の話を描いた『イナゴ身重く横たわる』は、著者をドイツ帝国が葬りたくなるほど危険な書でもある。ただし、アベンゼンを主人公としなかったのが、ディックの卓見でもあった。

著者名のホーソーン・アベンゼンにも仕掛けがある。ロッシは、ナサニエル・ホーソーンとのつながりを指摘した[Rossi: 83]。ディックは『緋文字』を偉大な文学リストにあげたことがあった。それだけでなく、ホーソーンはアメリカでの歴史改変小説の始まりと目される「P氏の便り」（一八四五）を書いている。文学的先祖へのオマージュだろう。しかも、アベンゼン（Abendsen）には「アーベント（Abend）」つまりドイツ語の「黄昏」が入っている。ドイツ語がむき出しで引用される小説において、ドイツ側の末路をしめすようでもあり、伝道の書の「空の空なるか」とも通じるのだ。

SSであるスウェーデン人バイネスであり、ドイツ人ゴルツであるヴェゲナーは、ドイツ本国へと帰還するロケットのなかで、タンポポ計画で日本を滅ぼそうとするゲッベルスの計画について考える。

かりに彼ら、ナチスがとどのつまり、惑星の半分の勢力を破壊つくしたら？　そして不毛の灰燼に変えたら？　彼らにはそれができる。水爆を持っているのだから。しかも、きっと彼らはそうするだろう。彼らの思考が向かうのは、あの「神々のたそがれ」だ。彼らがそれに憧れ、積極的にそれを、つまり、全人類の最終的なホロコーストをおしすすめることは、充分考えられる。[第15章]

重要なのは、アベンゼンの本が蜂起を促す革命の書ではない点である。『高い城の男』と『イナゴ身重く横たわる』の二つの歴史改変小説は、現実の歴史と一種の緊張関係をもちながらある意味で同等の立場にある。それが作品の魅力となっていた。

『高い城の男』の歴史改変小説の根底にあるのは、たとえ過去が訂正可能だとして、はたしてその行為が「正しい」方向へと向かうのかどうかに対する疑念だろう。『イナゴ身重く横たわる』そのものがしめすように、ローズベルト大統領が二期で退き、戦後の枠組みが変わるといった逸脱は、選択の可能性の追求によって生じたものだ。現実の歴史は、目的論的に倫理的に正しいゴールに向かって進むわけではない。

別の形でその点をしめしたのが、『時は乱れて』のように、偽りの過去のなかで暮らすことを求められた主人公の体験であった。さらに『逆まわりの世界』のように、時間が過去に向かって逆転していくことで、死者が蘇り、生きている者が子どもや赤ん坊にもどっていくのだ。

歴史に因果性はあっても、目的をもって進行しないのならば、悲惨な方向に向かったとしても、不思議ではない。他ならない『イナゴ身重く横たわる』がそれをしめしていた。アベンゼン夫妻は、その小説は易経に問いかけて得た結果を並べたにすぎないと白状する。実際の歴史を記述したわけではないので、隔たりをもつのも当然である（アマゾンオリジナルのドラマが実際のニュース映像を利用したのとは少し異なる）。これによって、現実の歴史が「歴史性」をもつとともに、訂正や変更が可能に思えてくるのだ。

3　描かれた日本とのつながり

日米の文化交渉

『高い城の男』を議論するとき、欧米の論者は身近なドイツ帝国への関心を議論の軸とすることが多いが、この小説ではドイツ人が中心人物とはならない。タゴミなどアジア太平洋戦争の当事者である日本を扱っている。そのため、日本の読者には、自分たちの歴史や歴史観からのローカルな読みや解釈が生じる。通商代表団のタゴミやカソウラ、さらにテデキ元将軍が活躍する占領地を支配するやり方は、大日本帝国にとって無縁の体験ではない。ディックにとっては仮想的な状況だが、現実の歴史との関係がにじみ出てくるのだ。

たとえば日本人の名をどう訳すのかは難題となる。本書では川口正吉訳が「タゴミ（Tagomi）」と表記したのに倣っている。一九八四年に新訳を担当した浅倉久志は「田上」を採用した。オムロ（Omuro）が「大室」やヤタベが「矢田部」あたりは問題ないだろう。それに対して、チルダンの上客となるカソウラ（Kasoura）夫妻は「梶浦」、テデキ（Tedeki）将軍は「手崎」、フーモ（Humo）少佐は「府馬」、ジュリアナに柔道を教えた師匠イチョヤス（Ichoyasu）には「糸山」と音とかけ離れた表記が当てはめられた。浅倉訳のこうした工夫は、アマゾンのオリジナルドラマでの日本語表記にも継承された。

英語の表記がジレンマを与える理由は、ローマ字による音を、ふつうに流布している漢字へと適切に置き換えられないせいである。[*8] もとより難読名は数多く存在するし、万葉仮名風に「多五味」「加須浦」といった当て字もありえる。ベテランの翻訳者である浅倉は、現実の日本と作品世界との連続を重視し、リーダブルで違和感を与えないように努めた。そして、「イトー・フウモ（Ito Humo）」を府馬五十雄としたが、案外、目にしたイトウ・フミオといった名前を誤記した可能性もある。

タゴミのフルネームは「ノブスケ・タゴミ」だと明らかになる［第2章］。浅倉は「田上信輔」とした。名前の「ノブスケ」は、六一年という執筆時期を考えると、六〇年安保で揺れた日本の首相だった岸信介から採られたとも考えられる。「しんすけ」と日本では一般に呼ばれるが、正式には「のぶすけ」である。『ロサンジェルス・タイムズ』あたりで見かけたのかもしれない。

タゴミのキャラクター造形に岸信介が参照されたとは思えないが、岸のキャリアは、戦時中上海で下級官僚をしていたと回想するタゴミとどこか重なる。アマゾンオリジナルのドラマ版で田上は日本太平洋合衆国の貿易担当大臣だった。岸は商工省出身で、傀儡政権であった満州国で革新官僚として活躍した。そのため、タゴミ・ノブスケが活躍する太平洋岸連邦の占領下サンフランシスコなどアメリカ西海岸は、太平洋（あるいは日付変更線）を挟んだ形で旧満州国を地理的に反転させた像にも見えてくる（あくまでも、日本の文脈に引き寄せたローカル・リーディングにすぎないのだが）。

日本ローカルに引き寄せすぎたせいで、浅倉訳では見えなくなった面もある。ドイツの首相死去という緊急事態に、タゴミなど現地高官に招集をかけたサンフランシスコ駐在大使で男爵である「カエレマクレ（Kaelemakule）」を「鎌倉」とした点である。浅倉は「どんな漢字をあてはめればよいのか、こちらは茫然とするばかり」と訳者あとがきに記していた。情報不足によるのだが、カエレマクレはハワイに実在する名字で、ジョン・カエレマクレなどアングロサクソン風の名前をもつ人物も知られる。姿を現さないので風貌は不明なままだが、「L・B・カエレマクレ男爵閣下」とフルネームが出てくる。川口訳ではそのままだったが、浅倉訳では日本人的ではないとの判断からなのか、「L・B」は無視された［第6章］。

しかしながら、この設定は興味深い。カエレマクレの名から、「太平洋岸連邦」に駐米大使としてハワイ人が起用されていると判明する。どうやらディックが想像する真珠湾攻撃以降ハワイを占領した大日本帝国の統治は単純ではない。ハワイ人の高官がいる一方で、中国人の「車夫」がいて、黒人の姿もある。サンフランシスコ港はさまざまな国の船が訪れる国際港である。『偶然世界』でのインドネシア帝国は、冷戦時代における第三世界の台頭という歴史的な文脈があった。『高い城の男』に、サーフィン文化などハワイの習俗を取り込んできた西海岸において、真珠湾というハワイの記憶が形を変えて出てきたのである[*9]。

植民地支配で間接統治が実行された歴史を物語として語っている。ヒントとして、『イナゴ身重く横たわる』のなかで、「マレー連邦」をめぐる大英帝国の姿が扱われていた〔第10章〕。イギリスは、植民地だったアメリカの独立戦争での「敵＝宗主国」だったことも忘れるわけにはいかない。第二次世界大戦後の英米の覇権争いが『イナゴ身重く横たわる』の主眼だと、ナチス・ドイツの暗殺者であるジョーはジュリアナに説明する。

冷戦を一八九〇年代以降イギリスからアメリカへと覇権国家が移行したことがもたらした過程とみなす『冷戦　ワールド・ヒストリー』（二〇一七）のO・A・ウェスタッドの主張に合致するものともいえる。アメリカ独立戦争、そして米英戦争（イギリス軍に焼き討ちされた大統領官邸を白く塗ったのがホワイトハウスの由来となった）といった戦争の記憶も伴いながら、『高い城の男』は、現実の冷戦状況を裏返し、ねじれた形で取り込んでいる。そのあたりが、アメリカの読者に評判となった理由のひとつだろう。ただし、第二次世界大戦がアメリカでの人種差別に終止符を打ったという小説内小説『イナゴ身重く横たわる』の記述は、公民権運動が激化した六〇年代の『高い城の男』の読者には、アイロニー以外の響きをもたなかったはずだ。

禅と蕪村の俳句

『高い城の男』の世界には、支配者となる日本の文化が浸透し、タゴミの事務所があるニッポン・タイムズ・ビルディングは、枯山水などの庭園を併設する。カソウラ夫妻が住む居宅内の装飾は「わび」をもつとされ、十三絃の琴の音楽が流れていた。『ティモシー・アーチャーの転生』にも登場する、宮城道雄の弟子である衛藤公雄による〈緑の朝〉あたりがふさわしい。衛藤の音楽は全米で人気を得て、ディックもお気に入りだったようだ。

さらに詩歌の引用も目につく。蕪村の句「春雨にぬれつつ屋根の手毬かな」と、『千載和歌集』にある藤原実定の「ほととぎす鳴きつる方を眺むればただ有明の月ぞ残れる」が引用されている。詩歌好きのディックらしいが、これは単なる日本らしさの演出にとどまらない。

蕪村の句が登場したのは、タゴミがチルダンから入手したミッキーマウスの腕時計をバイネスへと贈ったときだった［第3章］。バイネスはスウェーデン人の貿易商という触れ込みだったが、実態はドイツのスパイである。タゴミとバイネスの背後で、部下のコトミチ（片町）が日本語で囁く。そしてタゴミが徳川中期の古い詩だと説明し、コトミチが英訳を述べて終わっている。直接的には、無為に終わった贈り物が「手毬」にあたると解釈すべきだろう。

もう一方の実定の歌は、百人一首にも採用され、日本では広く知られる。登場したのは、フランクが、仲間のエドといっしょに自分たちのオリジナルの装飾品をチルダンの店へ売り込みに行こうとするときだった。気を落ち着かせ、店に入る勇気を得るために一服するマリファナたばこ「天籟」のパッケージ裏に印刷されていた［第9章］。「微笑みの国」印のたばこだが、案外百人一首シリーズなのかもしれない。どちらも出典が明記されている。蕪村の句はドナルド・キーンが編纂した『日本文学アンソロジー』（五五）から、実定の歌は鈴木大拙の『禅と日本文化』（五〇）から採られたとわかる。

それにしても、ディックがふつう禅と結びつく芭蕉ではなくて、蕪村の俳句に関心をもったのはどうしてなのだろうか。キーン編纂のアンソロジーには、芭蕉は『奥の細道』単独と、他の俳句を選んだ二章立てで句が集められている。それに対して蕪村は「徳川中期と後期の俳句」という章に、一茶などといっしょに収められていたにすぎない。八句が採用され、「春雨」を季語とする句として、他に「春雨や同車の君がささめごと」と「春雨や蛙の腹はまだ濡れず」の二句が並ぶ。代表句とまではいえないし、あくまでも訳者のハロルド・G・ヘンダースンと編者キーンの好みを反映していた。

たしかに、ディックがこのアンソロジー本のページをめくって蕪村の句を見つけた可能性もある。とりわけ「蛙」の句は『アンドロイドは電気羊の夢を見るか？』のエンディングの砂漠のなかでデッカードが発見した人工の蛙をどこか連想させる。このアンソロジーには句の解釈や背景の説明文はないが、蕪村の句がもつ色彩感や、遠近をもつ物語性をはらんだ点が直接ディックの心を打ったのかもしれない。

どうやらディックの蕪村への関心は、実定の歌の出典ともなった鈴木大拙の『禅と日本文化』が直接の原因のようだ。この有名な書は、一九三八年に大谷大学から英語で出版され、岩波新書版の北川桃雄による翻訳が一九四〇年に世に出た。新渡戸稲造の『武士道』などと同じように、日本人により英語で書かれた書が、翻訳輸入されて広まったパターンとなる。

実定の歌は、第七章の「禅と俳句」に姿を見せる。大拙は、芭蕉が俳句を変え、禅と結びつき、正岡子規にいたる点を力説していた。そして、加賀千代女が、師の各務支考に「ほととぎす」という平凡な題を与えられ、「ほととぎす郭公(ほととぎす)で明けにけり」の句で芸術的完成が認められるまでを説明する。その際に、実定による「ほととぎす」の歌が作者名など明示せずに引き合いに出されていた（大拙にとって百人一首的な常識だったはずだ）。文脈からディックは「千代の和歌（by Chiyo）」と誤解したままで謝辞に記載した。二つの翻訳では、これを訂正して『千載和歌集』と置き換えている。

このような誤読をするくらいまで、ディックは第七章を熟読したのだろう。たばこの銘柄が「天籟」なのも同じ箇所に由来する。大拙は千代女が句を思いついたのを、「作者というのは、芸術的インスピレーションに表現を与える受動的な道具であるべきだ。インスピレーションとは、荘子の「天籟」のようなものである」と説明する。天籟の語が出てくるのはこの箇所だけである。荘子（荘周）の「斉物論篇」に記された「人籟・地籟・天籟」の話に基づく。大拙は無意識を持ち出して、禅の「悟り」と、芸術家のインスピレーションを同一視する（ただし、この天籟の箇所は岩波新書訳には存在せず、後日加筆されたものである）。大拙は「宇宙的無意識（Cosmic Unconscious）」とも説明していた。

装身具を作るフランクたちに始まり、壺や陶器作りなどハンドメイドの職人芸術家をディックは作品にしばしば登場させる。『流れよわが涙、と警官は言った』での青い花瓶を作ったメアリー・アン・ドミニクや、『銀河の壺なおし』で壺を作るジョージ・ファーンライトは印象深い。

とりわけファーンライトが小説の最後で作った壺を表現する形容詞（awful）に関して「威厳があった」（汀一弘）と「ひどい出来」（大森望）と邦訳でも解釈が分かれている。確かに大森訳のように、世間的には失敗作とみなされる壺だった可能性は高い。けれども、どちらの訳が正しいのかはあまり重要ではなく、むしろ両義性をもつ形容詞が選ばれたように思われる。なぜなら成功かどうかの判断基準は、「天籟」を聞いた産物かどうか、という点にあるはずだからである。

おそらくファーンライトの壺の出来具合は、「ほととぎす」を重ねた千代女の句が、どう見ても秀句とはいえないのと同じ程度なのだ。千代女の代表作は「朝顔につるべ取られてもらい水」であり、それは大拙も絶賛し別の箇所で引用していた。それに対して、「ほととぎす」の句は、たとえ世間的には未完成で不十分な作に見えたとしても、作者が「悟り」をつかめた証拠なので可となる。

職人芸術家の価値は、自分が得た「悟り」を十全に形にすることではなく、あくまでも作りながら「悟り」を得る、という生涯にわたる求道心の獲得にある。市井にありながら、フランクやファーンライトは、そうした人々の系譜に加わった。それは世間的に名前を残すこととつながる必要はない。無名の人つまり「小人」であっても、ある境地にたどりつけることが「タオ」の精神と合致するのだ。

胡蝶の夢とディック

蕪村の句そのものへの関心はどこから来たのか。じつは大拙の『禅と日本文化』は、第七章の別の箇所で、蕪村の句として「釣り鐘にとまりて眠る胡蝶かな」を採り上げていた。そして、句の背景を説明するために、続けて荘子の「斉物編」でいちばん有名な「胡蝶の夢」を詳しく紹介する。これが蕪村への関心を決定づけたはずだ。

大拙が引用した荘子の「周与胡蝶、則必有分矣。此之謂物化」の箇所は、岩波新書版では「人間と蝶の間には必然に一つの「分」がある。この変移が「物化」と云われる」と和訳されている。さらに、大拙によると、荘子の英訳者ジャイルズは「分」を"barrier"（障壁）「物化」を"metempsychosis"（転生）と英語にしたのだが、どちらも人間についての用語で不十分だと大拙は批判していた。

しかしながら、ディックが読んだ五〇年版では、それぞれ"mutuality"（相互性）と"becoming"（生成）とに訂正され、大拙の解釈に沿った英語表現となり、ジャイルズ訳への不満の箇所も削除されている。岩波新書版は、広く流布されて現在も刊行されているが、荘周本人を人間と訳しているのは勇み足に思える。たとえば、森三樹三郎は「けれども荘周と胡蝶とでは、確かに区別があるはずである。それにもかかわらず、その区別がつかないのは、なぜだろうか。ほかでもない、これが物の変化というものだからである」と解釈しているのだ。

ディックが読んだ版では、もっと踏み込んで、夢を見る者（荘周）と蝶との間の「相互性」が示され、それが「生成」へとつながっていた。この「胡蝶の夢」はディック作品の多くの主人公が出会う悪夢のような別の世界との関係を考えるヒントとなったはずである。重要なのは、どちらが「真の世界」なのかではなくて、「荘周」と「蝶」のどちらも互いに夢を見る主体であり、同時に夢に登場する客体でありえる点だろう。人間と非人間を対置しているのだから、それが人間とアンドロイドに適用されても不思議ではない。これが『アンドロイドは電気羊の夢を見るか?』というタイトルに結実するのだ。

『高い城の男』での応用例となったのが、フランクの作った銀の三角をした装身具のせいで、タゴミが一瞬だが、現実のアメリカへと入り込んだ場面である［第14章］。コルト銃を持ってチルダンの店へと向かう際に、銃の入ったカバンについて「それを私は握っているが、私はそれに握られている（It is in my grip, I in its）」と考えていた。この対等性と相互性こそ「胡蝶の夢」がディックにもたらした感覚であろう。荘子の「万物斉同、絶対無差別」の主張が胡蝶の夢には潜んでいる［荘子内篇：26］。

タゴミは、一度は興味を持てなかった装身具を、思い返してチルダンから求めたことで、別の世界へと入りこむのだ。そして、太平洋岸連邦のつもりで傲慢な態度を取ると、食堂の白人たちから「トージョー」とあざけられ、差別的な言葉が返ってきた。タゴミ本人は『チベットの死者の書』の世界を想像するのだが、読者にはどうやら現実の時間線での出来事だとわかる。建設に反対運動も起きたサンフランシスコの「エンバルカデロ・フリーウェイ」の存在が手掛かりでもあった。同時にこれは、現実の読者も含めたディック作の『高い城の男』が存在する世界さえも、タゴミの夢である可能性を示唆している。

しかもタゴミは、自分の世界へと戻るために「目覚めよ（Erwache）」というドイツ語を使う。バッハのカンタータ百四十番「目覚めよと呼ぶ声が聞こえ（Wacht auf, ruft uns die Stimme）」を想起させる。ディックはこの曲を好み、『空間亀裂』（六六）の原型となった中編に「カンタータ百四十番」というタイトルをつけたほどだった。とりわけ第四曲は、英語では「眠っている者よ目覚めよ（Sleepers, Awake）」となる。ニコライの原詞では、ここで眠っているのは、聖書のマタイ書にでてきた十人の花嫁で、花婿を迎える準備ができた者とそうでない者とに分かれるという話だった。最後の審判でイエスを迎える前に信仰をもち準備ができていることを指し、それだけ宗教的な目覚めを指す言葉である。

タゴミは、本人の世界線へと戻ると、子どもたちに金を与え、なじみのある輪タクが走っているのかを確認させ、自分の世界だと納得する。こうした一方的に見るのではない「夢」のあり方が、ディックの迷宮世界の特徴となっていく。古代からの夢見や夢読解、さらには俗流フロイト主義者による「夢判断」では夢の内容を一方向に還元主義的に解釈する。だが、ディック作品がそれで終わらないのは、やはり大拙の『禅と日本文化』における蕪村の句や「胡蝶の夢」からヒントを得た成果なのである。

イミテーションの世界

「胡蝶の夢」がしめすように、本物と偽物との分別は自明ではない。そして、『高い城の男』には、キャラクターの役割から登場する小道具まで、偽物があふれている。チルダンの店を訪れる占領側の日本人たちは、アメリカの観光土産(スーベニール)として、戦前のアメリカの品物を買い求めるのだ。観光需要に応じて売られているのは、偽物の銃などだった。製作の総元締めとして、フランクを雇っていた社長がウィンダム＝マトスンだった。

ウィンダム＝マトスンは、愛人のリタにジッポライターの話をする。二つのライターを見せ、一方が暗殺されたときにローズベルトのポケットに入っていたものだと告げる。量産品なので機能において違いはない。けれども、ウィンダム＝マトスンは「史実性(historicity)」つまり歴史的根拠があるのかが価値を決定づけると説明する。そして、価値をもつ証拠としてあげたのが、スミソニアン協会のお墨つきと、ライターについた傷だった。ここには、本物をめぐる証明など言説の効果にすぎない、とみなす議論やポスト・トゥルースにまでつながる観点がある。社長のウィンダム＝マトスンはそれを見据えて利益をあげようとしているのだ。

コルト銃のような物質の場合には、チルダンがカリフォルニア大学に依頼したように、鑑定が可能に思える。もちろん、その場合でも、試験方法や測定値が間違っていたのなら、当然ながら結果も異なってくる。この点を本格的に問いかけたのが『アンドロイドは電気羊の夢を見るか？』のアンドロイド判別法であった。とりわけ知能に向けられるテスト全般にディックの関心は高い。しかも、識別結果だけでなく、識別方法への疑念が常にあるのだ。

フランクが作り出したオリジナルの装飾品は、ポール・カソウラに「わび」をもっていない、「無」だとして拒否される。大量生産品のモデルにしかならないとみなされるのだ。そうした判断基準が、販売者のチルダンには不明だった。そして、チルダンは、日本の文化のイミテーション性を暴いていく。易経も中国からもらったものだと喝破するのだ。無期限の駐在をするカソウラ夫妻がポールやベティを名乗り、アメリカ風を装うのも、彼らが日系アメリカ人か、それにつながる立場で、本名なのかもしれない。ハワイ人も起用されているのなら、そうした可能性さえある。老荘思想の影響を受け、蕪村の句が「胡蝶の夢」とつながるように、「禅」として「日本」と結びついているものが、「イミテーション＝偽物」にすぎない可能性を告げてもいる。

易経が支配する世界

タゴミからジュリアナなど日本支配下の太平洋湾岸連邦の住民を中心に、易経に頼り、指針の伺いを立てる態度が広がっていた。それは『イナゴ身重く横たわる』の著者であるアベンゼンにも共通していた。

易経だけでなく、禅、そして禅のバックグラウンドとなった荘子や「タオ（道）」という考えも、中国から輸入したものだった。タゴミなど名前の表記への違和感も、まさに漢字になるのかどうか、という点において、中国文化に視覚的に支配されているのだ。鈴木大拙は、禅であっても、あくまでも日本化されたものを紹介したのである。

『高い城の男』の謝辞に、『チベットの死者の書』、『易経』、大拙の本が参考文献としてあがるのは不思議ではない。当時のアメリカにあった東方学の書店で、どれも山積みになっていた、と『チベットの死者の書』の翻訳者である川崎信定は、一九六六年の留学体験を証言する〔文庫版解説〕。さらに川崎の周囲の学生がLSDにはまっていき、ティモシー・リアリーに帰依するようすも紹介していた。これらはほぼ、ディックの教養のバックグラウンドと、たどった方向性をしめしている。

ディックが『高い城の男』の執筆の参考書として挙げた『易経』と鈴木大拙の『禅と日本文化』は共にボーリンゲン・シリーズとして刊行された。ボーリンゲンとは、ユングのスイスの故郷にちなんだ名で、『易經』にはユングの序文がある。そして、大拙の別の本である『禅と仏教入門』のドイツ語版にユングは序文を寄せた。グノーシス主義への感化とともに、ディックへのユングの影響は多大である。執筆された完成第一作とされる中国を舞台にした小説に、ユングの名前が刻まれ、遺作の『ティモシー・アーチャーの転生』（八二）にも「元型論」への言及があり、参考文献として名が挙がっている。ディックは、生涯を通じてユングに関心をもち影響を与えられたのである。

ディックもアメリカの読者も、ローマ字表記を頼りにし、漢字を通じた理解をしていなかった。この小説の登場人物の行動原理となっている『易経（*The I Ching*）』に関してもいえることで、「変化の書（Book of Changes）」という英語名のほうが重要だったはずである。ディックが依拠したボーリンゲン版は、ドイツ訳からの英訳という重訳版だが、その事情は「同時性（シンクロニシティ）」と呼ぶ現象を発見したユングによる序文が物語っている。

『易経』の重要な点は、あくまでも出てきた八卦に自分の解釈をあてはめることである。この点についてはユングも賛否があることを認めていた。だからこそ、政治的な大局の判断から、フランクが元妻のジュリアナの居場所を探すような個人の悩みまで伺いを立てることができる。公私を横断して利用できるし、「変爻（へんこう）」という特徴をとらえて、実際の八卦の結果とは別の番号の内容へと変じる可能性を読み取ることも可能だ。易経に頼ることは、運命が決定されている、という結果を知ることではないのである。

さらに荘子に出てきた「天籟」がインパクトを与えなかったはずがない。アメリカ中で禁書でありながらベストセラーでもある『イナゴ身重く横たわる』は、アベンゼンの妻により、すべて易に伺いを立てながら、筋立てを決めていったのだと明かされる。ジュリアナは、アベンゼンの小説は易経が語ったものだ、と理解し、さらにその点を易経に問いただして肯定的な答えを得た。それは「天籟」を聞いた小説であり、ひいては自分の作品『高い城の男』そのものが、天籟を聞いたものだ、とディックは主張したかったのである。無論その主張にふさわしい出来映えである。

「高い城」の男を探して

ジュリアナは、ワイオミング州シャイアンで、電話交換手を通じて、アベンゼンの電話番号を簡単につきとめる。そして、易経の結果を告げると、アベンゼンの妻は来訪を迎え入れるのだ。アベンゼンは無防備に近いので、運命論的な考えの持ち主だ、とジュリアナは理解する。

アベンゼンが住んでいるとされる「高い城」は、チェコのプラハにあるヴィシェフラド城（＝高い城）

に由来すると、パトリシア・ウォリックへの私信でディックは述べていた［OnPKD: 88］。クラシック音楽好きのディックなので、国民音楽家スメタナの連作交響詩『わが祖国』の第一曲「高い城（ヴィシェフラド城）」から知ったのだろう。十五世紀に宗教改革者のフス派教徒がカトリック勢力と戦った過去を扱う第五曲「ターボル」も含まれていた。「高い城」がタイトルに採用されたことで、アベンゼンによる異なる過去を描く小説が、抵抗の書ともなりえるのだ。

実際には、著者のアベンゼンはシャイアンでふつうに暮らしていて、噂のように武装して我が身を守ってはいない。かつては「高い城」に籠もっていたが、今ではそうした努力は捨てている。そして、ジュリアナは、自分が暗殺者のジョーを殺害したことを告げ、無防備であってはならない、とアベンゼンに忠告するのだ。

『高い城の男』は、フス教徒のような反乱する側が活躍する展開はとらなかった。二〇一五年に『ブレードランナー』のリドリー・スコットが製作を務めたアマゾンのオリジナルドラマが、その可能性を広げてみせた。ドラマは二〇一九年の第四シーズンまで続いたが、ディックの原作の枠組みを継承しつつも改変している。

そのドラマでジュリアナはフランクと同棲していて妻ではないし、柔道ではなく合気道を教えている。また、死んだ妹から預かった『イナゴ身重く横たわる』は、本ではなく断片的なニュースフィルムだった。それを彼女が妹の代わりに、キャノン・シティへ運ぶことから話が始まる。実写フィルムも多用され、タゴミが平行世界と往来する話となった。9・11以後を踏まえ、第一話から、アメリカの愛国主義に基づくテロリズムや抵抗の話となっている。そして、シーズン後半ではテロリズムも含めた反抗により、西海岸の政治情勢は大きく変化していくのだ。

そうした動きは、アメリカの歴史のなかでは、イギリスの抑圧からの解放という十八世紀のアメリカ独立戦争を彷彿とさせる。けれども、そもそも『高い城の男』は、ロバート・ハインラインの『月は無慈悲な夜の女王』（六六）やロバート・シルヴァーバーグの『第四惑星の反乱』（五五）のように、アメリカ独立戦争をSF的に再演する小説となってはいない。そのため静かに終わる最後はカタルシスを与えず、アンチクライマックスに受け取られてしまう。

たしかに小説のジュリアナは、アベンゼンを守るために、ホテルのカミソリを使って、ジョーの頸動脈を鮮やかに切った。彼女の行動は柔道の技そのものではないが、暗殺へ向かうジョーを阻止し、自分を痛めつけた男への復讐ともなった。結果としてアベンゼンの命は永らえた。けれども、ジョーを殺害したジュリアナが、中立地帯であるロッキー山脈連邦に留まっていても、タゴミのような「小人」の一人であり、反乱軍に参加し活躍する可能性は低い。

ただし『イナゴ身重く横たわる』には「出口」が書かれていると、ジュリアナはアベンゼンへと告げていた［第15章］。もしも彼女が抵抗者への道をたどるとすれば、ジュリアナが学んだ「柔道（judo）」の導きによる。柔道は文字どおり「道（tao/dao）」の考えを取り込み嘉納治五郎が成立させたものだ。キャノン・シティで柔道を教えるジュリアナに、生徒であるミス・デイヴィスは「わたし、柔道からとても多くのものを得ました。禅からよりも」と語った［第3章］。それに対して、「禅でヒップを鍛えるように」とジュリアナは応じる。座禅やヨガを指しているのかもしれないが、痩身術として禅が捉えられている。

一般的に「術」と「道」とでは捉え方が異なる。格闘技のひとつとして、敵を倒す武術ととらえた「柔術」だと、まず追求されるのは技という身体的テクノロジーである。『高い城の男』では、ドイツ帝国のテクノロジー重視にあたる。先住民族の支配に二百年かかったアメリカと異なり、アフリカでドイツは同じことを短期間になしとげたと称賛される。それはガス室やオーブンといったユダヤ人殲滅をシステマティックに設定し、目的へと最短に向かうやり方の延長にある。

それに対して、人格を陶冶し人間の器を作る「道」としての「柔道」がある。「試合に勝って、勝負に負けた」という禅問答めいた表現が存在するように、「術」と「道」は時に重なり、時に対立する。禅の考えとともに「道」という考えに影響を受け、茶道や華道や歌道など数多く生まれた。そして、芭蕉は「世道俳道これまた斉物にて、二つなきところ」と元禄四年の書簡で述べていた。[*10]「生きることと俳諧の道は同じもの」という主張で、実社会とのつながりを強調する。ジュリアナにとっても柔道と禅さらに生きることは切り離されていない。

ジュリアナ本人は、柔道を護身術として、シアトルでイチョヤマから教わったのだが、それがいつしか「悟り」へと結びついていく。ジョー殺害は護身術あるいは武術としての柔道の延長だが、柔道を通じてジュリアナは「タオ」とつながる。しかも、イチョヤマのような市井に隠棲する達人から技と心を伝授された武術の達人ジュリアナ、という東アジアのエンターテインメントを支える話型が繰り返されている。ジョーはジェンダーによりジュリアナへの優位を信じていたが、その驕(おご)りゆえに破滅する。しかも、ジュリアナの柔道を通じた悟りは、元夫のフランクが、職人芸術家として装身具を通じて「タオ」とつながったのと同じなのだ。八卦をおこなう易経だけが「タオ」へと通ずる方法ではない。

ただし、その「道」に完成や最終的な到達点はないのである。易経だけでなく柔道も実践するジュリアナは「求道者」として、自分でさらなる答えを探し続けなくてはいけない。だからこそ、ジュリアナが帰るための車を探すところで『高い城の男』は終わるのである。

彼女はアベンゼン邸をふりかえりもせずに歩きつづけた。そして歩きながら、タクシーか自家用車がこないかと、通りの前後に目をやった。動くもの、光り輝くもの、生きたもの、彼女をモーテルまで運んでくれるものを探しもとめて。［第15章］

これは、『火星のタイム・スリップ』の最後で、火星の暗闇のなかでエルナ・スタイナーを探すために二人の男がサーチライトで照らし声をかける場面とともに、ディック作品でも秀逸な終わり方に数えられる。『高い城の男』の最終語となる「モーテル（motel）」という単語が、どことなく「死すべきもの（mortal）」を想起させるのも余韻を残す。モーテルが仮の宿でしかないように、ジュリアナは生きている限り、動き続け、禅問答のような答えのない問いの答えを求め続けることを運命づけられているのである。

第4章◉『アンドロイドは電気羊の夢を見るか？』における修理された世界

1　小説と映画との狭間で

誤解されているテクスト

『アンドロイドは電気羊の夢を見るか？』は一九六八年に発表された。中期ディックの傑作として『パーマー・エルドリッチの三つの聖痕』（六五）や『ユービック』（六九）がよく挙げられるが、やはりこの作品も代表作に含まれるだろう。何よりも、ディックが死去した一九八二年に公開されたリドリー・スコット監督の映画『ブレードランナー』の原作として知名度があり、ディックの名や作品が一般読者にも知られる作品となった。

けれども、登場人物や展開も含めて映画とは大きく異なり、そのせいかディック作品への誤解も多々ある。デッカードにはイーランという妻がいて、レイチェルが彼女に嫉妬するという三角関係ひとつとっても、作品全体の印象は全く異なるはずだ。

小説の舞台となったのは、核戦争後の放射性物質が降り注ぐ二〇一九年のサンフランシスコだった（映画ではロサンジェルスに変更された）。リック・デッカードは妻のイーラン（アイラン）との夫婦生活にも、火星から来たアンドロイド狩りのバウンティハンターの仕事にも限界を感じている。だが、今所有している電気羊ではなくて、本物の動物を屋上で飼う金を獲得するために、リストに載った六体のアンドロイド（ポロコフ、ガーランド、ロイの男性三体、ラフト、プリス、アームガードの女性三体）を二十四時間で倒していく。手に入れた賞金で頭金を払うと残りはローンを組んで、ようやく牝山羊を手に入れるのだ。その過程でアンドロイドを製造するローゼン協会のレイチェルと知り合いになり、彼女がアンドロイドであることをテストで明らかにする。さらにレイチェルと肉体関係をもつが、彼女は、デッカードの妻への嫉妬から、牝山羊を屋上から突き落として殺害する。

もう一人の軸となるのがジャック・イジドアで、放射性物質による影響もあり、知能の点で「特殊」と呼ばれるカテゴリーに入れられ、差別されて生きている。イーラン同様にマーサー教の共感ボックスに浸っている。イジドアは動物病院で運転手や雑用係として働き、生きている猫を電気猫と間違えて死に至らしめる失策をするが、その処理を通じて自信を身につける。イジドアは巨大なアパートにひとりで住んでいたが、そこに逃げてきたアンドロイドのプリスに好意をもち接近する。イジドアは、プリスと仲間の三人がアンドロイドでも気にはしなかったが、デッカードがやってきて彼らを始末しようとしていると知ると協力を拒否した。

デッカードは、イジドアの声色を真似て部屋に入ると、すべてのアンドロイドを倒す。一度自宅へともどるが、死地を求め不毛の荒野をさまよう。共感ボックスがなくても石で傷つき、自分がマーサーと合体したと考えるのだ。そこで見つけたヒキガエルを家に持ち帰る。だが、それは電気動物だと妻のイーランは確認するのである。

ディックの小説では、本物と偽物との関係が二転三転する。アンドロイドのなかで、ポロコフはソ連からきた警官に化けてデッカードを襲う。また、ガーランドのように偽の警視となり、配下の警察官やバウンティハンターを操る者もいる。とりわけデッカードは、その配下に逮捕されると自分が所属しているロサンジェルス警察は本物なのか、さらには自分がアンドロイドではないか、とそれまでの確信が一瞬ゆらいでしまう。

不安なデッカードが、測定器具を装着し、自分に質問をしてアンドロイドに感情移入できるかを検査する場面は、滑稽さを通り越して悲痛ささえ帯びていた［第12章］。しかも、その際にメーターの数値を読んで補助をするのが、アンドロイドだとディックが思い込まされていたのに、検査の結果人間だと判明したバウンティハンターのレッシュであることで、皮肉が倍増している。

デッカードとイジドアそれぞれを軸にした二つのプロットが巧みに組み合わされている。マーサー教や共感ボックスが両者を結びつける重要な役目をはたすのである。教祖のウィルバー・マーサーは死者を蘇らせる能力をもっていたのに、放射線で脳内の器官を焼かれてしまった。最後のヒキガエルの話も、マーサーが幼い頃愛していたのが、すでに絶滅した生き物であるロバとヒキガエルだったというエピソードと連結しているのだ［第2章］。

映画『ブレードランナー』へ

映画『ブレードランナー』を観てから、ノベライゼーションのつもりでディックの小説を手に取ると、デッカードの夫婦関係から神学議論まで戸惑う要素とであう。それとともに、映画がディックの小説に対するイメージ形成や理解にフィードバック的な影響を与えてきたのも間違いないので、両者の異を確認しておこう。

ディックは生前『ユービック』のシナリオを依頼されて完成させた。映画そのものは実現しなかったが、当のシナリオの邦訳もある。ディックは映画や映像に強い関心をもち、『アンドロイドは電気羊の夢を見るか?』についても、映像化の許可を出し、シナリオを読み、部分的にワーキングプリントも観ている。そして、映画は、「人間の本質を成しているものはなにか」を問い、そして「人が悪と戦えば、最後にはその人も悪となってしまう」という二つの主題を小説から継承しているとお墨付きを与えた(『ブレードランナー2』あとがき)。原作者の明言がある以上、『ブレードランナー』を『アンドロイドは電気羊の夢を見るか?』と等しいと人々が考えても無理からぬことだろう。

映画は「フューチャー・ノワール」(ポール・サモン)というフォーマットに近づけるために、放射性物質ならぬ酸性雨が降るロサンジェルスへと舞台を移した。タイトルの「ブレードランナー」はアラン・E・ノースによる医療ディストピアSF小説からの借用だが、ウィリアム・S・バロウズがその映画化用に書いたシナリオのタイトルをスコット監督の関係者が見て採用したのである。[*1] バロウズの最初の長編『ジャンキー』(五三)は、ディックより先に「エース・ダブル」に収録されたという奇縁もあった。映画の最後にタイトルに関するクレジットも掲載されている。タイトルや舞台が変更されただけでなく、物語の主要部分が削除され、オリジナルの要素が増え、現在の映画版ができあがっている。

最初の一九八二年の劇場公開版には、デッカードによるナレーションが入っていた。「レイチェルは特殊なレプリカントで寿命の限界を設けていない」と発明者のタイレルが言ったとして、彼女を連れ出してスピナー(ホバーカー)に乗せて逃走するのだ。太陽の光の下で、ロサンジェルス郊外らしい、自然の光景が連続して終わる。映画の冒頭で姿を見せた夜間における人工光の海のなかで、タイレル社の建物へと近づくショットに対応している。「闇から光へ」という幸福な結末と、今後の逃亡生活の不安を秘めた結末とが重なる。ただし、九二年のディレクターズ・カット版以降、現行の二〇〇七年のファイナル・カット版でも、この光景とナレーションは削除された。デッカードが銀色の折り紙のユニコーンを握り潰し、すべては暗示で終わることになるのだ。

当初スコット監督が採用したデッカードの語りは、一人称を多用するハードボイルドやノワール小説の伝統を思わせる。他ならないロサンジェルスは、チャンドラーの『長いお別れ』をはじめ、ハードボイルドやノワール小説の聖地ともいえる場所である。すぐにロス・マクドナルド（『動く標的』）、ジェイムズ・M・ケイン（「倍額保険」→『深夜の告白』）、レナード・エルモア（『L・A・コンフィデンシャル』）、ジム・トンプスン（『グリフターズ』）などの作者名と小説や映画が連想される。雨の多いロサンジェルスのイメージを背景にしたせいで、デッカードは濡れることが多い。雨を避けながら、立ち寄った屋台でヌードルを食べていたとき、署長に呼ばれるのだ。また、ロイと対決し、最期の「雨のなかの涙」というセリフを聞き、飛んでいく白いハトを見るときも、雨だからこそ様になる（全身が濡れそぼった受動的な演技にハリソン・フォードが秀でているのは、『スター・ウォーズ』でのゴミ処理プラントのシーンからも明らかだろう）。

そして多国籍的な西海岸を表現するために、日本的要素が散らばっている。ナビとして日本語が流れ、「強力ワカモト」や「TDK」などの電飾が画面を彩る。また、雑誌広告から抜き出された文字が看板となって「鳥口」などと書かれているのも奇妙な味を醸し出していた。『高い城の男』の太平洋岸連邦とは異なる「日本的なもの」を見せてくれ、むしろ八〇年代の『ニューロマンサー』などのサイバーパンクでおなじみのどこか「誤読」された日本に近い姿となる。この手法は日本のマンガやアニメ（たとえば『攻殻機動隊』など）へ流用されることとなった。デッカードの相棒となるガフは、器用に「折り紙」でユニコーンなどを作って置く（ガフは、ニセ警察でバウンティハンターをしていたレッシュに相当するが、そこまでの複雑さを見せてはない)。

　アンドロイドは、ローゼンではなくタイレル社が製造し、レプリカントと呼ばれる。試写用のワークプリントの段階では、冒頭にわざわざ辞書の定義が掲載され、ロボットは「古語」で、アンドロイドは「死語」とされていた。小説で使われたアンディ(andy)という蔑称が人名を連想させるので、映画のコード的に嫌ったのかもしれない。ただし、レプリカントを「死」に至らしめるのを「解任／退職(retirement)」と呼ぶ点は継承していた。デッカードは妻帯者ではなく、レイチェルが訪れたときに、一人暮らしとわかる。タイレル社から逃亡したレイチェルは、そこに入り込んで眠っているのである。そして、デッカードはウィスキーを飲みながら、リオンが残した写真を隅々まで探査し、ゾーラ・ザロメというダンサーを見つけ出すのだ。

　レプリカント側も、ロイが中心となるのは同じだが、人数や役割が変更された。オペラ歌手を装ったラフトは、ゾーラというヘビを使ったダンサーとなった。ゾーラは逃亡したところを射殺される。ロイの妻のアームガードは削除され、プリスが代わりの役を務めた。プリスは暗殺レプリカントで、格闘技を心得ていて、デッカードは首をへし折られそうになる。そして、リオンがポロコフにあたるが、ニセ警官に変装はしない。さらに、タイレル社を抜け出したレイチェルを殺害する命令がデッカードに与えられる。

　小説では、レイチェルとプリスは同型であり、「名前はそれぞれ違っても、レイチェル・ローゼンそっくりな女が、まだ一連隊もいるんだ」とデッカードは嘆くのである[第19章]。「殺害」の指令も出てはいない。だからこそ、レイチェルが無限に反復して増幅する恐怖が待ち構えていた。『ソラリスの陽のもとで』(六一)で、主人公ケルヴィンの自殺した妻ハリーが何人も戻ってくる話を書いたスタニスワフ・レムが、ディックの作品を称賛したのも当然であろう。

小説の重要人物であるイジドアは、J・F・セバスチャンというレプリカントの遺伝子技術者となった。映画のセバスチャンは、早老病にかかり老けていて、自分が作ったおもちゃに囲まれて暮らしている。小説のイジドアは、給料を二週間分前借りして購入した豆腐やチーズや貴重なワインなどをもって、プリスを口説こうとした。小説のプリスはロイの指示を受けて、イジドアのもとへと転がり込むなどかなり展開が異なるのだ。

小説では、テレビなどの映像作品が活躍する。バスター・フレンドリー（破壊者フレンドリー）というニュースクラウンの番組が朝から晩まで流れている。どうやら、『最後から二番目の真実』や『シミュラクラ』などに姿を見せる虚構の大統領に近く、ゲストも含めて二十四時間働き詰めでスケジュールが埋まっているのをイジドアが疑問に思ったりする。そして、バスター・フレンドリーは特ダネとして、マーサー教の映像は俳優を使った虚構だ、と明らかにする。共感ボックスというVRを超えて実体験できる機械をデッカードが試すと石を投げつけられた傷を負うほどだった。『ヴァリス』も正体は映画であり、ディックには、テレビや映画といった映像への関心が強いのである。

それに対して、動く映像からなる『ブレードランナー』では、静止した写真が記憶や手がかりをしめす小道具として働くのだ。ガフが置く折り紙のユニコーンのように、印象を残すのは静止した物体である。映像に映像を挿入しても効果的ではないので、レプリカントたちを呪縛するのは写真の束である。また、人工の蛇のウロコの製造データから、潜伏先を探すのである。レプリカントのレイチェルがもつ偽の記憶は、タイレル博士の姪のものとされるが、その証しとなるのは一枚の写真だった。

ただし、二〇一九年のロサンジェルスを舞台にした映画にもかかわらず、ヒスパニック系（Mexican）の要素が欠如しているという指摘もある。[*2] 確かに、蛇のウロコが人工物だと判別する屋台の女性がインドネシア系などアジア的要素はあふれていながら、現在に至るメキシコ国境がもつ緊張感は浮かび上がらない。

レプリカントへの「人造野郎（skin job）」という蔑称が飛び交う続編『ブレードランナー２０４９』（二〇一七）では、レプリカントの新型と旧型のネクサスが争う。監督したドゥニ・ヴィルヌーヴは、『ボーダーライン』（二〇一五）を制作して、メキシコ国境の麻薬取り締まりの現状を描き、境界線をめぐる問題を人種や民族をめぐる葛藤と結びつけていた。主人公の「Ｋ」が探すのは、人間とレプリカントとの間に子どもが生まれる可能性であり、これはＫ・Ｗ・ジーターによる『ブレードランナー２』以来のテーマを追求したものだった。そうした映画の系譜とディックの小説とはやはり別物である。

『ブレードランナー』が目指したもの

映画では、レプリカントたちが不在の「母＝他者（m/other）」を求める主題が浮かび上がる。最初にレプリカントのリオンは「一言でお前の母親について言え」とバウンティハンターのホールデンに質問され、返答不能となり銃撃する。身元がばれることを恐れるからではない。四年しか寿命をもたず、植えつけられた偽の記憶には限りがあり、当然欠けた部分をもつ。リオンが母の記憶をもたないことも充分に考えられる。一言で要約しようとしても表現する言葉を持ち合わせていないのだ。

レイチェルが、写真内の母と（彼女自身だと信じる）娘とにこだわり、画像を感慨深く見つめる場面がある。彼らは母の子宮を経由していないからこそ、外部記憶により形成された「母」との関係を求め続けることになる。

そして、映画冒頭でタイレル社の本社に近づくと、大きな目に映るロサンジェルスの夜景が登場する。

これは最初から目に呪縛された映画である（ただし、冒頭のカットは試写用のワークプリントには存在せず、後から加えられた）。ロイとリオンは、自分たちの目の製造元である下請け技術者のチョウのところへ向かい、そこからタイレル社の遺伝子技術者セバスチャンの情報を得る。さらに、セバスチャンのチェスの相手でレプリカントの開発者であるタイレル本人へとたどりつく。最後に、発明者タイレルがロイに目を潰されるのが、象徴的な場面となっている。

目にとりつかれ目を奪うことと自動人形をめぐる展開は、フロイトが「不気味なもの」（一九一九）で分析したE・T・ホフマンの「砂男」（一八一七）と深く結びついている。ホフマンの小説では、登場する主人公ナタナエルは幼少時に「砂男」に対する強迫観念を植えつけられる。そして家に訪れるコッペリウスを眠りをもたらす妖精の「砂男」と誤認する。ナタナエルは親友の妹であるクララと許嫁になっているが、晴雨計を売りにきたコッポラから遠眼鏡を買い取った。別人であるコッポラとコッペリウスと同一視し、ナタナエルの精神は変調をきたす。二人の名前の語源は共に「目玉」だったのである。

スパラツァーニ教授が生み出したオリンピアという人工美女に心を惹かれる。ガラスの目を提供したコッポラが支払いを求め、代わりに彼女の目をえぐり取ったので、それを見たナタナエルは狂気へと傾倒してしまう。そして、世間には人間と人工人間との識別をめぐる不安が蔓延したのだ。家族や友人の力でようやく、精神の病が癒えたナタナエルは、遊びに行ったときに遠眼鏡でクララを見て、狂気をぶり返し、殺害しようとする。結局塔の上から落下して死亡する。その後、クララが幸せな生活を送っていると紹介されて終わるのだ。

映画『ブレードランナー』は、目玉や光学装置と自動人間の問題系をもつホフマンの「砂男」の話を利用して、『アンドロイドは電気羊の夢を見るか？』を語り直したのである。そしてフロイトが解釈したように、目を奪われることの怯えが去勢不安を招くのだとすると、表面上は男性を割り振られたレプリカントたちが、「父親」とみなすタイレル殺害へ向かうのと通じる。レプリカントには去勢すべき生殖能力は欠如している。「去勢不安」すらも、人間を模倣した結果となりえる。タイレルから見ると、ロイこそが砂男であり、自分へと復讐にやってきた回帰する不気味なものに他ならない。映画は、自ら作り出した存在に復讐されるという『フランケンシュタイン』でおなじみの因果応報のパターンを踏襲した。メアリー・シェリーの小説の最後で、怪物の告白を聞く北極探検家ウォルトンの役目をデッカードに押しつけたのである。

こうして見ると、『アンドロイドは電気羊の夢を見るか?』と『ブレードランナー』とのテイストの違いを生んだのは、表現するメディアの違いだけではない。ユング的な元型へこだわりをもつディックの小説を、スコット監督たちがホフマン＝フロイト的な解釈に基づき再構築したせいだろう。物語の場所はサンフランシスコからロサンジェルスとなり、火星は「外世界（Off-World）」と広範囲の領域へと拡張された。ロイの名字が「ベイティ（Baty）」から「バッティ（Batty）」へ、さらには検査法が「ヴォート・カンプフ（Voght-Kampff）」から「ヴォイト・カンプフ（Voight-Kampff）」へとズラされた。こうした変更点は、ディックの作品世界と距離をとるための著作権的な措置というよりも、ホフマン＝フロイト的解釈を成立させるためにほどこされた操作の痕跡なのである。

映画全体を「ＳＦの始祖」とブライアン・オールディスがみなした『フランケンシュタイン』に由来するモンスター退治ストーリーの定型に乗せた。そして、ロイは「あんたが作った目でおれが見てきたものをあんたが観られたのならば」と自分の目玉を製造したチョウに語る。さらに彼が死の直前にデッカードに語る「雨のなかの涙のように」で知られる長いセリフが痛切に響く。レプリカント（怪物）の苦悩が浮かび上がり、結果として物語は安定し、観客への訴求力を獲得したのである。

とはいえ、映画はディックの小説がもつ可能性を、半分ほど表現し発展させたものにすぎない。ディックは自分の小説の主題を継承していると述べたが、継承しなかった点に関して触れてはいなかった。そもそも、表題に「ブレードランナー」というレプリカント狩りをする人間を選んだことで、電気羊をめぐる問題系が「アンドロイドと人との狩猟や闘争」へと単純化されてしまった。映画からディックの小説へ向かった場合に、何よりもその点が読者を戸惑わせるのだ。

2 アンドロイドと電気羊との間で

本物の羊と電気羊

ディックによる小説のタイトルがしめすパターン「＊＊＊は＊＊＊の夢を見るか?」は、修辞疑問文にもとれ、人目を引くので多くの追随者を生んできた。たとえば、『人工知能はナイチンゲールの夢を見るか?』のように応用される。テクノロジーによるケアの変容、ケアの未来に関する論集で、先端科学や統計学と親和性をもっていたナイチンゲールの特性を現代においてどのように拡張するのかを検討している。または、社会学者の佐藤俊樹による『社会は情報化の夢を見る』のように、本来夢を見る主語とはならないものにあてはめるパターンもある。ディックの小説のタイトルが人口に膾炙(かいしゃ)したおかげで、「夢を見る」のがAIのような人工物とか社会のような集合体であっても構わないようになった。

タイトルと直接結びつく文章は、デッカードが、レイチェルと密会するために、セント・フランシス・ホテルの一室で、アンドロイドのベイティ夫妻の資料を読んでいるときに出現する。

アンドロイドも夢を見るのだろうか、とリックは自問した。それは明らかだ。だからこそ、彼らはときどき雇い主を殺して、地球へ逃亡してくるのだ。奴隷労役のない、よりよい生活。［第16章］

逃亡奴隷としてのアンドロイドはアメリカ国内の人種的なアナロジーとして読むこともできる。南北戦争の記憶と結びつけるなら、南部から北部へと逃れた黒人奴隷の姿とも重なる。植民地火星を『ブレードランナー』では、「外宇宙（Off-World）」として、より大きな植民地主義のなかへ組み込んだ。それとともに、レプリカントとなったときに、アンドロイドは人種やジェンダーなどの属性を超えて一般化され、人間と非人間という存在論的な相違が強調された。

デッカードが自問したとき、アンドロイドが見る夢の対象は「よりよい生活」であり、「電気羊」ではない。地球にいるデッカードたちには、本物の生き物を飼うことがモラル上の義務と感じられる［第1章］。絶滅危惧種を残すためではなく、ステータスシンボルなのである。ことあるごとに引っ張り出されるシドニー社のカタログは、すべての動物に価格をつけている。しかも、投機の対象であり、買い取りや下取りもあり、さらに繁殖が利益を生む。すべての生物が家畜化あるいは絶滅危惧種という生物学的まなざしのもとでは、平等なのである。人間も絶滅危惧種であり、地球に棲むかぎり、降下する放射性物質によっていずれ死滅することは避けられないのだ。

デッカードが飼育していた羊のグルーチョ（もちろん喜劇映画のマルクス兄弟に由来する）は、干し草を巻いた針金によってつけられた傷のせいで破傷風になり死んでしまった。このあたりの記述は、五九年にディックが再婚した相手のアンが所有していた五エーカーの土地つきの邸宅でサフォーク種の羊を飼った体験が活きている［Peake：92］。そして、本物の羊は動物病院へと搬送され、業者の手により巧妙に電気羊へと交換され、隣人をだましてきた［第1章］。そうした動物病院のひとつに勤務するイジドアは、引き取ってきた病気の猫を電気猫だと思い、救えずに殺してしまったが、その際も代替の電気猫が用意された［第7章］。さらにデッカードは、持ち帰ったヒキガエルが電気動物だと判明して失望する。それでも妻のイーガンは餌の人工ハエを電気動物飼育用品店へ注文し、飼育を続けようとするのだ［第22章］。

まともな人間であれば、羊のような本物の生物の飼育を夢見ないといけない、という強迫観念が社会に共有されている。しかも、家庭内で飼える猫やコオロギやネズミなどは、近隣に誇れる生物ではない［第1章］。動物飼育は誇示的な消費の一種で、ステータスシンボルとなっていた。デッカードにとり、悪夢のような状況とは、本物の馬や羊のような大型動物を飼う費用を捻出するために、アンドロイドを狩り続けるというまさに「クソどうでもいい仕事（ブルシット・ジョブ）」に従事していることだった。

しかも、そうした事情をアンドロイドの側も熟知していた。プリスは、バウンティハンターの存在を知らないイジドアに対して、彼らは給料をもらっているが「固定給をうんと低くして、仕事にファイトをもたせる」と動機づけのからくりを教える［第13章］。また、デッカードがバウンティハンターをやめ、配置転換を願いでようと妻のイーランに告げると、山羊のローンの返済があるからと猛反対される［第15章］。映画のように、デッカードが一度「退職（リタイア）」していたのに、署長の要望でアンドロイドを「殺害（リタイア）」する腕を見込まれて復職するという設定ではなかった。小説のデッカードは、ローンのためにずっと働き続けなければならないのである。そのとき、小説の冒頭の「放射性下降物の充満した灰色の大気」［第1章］は、日常の重苦しさややりきれなさを表現しているとわかるのだ。

タイトルからは、「人間」と「人工物」との間で考えられる組み合わせパターンが四つ考えられる。「人間は羊の夢を見るか?」、「人間は電気羊の夢を見るか?」、「アンドロイドは羊の夢を見るか?」、「アンドロイドは電気羊の夢を見るか?」となる。

どのパターンも「夢を見るのは人間だけだ」という前提に呪縛されている。デッカードが最後にヒキガエルを砂漠で発見したと思いこむのも、人間のなせる技であった。また、イジドアが見つけたクモを取り上げると、プリスたちアンドロイドは足を切り落とす。その光景にイジドアは戦慄を覚えた［第18章］。それに対して、デッカードはイジドアに、クモはシドニー社のカタログで値上がりしているとして、資産的価値から飼育を勧めるのだ。これが生物に対するアンドロイドと人間の態度の違いともなる。

ディックにおける「夢」は、『高い城の男』を扱った前章で触れたように、荘子経由の「胡蝶の夢」という認識があり、それが迷宮世界をつくる要ともなっている。主語と目的語の逆転を許し、人間だけでなく生物である羊、さらには人工物である電気羊さえもが夢を見る可能性をもつ。イジドアが本物の猫を電気猫と間違えたのも、最新の電気動物は病気回路をもち、病気にかかっている状態を装うからだった。

もしも、人工動物あるいはアンドロイドに「夢を見る回路」が仕込まれていたのならば、簡単に実現できてしまう。偽の記憶を植えつけるのが可能なのだから、少なくとも夢を見たフリはできる。さらに想像を広げるなら、デッカードをめぐる一連の物語が、じつは屋上でおとなしく「飼育」されている電気羊が、プログラムどおりに草を喰んでいる間に見た夢にすぎないのかもしれない。「電気羊は人間やアンドロイドの夢を見るか?」というわけである。「すべての生命は等しい」という対等性こそが、イジドアがマーサー教から学ぼうとしたことでもあった。不明だがそもそも電気羊のグルーチョはどうなったのだろう。不要になり、回収され廃棄処分されたのだろうか。

小説はダブルプロットと複数の声を巧みに利用して、デッカードたちが本物と偽物との間で揺れ動くようすを描き出す。ディックはこの着想をどこから得たのかに関する手がかりを本文中に残している。それが、スペースオペラへの自己言及的な話と、映画『ブレードランナー』では見事に削除されてしまったオペラ歌手ルーバ・ラフトと偽警察をめぐるエピソード、さらに彼女が歌うモーツァルトの《魔笛》の歌なのである。スペースオペラと歌劇のオペラだが、単なる言葉遊びでは終わらない深い関係が存在するのだ。

スペースオペラの話

ディックはアンドロイドたちが働かされる世界を「火星」に設定した。第一作「ウーブ身重く横たわる」で、火星での交易品のひとつが豚に似たウーブであり、さらに『アンドロイドは電気羊の夢を見るか?』では、核戦争後の人類が火星へと植民する話となっている。ディックは他にも、金星、土星の衛星タイタン、アルファ・ケンタウリと、多くの作家が「宇宙人」や「異星人」の生息地とした定番を利用している。しかも火星から戻ってくるアンドロイドとは、植民地から逆流する文物の影響を扱う「ポストコロニアル」的な関心に応える設定でもあった。

ディックは自分が扱うジャンル小説への自己言及的な視点をもっている。『高い城の男』では、歴史改変小説を自己言及する小説として『イナゴ身重く横たわる』が置かれた。同じように、『アンドロイドは電気羊の夢を見るか?』内に、スペースオペラへの言及がある。

プリスはイジドアに、火星の新ニューヨーク近くでの退屈な生活を語る。アンドロイドも趣味をもたないと生きていけないので、読みふけった「植民以前のフィクション(pre-colonial fiction)」と呼ぶスペースオペラについて解説する。大半が想像力で書き上げられたので、間違っているとプリスは笑うのだ。

「たとえば、金星が巨大なモンスターやピカピカ輝く胸当てをつけた女性のいるジャングルの楽園だと書いていたの」プリスはイジドアをじっと見た。「興味ないかしら？　長い三つ編みのブロンドの髪で、メロンのようなピカピカ輝く胸当てをした女性に？」

「いいや」［第13章］

プリスの言葉は明らかにディックのデビュー作が掲載された『プラネット・ストーリーズ』をはじめ「美女とエイリアン」の組み合わせた表紙絵のSF雑誌を揶揄するものだった。ただし、内容が荒唐無稽だからこそ、プリスたちは夢中になって読んだという。しかも、人口が減った地球に放置されているそうした雑誌や本や映画を火星に持ち込めば、ひと財産になる、とイジドアに金儲けを勧めさえするのだ。

「スペースオペラ」という侮蔑的響きをもつ語は、ラジオから流れる「ソープオペラ」（石鹸の会社がスポンサーのメロドラマ）や、「ホースオペラ」（西部劇の映画やラジオドラマ）と同様に揶揄から生じた。こうした「オペラ」は歌劇がもっている安易なロマンスの筋立てや御都合主義の展開に由来する。スペースオペラの代表作に、エドマンド・ハミルトンの「キャプテン・フューチャー」や、E・E・スミスの「スカイラーク」や「レンズマン」のシリーズがある。宇宙を舞台にしたメロドラマや冒険活劇であり、その多くは物理法則やハードSF的設定を無視したストーリーだった。

冷戦期の一九六〇年代に一度「スペースオペラは死んだ」と『スペースオペラ・ルネサンス』（二〇〇六）の編者たちは結論づけていた。それはJ・G・バラードなどの「内宇宙」を描くサブジャンルへと人気が移行したからである。もはや「ザップ・ガン（光線銃）」を片手に、ベムや宇宙人を相手にヒーローが活躍する、という西部劇の焼き直しのような作品が人気を得ることはなくなっていた。

サブジャンルとして死滅したと見えたが、『スター・ウォーズ』(七七)を契機に新しい形で復活した。そして、八〇年代以降、サミュエル・R・ディレーニィ、ラリィ・ニーヴン、C・J・チェリィ、ジーン・ウルフ、オーソン・スコット・カード、デイヴィッド・ブリン、イアン・バンクスなどが登場し、「最近のヒューゴー賞はスペースオペラばかりではないか」という断言まである[Hartwell & Cramer: 9]。ディックの作品群は、サイバーパンクSFにつながるが、「スペースオペラ・ルネサンス」に資する点もあったのだ。

オペラとスペースオペラ

スペースオペラに注目するのは単にオペラという言葉が重なるからではない。オペラとは、十七世紀前後にイタリアで発達した「音楽による作品(opera in musica)」の略である。フィレンツェの人文主義とともに発達し、イタリアだけでなくヨーロッパ各地に広がった。ディックから影響を受けた社会学者のボードリヤールは、「シミュラクラとSF」のなかで、三段階の「シミュラクラ」を提唱し、その際に「オペラ」という言葉を利用している。

英訳を参照すると、第一の「オペラティック(operatic)」とはグランド・オペラのような劇場の機構的段階、第二の「オペラティヴ(operative)」とは力やエネルギーによる産業的生産的段階、そして第三の「オペレーショナル(operational)」が、「メタ技術」となるサイバネティック的で偶発的で不確実な段階とみなすのである。そして、第三の段階である情報に基づくハイパーリアルな「シミュレーションのシミュラクラ」を扱ったのが、ディックの小説『シミュラクラ』となるのだ[Baudrillard: 147]。世界の表象や取り扱いについて先駆的な要素をもつから注目されてきたともいえる。

ただし、ディックが書いている小説には、第一のオペラティックの段階から第三のオペレーショナルまですべての段階が盛り込まれている。第三の段階を中心に据えた「ディック後」のサイバーパンクとは色合いが異なる。ディックの模倣作が不出来な理由は、ダサイと見える第一の「オペラティック」な段階を、作中に平然と取り込めないからなのだ。失敗例として、K・W・ジーターの『ブレードランナー2』(九五)におけるクラシック音楽の扱いがある。そこでは単なる比喩や情報でしかなく、ジーターはディックのようにオペラ的筋立てや発想に心酔してはいない。

ディックにとって、オペラやそのなかで歌われるアリアにはかなり重要な意味がある。『タイタンのゲーム・プレーヤー』(六三)がその好例である。タイタンのヴァグという生物に支配される地球で、北米に住む人類は、土地を賭けたゲームにふけっている。カリフォルニアのグループに属するジョー・シリングは、古レコード屋を経営し、店でSPレコードを売っていた。過去の音楽のメディア的再現がここでは鍵となる。ディックはレコードや映画、またラジオやテレビ放送という複製メディアを拒否せず、それどころかむしろ積極的に取り入れるのだ。

『宇宙の眼』で、主人公は最後に高性能のレコード再生装置の製造へと向かうが、そうした機械への蘊蓄があちらこちらで披露される。テレビについては『ジャック・イジドアの告白』で、実店舗で働いた経験から受信機に関する知識が語られていた。ディックは発信側にも参加し、ラジオDJをやり、ラジオ局を舞台にした普通小説『はじけたバブル』まで完成させたのである。『ブラッドマネー博士』では、デンジャーフィールド夫妻は、火星に行くはずだったが地球の周回軌道にとどまり、DJを続けるのである。

また、『銀河の壺なおし』でもディスクジョッキーが選んだ曲目とその間に流されるCMの一覧表が出てくるほどだ〔第12章〕。これもディックの実体験に基づくのだ。

スペースオペラからだけでなく、オペラの語源となった歌劇からも影響を受けていた。イタリアなどのオペラからもストーリーや人間関係を借用していることがうかがえる。オペラのアリアの選択にもディックの好みが反映された。歌や音楽表現が優先され、「スペクタクル」(見世物)であるオペラは、筋立てが「荒唐無稽」だとか「御都合主義」と批判されることが多かった。ディックの小説がたびたびプロット、あるいは筋が破綻しているとされるのもそうした点に通じる。

店主のシリングと客との会話で挙げられるのが、たとえば歌手のティート・スキーパが歌う《ドン・パスクワーレ》の三幕に出てくる「春の盛りの夜はなんと素敵なのだろう」というセレナーデである〔第4章〕。合唱で歌われるリズムが出てくるので曲目が判明する。また、ジーリが歌うドニゼッティの《愛の妙薬》に出てくる〈人しれぬ涙〉は、古い録音(二七)は、その後の全曲盤(五三)よりも優れているといった博識の紹介もディックにはお手のものだったのである。《ミカド》で知られるイギリスのギルバートとサリバンによるコミックオペラの歌詞やキャラクター設定が頭に入っていて、頻繁に顔を見せるし、ベートーヴェンの《フィデリオ》やワーグナーの《パルジファル》が自在に引用されるのだ。

こうしたディックのオペラ偏愛が発揮されたのが他ならない『アンドロイドは電気羊の夢を見るか?』だった。ここではSPレコードではなくて、アンドロイドが歌を「再生」するのである。それは文化を伝える媒体が必ずしも人間である必要がない、というメディアとしての特性を体現していた。そして、再現芸術としての音楽が肯定されている。

この点についての説明は『去年を待ちながら』(六六)に出てくる。主人公の人工臓器移植医のエリックは、ワシントン35という一九三五年の首都を火星に再現した世界について疑問を述べた者へ、自分の部屋で、ステレオテープで交響曲を聴くのがだめなのか、と問いかける。

きみの部屋にオーケストラがいるわけじゃないし、もともとの音はとっくに消えてしまっているんだからね。その交響曲を録音したホールも、いまじゃシーンと静まり返っているよ。きみが持っているのは、一定のパターンで磁化された千二百フィートの酸化鉄のテープにすぎないんだから…これだって、一種の幻想じゃないのかね。［第2章］

エリックは、人間は過去を手元に置こうとして幻想を紡いできた、と考える。これは、そのままディックの考えと直結しているだろう。

《魔笛》を換骨奪胎する

『アンドロイドは電気羊の夢を見るか？』がモーツァルトの《魔笛》（一七九一）と密接な関連をもつことは、リック・デッカードが殺害リストに従って、ルーバ・ラフトを訪れたときに判明する。ラフトはドイツ出身のオペラ歌手として、サンフランシスコの戦争記念オペラ劇場で、《魔笛》の第一幕のリハーサル中だった（この建物はヴァン・ネフ通りに面し、イジドアが勤めているのもヴァン・ネフ動物病院である）。ラフトが夜の女王の娘パミーナ役で、〈お前の魔法の音はなんと強いことか〉を歌っている。パパゲーノという鳥人間が、与えられた魔法の鈴を使って、パミーナを襲った男たちを追い払ったことを称賛する歌である。

なんて喜ばしい。リックは《魔笛》が大好きだった。二階正面席に座り（どうやら誰も気にしないようだったので）、心地よく歌に浸った。まさに、幻想的な鳥の羽根に身を包んだパパゲーノが、パミーナに歌いかけるところだった。歌詞についてリックがたまに思いを馳せることがあると、いつも目に涙が出てきてしまうのだ。［第9章］

そして「すべての勇敢な者がこんな鈴を見つけることができたなら、苦もなく敵を倒すことできるだろう」とドイツ語の歌詞がそのまま引用されている。もとより、現実世界にはそのような鈴など存在しないことをデッカードはわかっているのだ。*3

デッカードは、ラフトを油断させるために、「エリザベート・シュワルツコップ、ロッテ・レーマン、リーザ・デラ・カーザ」のテープコレクションを所有していると話そうと考えた［第8章］。この二十世紀前半に活躍した名歌手のリストを一瞥すると、プリスを訪れるアンドロイドのリーダーであるロイ・ベイティの妻の名がアーマガード（Irmgard）である点が気になる。

ドイツ系の名前であり、シュワルツコップとたびたび共演をし、他ならない《魔笛》のパミーナ役を得意としたイルムガルト・ゼーフリートを連想させる。ディックが知らなかったはずはないし、間接的なつながりを教えてくれている。しかも、ルーバ・ラフトのラフト（Luft）はドイツ語で「空気」を意味する。それは声を使う歌手にふさわしい名前であった。そしてラフトは英語を完璧に発音できるが、意味はあまり理解できないとして、アンドロイドでありながら、ドイツ的出自を誇っているのだ。

モーツァルトの《魔笛》は、「秘教オペラ」（ジャック・シャイエ）と評されるほど、異教的な要素に満ちている。台本を担当した興行師のシカネーダーもモーツァルトもフリーメイスンに属していた。メイスンの教えは、キリスト教などの信仰と両立させるのが可能だった。シカネーダーはフリーメイスンとの関連を表面に出さずに、シンボルや暗喩にとどめていた。音楽学者のシャイエは「フリーメイスンの儀礼定式書」が根底にあるとみなすのだ［シャイエ：48］。

イシスとオシリスの神の祭司であるザラストロ（ゾロアスター教に由来し、ツァラトゥストラに通じる）が支配する世界と、夜の女王が支配する世界とが昼と夜という対立を表している。ディックはユングを経由してグノーシス主義にも触れ、マニ教的で二元論的な考えに強く惹かれていた。『宇宙の操り人形』（五七）で、光の神オーマズード（アフラ・マッダ）と、闇の神アーリマンという善悪二つのゾロアスターの神による争いとして描いたように、ゾロアスター教にも関心をいだいていた。しかも、人造人間としてのゴーレムも登場させるのだ。ディックにとってその知的入り口のひとつとなったのがモーツァルトの《魔笛》だったとしても不思議ではない。

日本の狩衣を着た王子タミーノが、夜の女王が支配する土地に入り、大蛇と出くわすが、それを女王の侍女たちが倒してくれる。彼は女王の奪われた娘であるパミーナを取り戻すように懇願される。それから、ザラストロが支配する土地に入るのだが、その武器が相手の戦意を喪失させる「魔笛」だった。ところが、ザラストロは高僧であり、むしろ夜の女王が邪悪な存在だと知り、価値判断が転倒する。さらに第二幕では、タミーノ王子はパミーナ王女と結ばれるために、水や食事を遠ざけ、沈黙を守るという試練に耐えなくてはならない。後半に逆転と試練が待ち受ける展開をディックはもらったのである。

しかも、《魔笛》は、高低二つの身分の軸をもつ作品である。タミーノをめぐるシリアスな愛の試練の傍らに、パパゲーノという鳥刺しと、彼に釣り合うパパゲーナをめぐるコミカルな話がある（ディック愛読者の村上春樹による『ねじまき鳥クロニクル』の第三部の表題が「鳥刺し男」であることを思い浮かべてもよいだろう)。パパゲーノは、鳥と人間の中間にあたり、タミーノに「お前は鳥か人間か」と質問されるのだ。パンフルートを演奏し、いたずらの半神パーンの末裔でもある。そして、夜の女王によってパパゲーノは、口に鍵をかけられ、喋れない状態となる。一方、イジドアは吃音症によって自分の言いたいことをうまく伝えられないのだ。それが差別的な扱いともつながっている。

第二幕での試練においても、タミーノは勇敢に立ち向かうが、パパゲーノは誘惑に負けてしまい、援助者によってかろうじて試練を終えるのだ。高低二つのプロットが交差するが、そのままデッカードとイジドアという二人の人物に焦点があたる作品世界と通じる。ノワール的シングルプロットを目指した映画『ブレードランナー』が賢明にも排除したのは、この対位法的なダブルプロット構造だった。

デッカードは妻のイーランとは別のレイチェルというアンドロイドに心惹かれる。ところが、自分がアンドロイドかもしれないという疑問がわき、さらにはアンドロイドに感情移入する自分を発見するのである。それは夜の女王の言葉を信じていたタミーノの価値が転倒するのとも似ているし、デッカードの苦悩は『魔笛』の第二幕でのタミーノの試練にあたるだろう。

試練のなかで、従者のパパゲーノは、食べ物や水を口にしないという誓いを空腹のせいで破るのだ。一方イジドアは、女性と縁のない生活に入り込んだプリスというアンドロイドに、給料の前借りをしてまで、豆腐やチーズやワインを運んで接近する。また試練の結果、パパゲーノには相手としてパパゲーナがもたらされる。他方プリスはイジドアを「特殊」な「ピンボケ」と蔑(さげす)み、必要に応じて同居することになったときも嫌悪を隠さない。それでいながら、アンドロイドでも受け入れるイジドアは、デッカードが「始末」するために法を持ち出しても協力を拒むのだ。このあたりが、《魔笛》とは大きく異なっている。

《魔笛》で最後に勝利するザラストロの叡智(フリーメイスン的教え)の代わりに、ディックの小説には、マーサー教が蔓延している。それはデッカードの妻のイーランやイジドアの心を深く捉えている。しかも、共感ボックスによって、マーサーの山登りと投石という試練と直接つながることで、万物が平等という教えを学んでいくのである。《魔笛》と同じく身分に関係なく試練が待ち構えているのである。

イジドアが心惹かれたプリスと、デッカードが体を交えるレイチェルとが同型であることで、二つのプロットは有機的に連結している。プリスは最初イジドアに、「レイチェル・ローゼン」と名乗るのだ［第6章］。つまりイジドアとデッカードは同じアンドロイドに翻弄されたともみなせる。ただしプリスはデッカードに「消去」され、レイチェルはデッカードの山羊を殺してローゼン協会へと帰ってしまう。ザラストロ（＝善）の勝利という終わり方とは異なる点に、ディックのオリジナリティが存在し、《魔笛》をうまく換骨奪胎したのである。

3　選別とチューニング

レイチェルの系譜

『アンドロイドは電気羊の夢を見るか？』のヒロインが、デッカードの妻のイーランではなく、アンドロイドのレイチェルであることは間違いない。しかも、それまでディックはレイチェルの名を何度か使用してきた。

『ヴァルカンの鉄槌』（六〇）で、レイチェルは暴動で殺害された世界連邦の下級職員アーサー・ピットの「未亡人」として、北部アメリカ担当弁務官である主人公ウィリアム・バリスのもとに姿をあらわす。しかも、「黒髪の細身」というディックがこだわる黒髪の女の系譜にある。バリスが二度目にレイチェルと会ったときには、夫を殺害した「癒やしの道教団」の側につき、指導者のフィールズを崇めていた。癒やしの道教団は、ヴァルカン3号という巨大コンピュータを破壊しようとテロ行為を繰り返す。それは、世界連邦の統括弁務官であるディィルを通じて、コンピュータが支配する世界だったからだった。

バリスはレイチェルを通じて、「癒やしの道教団」の側についていく。じつは、レイチェルはフィールズの娘であった。そしてヴァルカン3号を破壊する使命のために、世界連邦の高官であるバリスとフィールズとが協力するのだ。タイトルは、ヴァルカン3号が繰り出す空を飛ぶハンマー状の殺人兵器を指し、コンピュータの中枢を破壊したのは、バリスの核爆弾手榴弾だった。レイチェルとバリスが結ばれることが暗示され、ここでのレイチェルはヒロインとしてハッピーエンドが約束されていた。

『空間亀裂』（六六）で、貧困層とみなされる「コルズ（有色人種）」の青年アートの相手の女性レイチェルを登場させていた。しかも、これは一九五六年頃執筆され、生前に出版されなかったラジオDJ小説『はじけたバブル』（八八）に登場する若いカップルを流用したものである。アートには若いディック自身と重なる箇所もあった。

『空間亀裂』では、人口爆発にあえぐなかで、黒人大統領候補ブリスキンが、太陽系内の再開発を選挙政策の目玉にしていた。空間移動機の亀裂から別の場所が発見されることで、その亀裂の向こう側に見つかった土地を地球の人口増の解決策と考えるのだ。避妊が奨励される状況で、アートはレイチェルを妊娠させたが、妊娠中絶を拒むのである。そこで、社会保障制度に基づいて冷凍冬眠されることを望むのだ。余剰とみなされた貧困層を「半死」の状態にすることで、社会のコストダウンをするというディストピア的想像力が発揮されていた。その後アートとレイチェルは、空間亀裂の向こうの世界（平行宇宙）へと向かう移民団一号となるのである［第13章］。

このようにレイチェルという名前が出産や妊娠と結びつく根底には、旧約聖書の「創世記」に登場するレイチェル（＝ラケル）の話がある。『ヴァルカンの鉄槌』のレイチェルは、夫を失っても、次期世界連邦の指導者と結ばれることで、幸福が暗示されていた。『アンドロイドは電気羊の夢を見るか？』のデッカードと妊娠の可能性のないレイチェルとの肉体関係は、ラケルが「石女（うまずめ）」とみなされたこととつながる。しかも、レイチェルの名の由来となったラケルはセム語ではラヘルであり、「母羊」あるいは「雌羊」を表す。デッカードが屋上で飼育しているのは電気羊に入れ替わっていた羊だった。羊がこの小説で問題となる理由は、アンドロイドのレイチェルそのものとも関連する。

ラケルは、「イスラエル」つまり全てのユダヤ人の祖となったヤコブの二番目の妻である。ヤコブは、叔父ラバンの娘ラケルと結ばれたいと願っていたが、七年間仕えたあと、ラバンは姉のレアをヤコブに嫁がせた。そして、あと七年仕えるという約束で妹のラケルと結ばれるが、子ができず彼女は「石女」とみなされた。最終的に神に祈って、二人の子を授かり、彼らはベニヤミンとヨセフと名づけられる。とりわけヨセフはその後イスラエルの民を飢饉から救う英雄となるのだ。

レイチェルという名には、レアという姉に先を越されて嫉妬をした妹、さらには子を成すのが難しかった女性という含意がある。こうした点は、『空間亀裂』での妊娠中絶を承諾しないレイチェルにも、『アンドロイドは電気羊の夢を見るか？』でのデッカードの妻イーランに嫉妬するレイチェルにも通じる。

もちろん生殖能力の問題は男性の側にもある。デッカードは放射性降下物から下半身を守るために、外出時には鉛製のコッドピースを身につけ保護していた。また、毎月の警察医による身体検査で「適格者」と判定されていた。「特殊者」と判定されると合法的な妊娠は不可能となる。デッカードとイーランの間に子どもはいないが、生殖は可能なようだ。それに対して、「特殊者」と判定されたイジドアは政府から生殖を阻止されてしまう存在なのだ。「ピンボケ」と差別されるイジドアに対して知的能力の点だけでなく、生殖的な差別もある。[*4] イジドアのプリスへの悲恋には根深い理由がある。

しかも「移住か退化か（Emigrate or degenerate!）」というのが移民を促す政府のスローガンであり、適格者であるうちに火星への移住が奨励されていた。デッカードが火星から戻ってきた人間をではなくて、アンドロイドを殺害するのには、一度移住した人間が戻ってくるはずがない、という前提があった。イジドアがプリスへと執着しても、それが「夢」で終わる可能性が高いのは、プリスがアンドロイドだというだけでなく、そもそもイジドアに生殖能力が欠如している可能性もあるからだ。

レイチェルの名前は、『ヴァリス』の前に執筆されて破棄されながらも、原稿が残っていて死後出版された『アルベマス』（八五）に、レコード店の店員ニコラス・ブレイディの妻の名前として登場する。ディックの半身ともいえるニコラスは、しだいに陰謀論にとりつかれ、大統領のフレマントがアメリカを破壊しよう目論む共産主義者のスパイだ、という考えをもつのだ。それに対して、客観的な視点をもたらすのがレイチェルの役目だった［第15章］。ニコラスの最後の良心とでも呼ぶべき部分を担っている。

さらに、彼女の名は『ティモシー・アーチャーの転生』（八二）で、レイチェル・ギャレット博士という霊媒に使用された。高齢の彼女は、命をながらえた巫女を思わせる、と語られる。これはT・S・エリオットが『荒地』（一九二二）でも触れたクーマエの巫女（シビュラ）の話で、死なないアンドロイドのイメージを表す。巫女に関して言えば、生前未発表の「シビュラの目」で、七四年の神秘体験を踏まえて、ディックは自分が古代ローマ人の生まれ変わりだと告げていた。個体として生き延びるのか、それとも生まれ変わるのか、というのは、ディックにとり重要だった。結局ディックは一九八二年三月二日に五十三歳で死去した。転生したのかは定かではない。けれども、生涯の著作に、役割こそ変わりながらも、レイチェルという名がつきまとっていた。

レイチェルを測定する

『アンドロイドは電気羊の夢を見るか？』で、デッカードはレイチェルに質問を浴びせる。バウンティハンター用に標準的な質問表が用意されていた。それを使い、「生きたエビを熱湯に入れる」とか「剝製の鹿の頭」とか「中絶手術をおこなう」といった質問への反応速度を計測し、人間を装ったアンドロイドかどうかを判定する。ローゼンは、姪のレイチェルの不自然な解答は、彼女が宇宙船育ちという環境のせいだと説明する。しかも、検査法の有効性そのものが疑問視され、判定結果が棚上げになりかけた。ところが、レイチェルがフクロウを「彼女」ではなく「それ」と呼んだことに気づき、リック・デッカードは検査をし直すのだ。自分のカバンをしめしてこう説明する。

「赤ん坊の生皮なのさ」カバンの黒い革の表面をさすりながら、リックは言った。「正真正銘人間の赤ん坊の生皮」

ふたつの計器の指針が、くるったように振れた。しかし、その前に一瞬の間があった。反応は現れたが、時すでに遅い。リックは反応時間を十分の一秒単位でおぼえている――正常な反応時間を。こんどのはゼロであるべきはずなのだ。［第5章］

デッカードがおこなった検査法は、ネクサス6型の判別に有効とされる「ヴォイト＝カンプフ法（Voigt-Kampff）」である。映画ではつづりが異なる語（Voight-Kampff）となっていた。感情移入をテストし、解答の反応速度から判定するのだ。アンドロイドの判別には、他にボネリ反射弧テストという音声や閃光への反応を測定する方法もある［第11章］。

浅倉訳では「フォークト＝カンプフ」となりわかりにくいが、名称の前半は、ディックが私淑するヴァン・ヴォークト（Van Vogt）の名を連想させる。ヴォークト（ヴォート）が『スラン』で超人を、さらに『宇宙嵐のかなた』で人造人間を活躍させたので、それを踏まえたものだろう。後半はルリー・カンプフという学者の名字だとされる［第4章］。これはドイツ語の「闘争」に由来し、すぐにヒトラーの自伝『わが闘争（*Mein Kampf*）』を想起させる。

「赤ん坊の生皮」は、ユダヤ人の皮膚から作る「ランプシェード」や人体の脂から作る「人間石鹸」といった、反ナチズムのプロパガンダで語られた都市伝説と結合する不気味さをたたえている。その点で、『高い城の男』に出てきたユダヤ人問題やナチス・ドイツの問題系とは無縁に見える作品世界だが、アンドロイド狩りは、そのままユダヤ人狩りのメタファーでもありえるのだ。

それに、「闘争」というドイツ語は、ディックが充分に意識したであろうニーチェの『善悪の彼岸』の第一四六断章「怪物とたたかう者は、みずからも怪物とならぬようにこころせよ（Wer mit Ungeheuern kämpft, mag zusehn, dass er nicht dabei zum Ungeheuer wird.）」の文言を思い起こさずにはいられない。『ブレードランナー』が継承したとディックがお墨付きを与えた主題のひとつは、他ならぬニーチェの有名なテーゼの延長上にある。そして、レイチェルを判定するのに検査法は有効だったのだが、デッカードはしだいに殺されるアンドロイドに同情し始めるのである。

ムンクの〈叫び〉と〈思春期〉

デッカードは、ポロコフを倒した後、ルーバ・ラフトを検査するが、レイチェル以上にはぐらかされてしまう。ラフトに「テストを受けるならあなたが先」とか、質問内の「スズメバチ」のドイツ語を教えろなどと言われ、反応速度の測定に失敗する。ラフトは測定用につけていた円盤が外れたのを機に、デッカードにレーザー銃を突きつけ、「変質的な質問をする異常者」だとして、警察を呼ぶのだ。

デッカードが逮捕されて連れ込まれた場所は、アンドロイドのガーランドが構築した偽警察だった。その偽警察に所属するバウンティハンターであるフィル・レッシュはガーランドを倒し、デッカードは共に脱出する。二人はラフトが他のアンドロイドと連絡をとって逃亡する前に「始末」しようと考えるのだ。

デッカードたちが探すと、ラフトは、リハーサルの合間に、戦争記念オペラ劇場と同じ敷地内に建つ退役軍人ビルに設置されていたサンフランシスコ現代美術館で開催されていた「ムンク展」を見に行っていた。実際に五七年十月と五八年六月にムンクを中心とした展覧会がここで催されたので、ディックが現物を見た可能性は高い（同美術館は八〇年に別の離れた場所へと移転したので、もはや小説のように気楽に移動はできない）。これはプリスたちが「前植民小説＝スペースオペラ」を喜ぶのとは異なるハイカルチャーの趣味だった。どうやらアンドロイドにも趣味の違いがあるのだ。

はたしてアンドロイドが「芸術」を解するのか、という問いかけともなる。レッシュの正体はアンドロイドだ、とガーランドからデッカードは吹き込まれていた。レッシュは「バフィーという本物のリスを飼っている」点をあげて、自分は偽の記憶を植えつけられたアンドロイドではない、と反論する。ところが、デッカードは、アンドロイドが人間を真似てペットを飼育した例があり、しかも、その場合動物たちは長生きしないと言う。レッシュは、記憶の確かさを根拠に自分が人間であると主張する。最終的に、レッシュは彼がおこなうボネリ検査法ではなくて、デッカードによるヴォイト＝カンプフ検査法で判定されることを受け入れた。

「生物」だけでなく、「絵画」という表象に感情移入できるのか、というのも判別のポイントとなり得る。《魔笛》においてタミーノ王子がパミーナ王女の似姿を見ただけで、愛情を抱き、ザラストロの許からの救出を決意したのにも通じる。アンドロイドが絵画や写真といった「表象」に感情移入できるのか、とは、それ自体文字記号の連なりでしかない小説への感情移入にも触れる部分だった。

展覧会で、レッシュはムンクの有名な〈叫び〉に興味を惹かれ、「生き物が孤独ななかで叫んでいる」姿はアンドロイドが感じることだと推測する。レッシュ自身は、自分はそれとは異なるので、つまり人間だと断言する。他方、アンドロイドのラフトは〈思春期〉という若い娘が不安そうにこちらを見る絵に見とれている。四年の寿命と偽の記憶だけで、大人として製造され思春期をもたないアンドロイドだからこそ、ムンクの絵に心惹かれるのだ。銃を突きつけられたラフトは、〈思春期〉の複製画を欲しがり、デッカードは全集本を購入しプレゼントする。そして、レッシュにエレベーターのなかで倒されたときに、ラフトはムンクの〈叫び〉のような表情をとった［第12章］。

興味深いことに、ガーランドやラフトを実際に殺害したのは、デッカードではなく、レッシュだった。レッシュでは本当のサンフランシスコ警察からの賞金を手に入れることはできないとして、デッカードは自分の手柄とする。しかもレッシュが殺すことを楽しんでいて、共感力をもたないアンドロイドではないかと疑う。レッシュはデッカードの検査により人間であると判明する。他方で、デッカードは自分がアンドロイドに感情移入していることの不安から、レッシュに手伝ってもらい自己検査するのだ。ニーチェの「怪物とたたかう者は、みずからも怪物とならぬようにこころせよ」の警句がここで生きている。

デッカードが、ラフトにムンクの全集本を買い与えたのは、何よりも彼女が歌う歌に感動して涙を流してしまったせいである。そしてラフトが殺害されたときに、その本を焼いてしまう。ラフトが心惹かれた物体を一緒に葬りたかったためである。デッカードは、ラフトの「遺品」を整理することで、彼女を「人間化」しようとするのだ。

ラフトが《魔笛》の歌を歌うのを耳にして、デッカードはまさに「流れよわが涙、と警官は言った」状態となった。そもそもオペラのアリアは再現芸術であり、楽譜に基づき初演とは別人が歌うことで伝わってきた。祭りや儀式と同じように、他人により反復されることで、過去から伝達されるのである。最初の担い手はすでに死んだ者であり、レコードやテープに記録された複製芸術同様、そこに「人間」がいる必要は必ずしもないのだ。

情調オルガンをつくります

レッシュのようにアンドロイドを楽しみで殺せる人間にデッカードは反発心を抱く。けれども、はたしてデッカード本人が自分の情動をきちんと制御できているのかは疑わしい。疑問を抱かせるのは、冒頭のデッカード家の場面で、ペンフィールド情調オルガン（mood organ）という装置が登場するせいである［第1章］。人間の機械化を象徴するこの装置は、妻のイーランとデッカードそれぞれがもち、コンソールについたダイヤルにより自分の感情や欲求を変化させられる機械である。

しかも、イーランは一日の予定表に六時間の躁鬱状態を組み込んでさえいる。心への自傷行為さえも可能となる。また、「481は自分の未来に多様な可能性の認識」、「888はどんな番組であってもテレビを見たくなる欲求」などと機能がダイヤル化されている。デジタルな切り替えは、テレビのチャンネルやラジオの選局に似ている。

個人の心的状態を制御するためにこのように機械を利用するのは現在ありふれた光景となっている。家庭内にアマゾンのアレクサなどのAI音声アシスタントが入り込み、アップルウォッチといった身体の変調やそこから類推される心の状態を管理する装置が活躍している。その意味では、個人の情調の管理は実現しつつある。ペンフィールドの名は「ホムンクルス」という脳の体性地図を明らかにしたワイルダー・ペンフィールドに由来する。五〇年代に、大脳皮質の位置と司る機能が判明し、情調オルガンはその部位に働きかけるのである。

この情調オルガンのアイデアは『あなたをつくります(あなたを合成します)』(七二)に登場した。出版年こそ『アンドロイドは電気羊の夢を見るか?』の後となったが、六二年にはすでに原稿が完成しており、六九年に「リンカーン、シミュラクラ」と題して雑誌連載もされた。アンドロイドではなく、リンカーンなど南北戦争時代のシミュラクラ(擬人体)が登場し、人物関係や設定において『アンドロイドは電気羊の夢を見るか?』と密接に関連している。

小説全体は、ルイス・ローゼンの一人称で語られる。父親の電子オルガン会社で情動オルガン製作を守ってきたのだが売り上げは落ちる一方だった。共同経営者のモーリー・ロック(旧姓フラウェンツィマー)は、新規事業として、シミュラクラを作成することを目論む。南北戦争のリンカーン大統領、陸軍長官スタントン、暗殺者ブースを作り上げ、最終的にシミュラクラで戦争絵巻を再現することで儲けようと考えた。ローゼンもロックの一族もドイツ系なのでアメリカに来て名前を変えたのだが、対外的にはフラウェンツィマーピアノ製作所を名乗っている(ピアノ制作者のスタインウェイが、移民先のアメリカで生産するために、シュタインヴェーグから名前を変えたのをあてこすっている)。

ルイスの弟のチェスターは、ピアノや電子オルガン製作に才能を発揮するが、放射能による障害で「特殊」と分類され、差別や偏見にまみれて暮らしていた。障害をもたらした原因は核戦争ではなく「核実験」だとされる［第2章］。これは「世界最終戦争」の被害者であるJ・R・イジドアに通じる。また、モーリーの娘であるプリスが重要で、サヴァン症候群で優れた能力をもち、シミュラクラの基礎技術は彼女が生み出した。2号機となるリンカーン・シミュラクラの制作にも大きく関与している。プリスはその後、不動産王バローズのもとへ走り、ルイスを蔑むのだ。

『アンドロイドは電気羊の夢を見るか？』でのラフトに対するデッカードの質問で「スズメバチ」が出てきたのも、『シミュラクラ』のプリスがルイスに向かってスズメバチの殺害方法を説明したことと無縁ではない［第7章］。巣穴に砂を流し込むと、ハチは砂を避けるためにその砂を巣の奥へと運んでいく。しだいに、自ら巣の内部を砂で埋めて、最終的に死んでしまうというのだ。これはデッカードが降下する放射性物質に感じている不安とも重なる。

バローズがシミュラクラを大量生産のために利用すると知って、プリスはブース・シミュラクラを自ら破壊し、バローズとは決別した。その後再び発症して精神病院に入院したプリスに会うために、ルイスは「仮病＝佯狂」という手段で入り込む。けれども、プリスは治ったと嘘をつき、本当に治って退院するルイスと別れるのだ。

ぼくは、なにもかもとりもどした。プリスのほかは。
カザーニン療養所の、あの広大な伽藍のどこかに、プリス・フラウェンツィンマーが座っている。カード遊びに興じたり、黒い処女羊の毛糸を編んだりしている。ひたすら、身も心もうちこんで。

ぼくのことも、ほかのことも、いっさいを忘却の彼方に置いて。［第18章］

ディックの作品中でも見事な終わり方のひとつだが、プリスが編むのに利用するのはウールつまり黒い羊毛で、これは電気羊からはとれない。本物の羊には成長という因子が入り、それは成長を否定する電気羊やシミュラクラやアンドロイドとは異なるのだ。

両作には共通するモチーフがあり、ときには相互にコメントや参照がおこなわれているとみなすと、『あなたをつくります』を別の形で書き直したのが『アンドロイドは電気羊の夢を見るか？』だと了解できる。ディックは、自作の設定やアイデアを平然とリサイクルする。イジドアと疑似同棲までするプリス・スタントンというアンドロイドの名前は、どうやらシミュラクラの基礎を作ったプリス・ロック（フラウェンツィマー）とシミュラクラ第一号となったエドウィン・M・スタントン陸軍長官を合成したものだ。こうして作品どうしは家族的類似をもちつつ、変奏曲のように逸脱していく。とりわけこの二作は類似点も多い。

『アンドロイドは電気羊の夢を見るか？』では、ルイス・ローゼンはアンドロイドを作るローゼン協会となった。ネクサス6型として、プリスとレイチェルが同型になったのも、『あなたをつくります』で、プリスはルイスが執着した相手だからである。

「マクヘストン」法によって、チェスターとルイスのローゼン兄弟やプリスは心理テストをうけ、精神状態を測定される。ロールシャッハ法など実際におこなわれる検査法への言及もあるが、医師によってまず実施されるのは、格言連想法だった。たとえば、「転石苔結ばず」という格言の意味を説明できるかというものだ。ローゼンはこの問いを間違えて解釈し、心理テストをミスるのだ。これは明らかに、デッカードたちバウンティハンターが行う検査法の原型である。とりわけ、言葉による連想を使ったものは、ヴォイト＝カンプフ法と同じである。

ただし、『あなたをつくります』では、シミュラクラか人間なのかの判別には使用されず、あくまでも人間の心理テストが中心となっている。しかも、リンカーン・シミュラクラは、ローゼンたちの法律顧問にまでなる。そして、暗殺者ブース型は、パテントを獲得したバローズにより大量生産して月の開発に利用する、という計画が持ち上がっている。

シミュラクラは、『スター・ウォーズ』で喋りすぎたロボットのC3POがやられたように、電源を切られると動かなくなるが、再起動できる。ところが、プリスは、ブース・シミュラクラの頭を靴で叩いて破壊し、「殺し」てしまう。それを見たルイスは、シミュラクラは自分が死ぬ夢を見たかと問うのだ。リンカーンが暗殺の前夜に死の夢を見たという逸話に依拠している。そして、「眠りのなかで機械仕掛けの神秘的なやり方で夢を見ただろうか?（Had it dreamed in its sleep in some mechanical, mysterious way?）」と問う［第16章］。これが「アンドロイドは電気羊の夢を見るか?」という問いにつながった。もっとも、自分の死の夢と、電気羊を飼うという希望の夢とでは意味合いは大きく異なるのだが。

シミュラクラと違い、人間は自分で情調を選択し変更できる。情調オルガンは、文字どおり、脳に働きかけ感情を音色のように変化させる。『アンドロイドは電気羊の夢を見るか?』ではモーツァルトが鍵だったが、こちらではベートーヴェンが持ち出される。弦楽四重奏曲の十六番が幸福感の体現とされ、さらに交響曲第九番の第四楽章に出てくる合唱の一節が登場する［第5章］。情調オルガンを使ってそうした曲を演奏すると人間に及ぼす効果に匹敵する薬は存在しないか、とルイスは医師に質問する。薬物使用への誘惑がある。『シミュラクラ』では情調オルガンを楽器として利用して、それは単なる調整装置とみなす『アンドロイドは電気羊の夢を見るか?』と異なり、二つの作品がもつトーンの違いを生んでいる。

『あなたをつくります』では、人間の心理を調整する情調オルガンが、楽器のキーボードと直結するところから生まれたと設定されていた。ところが、デッカードたちは、「入力」による心のチューニングを当然視する社会で暮らしているのだ。音楽の音律や平均律をしめす「テンペラメント」は、四体液で決定される気質の意味をもつが、音と数学と身体や感情を結びつける中世の発想がここにある。ピタゴラスからケプラーにつながり、数秘術や新プラトン主義とも関連していて、ディックの作品がもつ音楽観もどうやらそこに源泉をもっている。

共感ボックスでつながる

『アンドロイドは電気羊の夢を見るか?』で、大切な働きをするもうひとつのガジェットが、ウィルバー・マーサーとの「共感」を可能にする共感ボックスである。デッカードの妻のイーランやイジドアが利用している。情調オルガンは自己制御やアンガーマネジメントなどにもつながる。だが、共感ボックスは、マーサーが死ぬ定めがわかっている山へと登っていき、石を投げられて傷つくようすを体感できる装置だ。しかも、「聖痕」のように共感者から血も流れるのである。

共感ボックスは、短編「小さな黒い箱」(六四)ですでに登場していた。テレビと連結でき、マーサー教を広げる道具となっている。テレバンジェリストの時代をしめすものだった。短編の主人公ジョーン・ハヤシは、キューバの富裕な共産系中国人に禅を普及させる目的でアメリカ国務省から派遣される。禅に代わるものとして、マーサー教と共感ボックスが広がるのを、アメリカとキューバ政府が共同で弾圧するのだ。

人類の生物的進化がテレパスを生み、テクノロジーが共感ボックスを生み出した。ここでは、機械による「共感」と「テレパス」が同じものとみなされる。マーサーが予定どおりに死去した後、ジョーンが共感ボックスを通じて、他に接続していた人物とつながる瞬間がある。ジョーンは、マーサー教にしだいに傾倒し、禅思想をもつハープ奏者でテレパスでもある恋人とともに世間に真相を知らせようとする。妨害されて追われて逃げる二人のもとに、宣伝用の無料サンプル配布の形で、自宅で共感ボックスを作る手段が知らされる。なにやら、テロリストにダイナマイトを使った爆弾の作り方が広がるのとも似ている。二人が追い詰められるところで短編は終わる。

『アンドロイドは電気羊の夢を見るか?』で、マーサー教が人気を得ていたのは、男女という性別や知能指数の高低さらには知性の有無によって差別をしない世界が到来するとされるからだった。アンドロイド殺しを続けながら、マーサー教に懐疑的だったデッカードは、共感ボックスを手にして傷を受けたことで、見方が少し変わるのだ［第15章］。一種の聖痕となり、デッカードは、考えがしだいに変化する。ただし、デッカードだけが傷を受けるわけではなく、妻のイーランも手首に受けた傷を自慢するのである。どうやら傷を受けただけではだめなようで、それを「癒やす者」が必要となる。

バスター・フレンドリーというニュース道化のスクープによって、マーサー教の「映像」は虚構であり、単なる映画だと判明する［第18章］。テレビでの人気獲得をめぐって両者は争っているのだ、とイジドアは理解していた。マーサーを演じた俳優まで特定された。それでいて、バスター自身もゲストも、休む間もなく出演していてどうやら虚構的存在だとわかってくる。虚構だと暴く技さえも虚構の手による「自動化」がある。ディックが繰り返し描いたのは、宗教や政治権力が、大統領のような代表者や人気者を、テレビ番組のキャラクターのように作りだすことだった。一種の「陰謀論」で、そうした人物が虚構だったと暴かれても、そこが終わりとはならない。繰り返される日常の光景の一部となっているからである。

個人には、情調オルガンで自己制御することが求められていた。デッカードは、これまで深く考えずに報奨金のためにアンドロイド殺害を実行していたが、殺されるアンドロイドの側のことを考えるようになる。そして、共感ボックスにより傷を受けた体験だけでなく、短いが、プリスたちを殺害する際に、イジドアと触れ合ったことも、デッカードを変化させる要因となった。

デッカードはアンドロイド狩りを完了し、一日で倒す新記録を獲得して高額の報奨金も得たのだが、情調オルガンでは癒やされぬほどの徒労感を抱え、自宅から出ると荒野での自殺を考えたほどだ。最終的にそこから帰還したのは、共感ボックスがなくても、ウィルバー・マーサーと一体化して、石を投げつけられ傷がつき、ヒキガエルを見つけた体験によるのだ。デッカードの変化は、イジドアと触れ合ったのがきっかけだった。映画『ブレードランナー』では、発明家のセバスチャンに矮小化されたが、ディックの小説におけるイジドアの役目はもっと大きいのである。

4　聖なる道化と世界を修理すること

イジドア＝ディック

Ｊ・Ｒ・イジドアは、ヴァン・ネス動物病院の運転手兼雑用係の仕事をしている。ここは動物病院の看板を掲げてはいるが、専門は模造動物で、治療ではなく修理をしている店だった。経営者のハンニバル・スロートと技術者のミルトは、イジドアが脳を放射能で汚染された「ピンボケ」だと馬鹿にしている。スロートも身体を放射能にやられてはいるが、イジドアとは異なり火星植民地へと移住する資格をもっているのだ。

個人商店のやり手の店主とその従業員たちという人間関係は、ディックがテレビ販売店で働いた実体験に基づき、普通小説でも繰り返し描かれてきた。なかでも、イジドアは、ディックにとって等身大の自分を投影する名前のひとつだった。

イジドアの名は六世紀から七世紀にかけてスペインのセヴィリアで活躍した聖人イシドールスから採られている。聖イシドールスは現在「インターネットの守護聖人」となり、サイバーパンク小説へとつながるディックの小説の登場人物にふさわしいかもしれない。聖イシードルズは「語源論」で多くの情報を整理したので、インターネットと結びつけられたわけだが、キリスト教国内のユダヤ人を認める論を立てたことでも知られる。その許容性もディックには好ましいのだろう。

レイチェル同様に、イジドアは今回が初登場ではない。小説の内容をくんで『戦争が終わり、世界の終わりが始まった』とか、『ジャック・イジドアの告白』と翻訳されてきた『クソ芸術家の告白（*The Confessions of Crap Artist*）』の主人公がジャック・イジドアだった。

『ジャック・イジドアの告白』は、一九七五年つまり生前に出版された唯一の普通小説だった。原稿は五九年にすでに完成していて、出版エージェントが売り込みに成功したのである。小説の内容が五九年の四月で終わることからもわかるように、五〇年代のディックの総決算ともなっている。執筆中の仮題には「（カリフォルニア州セヴィリアの）ジャック・イジドア」という表記が付され、聖イシドールスとのつながりが濃厚だった。しかも小説のタイトルとは異なり、イジドアの一人称、妹フェイの一人称、さらに三人称の語りが混じり、イジドアの行動やあり方が相対化されている。文学的野心のもとに書かれた小説だったからこそ出版までこぎつけたのだろうが、広く評判になることはなかった。

ジャック・イジドアは、大工と外壁の塗装屋を家業とする父のもとに生まれ、結婚した妹がいる。これだけでもディック本人とは家族構成が違う。こうして妹を登場させるのは、生後一年も経たずに死別した双子の妹への固着であり、同時に妻たちとの体験が援用されている。また、ジャックとはジェイムズの略で、同じく略となるジムという名をディックが好み、両親の離婚後バークレーの小学校に転校した際に、「ジム・ディック」と自己紹介をしたことが知られている。すぐに本名のフィリップに戻したようだが、ディックには自分の分身であることをしめす名のひとつである。

イジドアは、すりへったタイヤの溝を刻みなおす仕事をしている。経費節減のためにタイヤを再生する仕事にディックは従事したことがあった。のちに『フロリクス8から来た友人』(七〇)で、主人公のニックは同じ仕事をこなしていた。しかも、妹のフェイは、イジドアが蟻の入ったチョコレートを万引きするなど、生活全般が荒廃したダメ人間とみなして馬鹿にしていた。そこで夫の忠告を受けて、イジドアを自分たちの農場へと連れてくるのだ。イジドアは、フェイが懸念したとおり、近所にある「空飛ぶ円盤」を信じるオカルト教に傾倒していく。そして、ミセス・ハンブローという女教祖による「世界の終焉がくる」という予言を信じ始めるのだ。[*5] 妹フェイの夫チャーリーは心臓発作を起こし、入院して死んでしまう。その後、フェイは不倫相手であるネイサンを離婚させ、再婚へとこぎつけるのだ。

イジドアは、火葬され散骨された義兄のチャーリーが、世界の終わりには蘇ると信じていた。終末の到来が一九五九年四月二十三日だと具体的な日付が示され、イジドアは家の権利を妹へ売り、その金で馬や羊などを買い、チャーリーが生きていたときの場所へと農場を戻そうとする。ところが、六時になっても、黙示録のように死者は蘇らず、頼みの綱のミセス・ハンブローは連絡を絶ってしまう。

とうとうアナウンサーが告げた。あと一分で深夜の十二時です。ユナイテッド・エアラインズのコマーシャルを挿んでから、十二時の時報が告げられた。チャーリーは生き返らなかった。そして、四月二十四日。世界に終末は来なかった。
ぼくの全人生でこれほど落胆したことはなかった。［第20章］

イジドアはその経験から、自分の誤りを悟る。そして、妹のフェイをサイコパスと決めつけ、チャーリーの遺言状に従い、残された千ドルで精神分析医にかかって自分の治療を開始すると決めるのだ。やぶ医者に引っかからないように、分析医を自分で選ぶために質問状を作ろうと考えるところで終わる。これはそのままディックにとっての五〇年代が終わったように感じられる瞬間ともなる。ディックが六〇年代に精神的に変化した背景が告白されていた。

聖なる愚者としてのイジドア

これに対して、『アンドロイドは電気羊の夢を見るか?』のイジドアは、プリスたちに好意をもち、アンドロイドと判明しても警察に通報はしない。イジドアも差別される存在だからだ。イジドアの態度はアンドロイドたちから称賛される。しかもデッカードが法を盾にアンドロイド狩りの協力を求めても、イジドアは拒否するのだ。仕方なく、デッカードはイジドアの口真似をして、アンドロイドたちを油断させて殺害することになった。

キャラクターとしてのイジドアは「愚者」の系譜に入るだろう。ディックの作品モチーフを総点検したアンドルー・バトラーは「賢い道化（Wise Fool）」と称した。シェイクスピアの『十二夜』に登場するフェステや『リア王』で王に従う道化につけられた称号である。見かけの愚かさとは異なり「阿呆にしては賢い」という評価が下されるキャラクターなのだ。ただし、こうした賢い道化は、職業道化であった。どちらかといえば、マスコミで活躍するバスター・フレンドリーのような才知あふれるニュース道化（clown）に近い。ニュース道化は、キャスターと道化が合体したもので、アイドルやお笑い芸人が報道番組のキャスターをつとめる場合のある日本の現状からも理解しやすい。そして、バスター・フレンドリーは視聴率を稼ぐためにマーサー教の共感ボックスの謎をスクープする。[*6]

けれどもイジドアのような聖なる道化は、もっと「天然」の存在である。彼は市井の生活者であり、意識的な批判をおこなうわけではない。本物の猫を電気猫と間違い殺してしまう愚かな行為をしでかす（正確にいえば、治療が間に合わなかった）。ハンニバルという皮肉な名前をもつ動物病院の院長スロートは、イジドアの粗忽ぶりのせいで、また命がひとつ失われたことを憤る。そして、飼い主へ保険で金を支払う代わりに、偽物を作成する展開となる。すべての生きものに価格がついている時代の処理方法がしめされる。本物の生命を損失した代わりに手にするのは、金銭か偽物というわけである。

愛猫家であったディックが、イジドアの愚行をわざわざ描いたのには、それなりの意味があろう。『クソ芸術家の告白』でも、夫のチャーリーが事務室でかわいがっていた猫を、無理やりフェイが家に連れて来させ、それが逃げ出しても気にしない、という場面がある［第5章］。動物はいなくなることがある、とフェイは娘たちに説明するが、じつは猫をかわいがる夫に嫉妬している、というのがチャーリーの考えだった。猫をめぐって夫婦の価値観の違いが浮かび上がってくる。

しかも、イジドアの設定は、鈴木大拙などを経由したディックの禅理解と関連しそうだ。[*7] 禅と結びつくのは『高い城の男』だけではない。『アンドロイドは電気羊の夢を見るか？』の原型となった「小さな黒い箱」で、中国系キューバ人のテレパスであるミスター・リーと禅の専門家であるジョーン・ハヤシとの間で禅が話題となる。

「子どもたちとかくれんぼうをして遊んだ禅僧の話、ご存知ですよね。あれを語ったのは、芭蕉でしたっけ？　禅僧は納屋に隠れ、子どもたちはそこを探そうとは思わず、忘れてしまった。彼はとてもおひとよしな人で、次の日に――」

「禅が愚かさの一形態だとは認めますよ」とジョーン・ハヤシは言った。「おひとよしで騙されやすい（ガリブル）という徳を禅は讃えます」

ミスター・リーが語っているのは、良寛をめぐる逸話だが、「大愚」という号が良寛に付与されていた。ガリブルのガル（gull）は、現在ではカモメ類の鳥を指すが、世慣れぬ「ひよっこ」といった蔑称でもあり、シェイクスピアの時代には間抜けや阿呆の意味で使われていた。日本語の「カモ」に相当する。そうした性質を「徳」とみなすのが禅なのだ、とジョーンは説明している。イジドアの造形には、「賢い道化」のようなヨーロッパの喜劇における伝統よりも、こうした禅の愚者の考えが込められていそうだ。

《パルジファル》を換骨奪胎する

何も知らない愚者に見えたイジドアは、途中で死亡させた猫をめぐるビジネスの駆け引きやプリスとの恋愛のために積極な行為をするほどまで「覚醒」する。良寛とつながる禅の「大愚」とも異なる。イジドアのそうした点を理解するには、ディックが生涯にわたり魅了されたワーグナーの楽劇との関係を考慮すべきだろう。

『アンドロイドは電気羊の夢を見るか?』執筆時の一九六七年に生まれた自分の娘につけた名は、イゾルデ・フレイヤ(フライア)だった。ワーグナーの楽劇《トリスタンとイゾルデ》のヒロインと、「ニーベルングの指輪」四部作の第一夜《ラインの黄金》に出てくる女神フライアを組み合わせたものである。

イゾルデ・フレイヤが生まれる前の初期の頃から、ディックはワーグナーを取り上げていた。マッドサイエンティストのラビリンス博士ものである「名曲永久保存法」(五三)で、機械が楽譜から生み出した生物は、モーツァルト鳥やバッハ虫となった。ワーグナー獣はまだらの動物となり、しかも森のなかで「進化」をとげ、コヨーテよりも大きく、シューベルト獣を殺す野蛮さを発揮した。それほどの獰猛さを秘めた作曲家というわけである。

『流れよわが涙、と警官は言った』(七四)で、バックマンは妹のアリスと近親相姦的関係にあり、そのことが警察署長の地位を失うスキャンダルだ、と指摘されると毒づくのだ。

「それがどうしたっていうのか?」とバックマンは言った。「あいつらは《ワルキューレ》の歌詞を読んだことがないのか?」震えながら、もう一本タバコに火をつけた。「ジークムントとジークリンデ。〝妹にして花嫁(Schwester und Blaut)〟だ。フンディングに呪いあれ」[第24章]

ワーグナーの代表作である「ニーベルングの指輪」四部作の第二夜となる《ワルキューレ》で、フンディングの妻ジークリンデは、家に逃れてきたのが、夫と敵対する相手で、生き別れの双子の兄ジークムントと知り、ひそかに愛し合う。ジークムントはフンディングに倒されるが、残された妹は身ごもっていて、そこから生まれたのが英雄ジークフリートだった。双子の兄妹をめぐる神話への固着は、ディック本人が双子の妹を生後一年もせずに失っていることに理由がある。

神には許されるが、人間には許されないとされる近親相姦をめぐるこの悲劇は、早い時期からディックの心を捉えていたはずである。『暗闇のスキャナー』（七七）には「《ジークフリート》のミーメのような目つき」という比喩が登場する［第8章］。ミーメはジークフリートの育ての親で、宝を奪うために毒殺しようと試みた。ところが、ジークフリートが逆にミーメを殺してしまうのだ。そうした緊張感がそこに走っている。そして『アンドロイドは電気羊の夢を見るか？』のイジドアは、ワーグナーが最後に完成させた舞台神聖祝典劇《パルジファル》（一八八二）のタイトルロールを下敷きにしていると考えるべきなのだ。ディックは、自伝的小説である『ジャック・イジドアの告白』の主人公に関して、七五年一月のポール・ウィリアムズへの手紙のなかで、ドストエフスキーの『白痴』のムイシュキン公爵を引き合いに出し、同じく「神に愛でられし阿呆のひとりであり、中世伝説の無邪気な愚か者、パルジファルの真正な分身かもしれない」と記した［『ジャック・イジドアの告白』：補註3］。

ワーグナーは楽劇の台本を自ら執筆したのだ。東洋思想へと傾倒し、スケッチだけを残し未完に終わったが、仏陀についての楽劇《勝利者たち》を考えていたことは、ディックも『ヴァリス』で述べていた［第3章］。ワーグナーは、そのアイデアを《パルジファル》で、ケルトの聖杯伝説へと読み替えて完成させた。聖杯（グラール）とは、キリストが磔刑に処せられたとき、流れた血を受け止めたことで神秘的な力をもつとされる聖遺物である。そしてパルジファルの息子である白鳥の騎士ローエングリンについての楽劇（一八四八）との接合を踏まえている。間接的ではあるが、ディックの禅とのつながり、さらにはユングをはじめとする東洋思想の傾倒が背景にあった。

『ティモシー・アーチャーの転生』（八二）では、語り手のヒロインは、死海砂漠で亡くなったアーチャー夫妻や夫を真似る者がいないようにと願い、「それぞれ、パルジファルのように、完全な愚か者（a perfect fool）」と述べていた。これは非難に聞こえるが、覚醒した後で聖杯城の城主となったパルジファルを踏まえると、意味合いは単純ではない。アーチャー夫妻のモデルになったパイクたちが、食料や水をもたずにでかけた行動が、はたして自殺なのか、宗教的な目論見の結果なのかは議論の余地がある。

明らかなのは、独自の神学体系を主張する小説『ヴァリス』（八二）で、《パルジファル》が何度も引用され、論じられていることだ。一幕一場の最後で、森の隠者となっているグルネマンツは、白鳥を殺したパルジファルが、聖槍で傷ついたアンフォルタス王の病を治すと伝わる「純粋な愚者」ではないかと考える。そして、二人が王のもとへと森を出るときに、ほとんど歩かないで聖杯城の門に到達する（これはワーグナー専用であるバイロイト劇場の舞台装置と演出効果を計算した設定である）。

パルジファル「ほんのわずかしか動いていないのに、遠くまで来た気がする」
グルネマンツ「お若いの（Mein Sohn）、ここでは時間が空間となるのだ」

ディックは『ヴァリス』の第3章でこの箇所を英訳で引用した（「お若いの」を大瀧訳は省略し、山形訳は「私の息子」としたが、グルネマンツとパルジファルの間に血縁関係はない）。そして、「ここでは時間が空間となるのだ」に注目する。ファット（＝ディック）が迷宮から出ることができないのは、「迷宮が生きているからだ」とみなされる。《パルジファル》のこの一節が、悪夢のようなディックの迷宮世界の構築にインスピレーションを与えた。小説内で「空間」と「時間」を自在に転移させるディックの考えの原型となったのだ。さらにディックは、ミンコフスキー空間の例を出し、ワーグナーがどうして十九世紀にそうした発想をもてたのかと驚嘆する。

『ヴァリス』では、ファットのなかに、別の世紀に別の場所で生きている「トマス」という存在がいるとして、「ここでは時間が空間となるのだ」というグルネマンツの言葉が繰り返される［第7章］。まるで、ワーグナーの楽曲で繰り返される「ライトモチーフ（示導動機）」のようである。ディックの作品展開に、このライトモチーフによる考えの影響があり、映画音楽のようにメロディを流す代わりに、小説らしく音楽への言及や、さらにはモチーフの循環や変奏といった音楽的処理をおこなうのである。ファットには、複数の人格が共存するのだが、それを時間が空間になるという論理で正当化していた。ディックにおけるプロットの破綻とされる飛躍にはワーグナーからの影響もあるだろう。

しかも、パルジファルとイジドアの設定には並行関係が認められる。パルジファルは白鳥を殺したが、イジドアは誤って猫を殺した。それは愚かさの印であるとともに、聖なる資格をもつ予兆だった。白鳥は、日本も含めて、世界の神話で聖なる鳥としてあがめられている。

パルジファルは、伝承と異なり単なる愚者だ、と一度はグルネマンツにみなされたが、クンドリーという呪われた女にキスをされて「覚醒」する。その後鎧を着て聖なる槍をもち、アンフォルタス王の傷を癒やした。イジドアにとってのクンドリーが、アンドロイドのプリスだった。彼女と出会ったことで、猫の一件を自力で処理し求愛するように「覚醒」した。二人は擬似的な同棲までおこなうのだ。ただし、積極的なクンドリーと異なり、プリスは仕方なくおこなうが、自分たちアンドロイドのことを通報しないイジドアを評価する。そしてクンドリーのようにイジドアの潜在力を高めるのだ。

デッカードは、短いがイジドアと触れたことで、最終的に死から戻ってくることができた。デッカードの心理変化だけで説明するのは難しい。イジドアと触れ合い、しかも法的な協力を拒絶されたので、イジドアを装ってプリスたちに接近するのだ。デッカードがイジドアの吃音を真似るのは、ドアを開けさせるための方便だが、それによってイジドアのもつ性質を帯びるのである。マーサー教の話に隠れているが、この作品での聖なる愚者としてのイジドアの働きは看過できない。

もちろん、デッカードはアーサー王物語の聖杯城の王ではないし、イジドアもデッカードの後継者とはならない。むしろ、ジーターの『ブレートランナー2』で、イジドアが動物病院の院長になっているのは、聖杯城をめぐる《パルジファル》あるいは『ヴァリス』を踏まえた設定にも思える（ただし、イジドアは死んでしまうのだが）。イジドアが自分で意識しなくてもデッカードの治癒者として作用するところに、『アンドロイドは電気羊の夢を見るか?』での工夫があった。

修理者の系譜

イジドアの失敗は、本物の猫を電気猫と間違え、本物の病気を電池切れと考え、充電し修理をしようとしたことだった。イジドアは修理者としては半人前だが、電気動物を修理し維持する者の一人だった。『ヴァルカンの鉄槌』を『ヴァルカンズハマー』として翻訳した荒川水路は、「解説」で修理者が重要だと指摘していた。ダヴィッド・ラプジャードが、ブリコラージュとして修繕する特性をディックに見出したのとつながる［『壊れゆく世界の哲学』第11章］。

バリスは、ヴァルカン3号を手榴弾型の核爆弾で破壊したあと、道具として利用し、世界連邦を再建することを望む。世界連邦へのテロリストに見えた「癒やしの道」教団の指導者フィールズは、じつはヴァルカン2号を利用し、そのあとで破壊した技術者だった。ヴァルカン3号は、ヴァルカン2号の廃墟の下に隠されていた。フィールズは、自分が引退し、バリスと自分の娘のレイチェルに未来を託した。

荒川は、「変数人間」(五三)のトマス・コールがよろず修理者であることを重視していた。トマスは、まるでディックの好きな「オズの魔法使い」のように竜巻で未来世界に連れてこられると、物が壊れたら捨てる世界で、色々な品物を修理する。子どものおもちゃの映話機を修理して、実用的な道具に改造してしまった。トマスの手には、特殊な才能が宿っているとみなされる。そして、ケンタウロス帝国に敗北しかけている地球の勝率を高める制御タブレットを修理するのだ。修理者が世界の運命を変えたのである。

とりわけ『ヴァルカンの鉄槌』は、手仕事や技術への称賛で終わる。

「高級官僚による独善的支配を終わらせられるかね?」とフィールズがつづける。「言語上の知識だけをひけらかす者たちのための、専門家集団のみによって運営される組織を、終わりにできるかね?わたしはそういうものにうんざりだ。レンガ積みや水道管修理といった素朴な技術など語るに値しないといわんばかりの、頭でっかちな考え方にはね。自分たちの生の手を使って仕事をする人々、指先の技術によって生きる人々」そこで間を置き、「そういう人々が見下されつづけることには耐えられんのだ」[第14章]

ここには、「反知性主義」をも想像させ、素朴な手仕事や職人への称賛がある。連邦と大企業連合体による支配と、そこへの抵抗も描かれている。レイチェルの亡くなった夫は、こうした人々を弾圧する側だった。そのため、レイチェルが父親のフィールズの側に寝返るのも当然視される。また、『最後から二番目の真実』(六四)には地下で働かされる者たちのなかで、地上にあがって、死んだ仲間のために人工臓器を手に入れようとする者が出てくる。六〇年代のディックは、草の根民主主義や連邦憎悪につながる陰謀論的な心性をもっていたのだ。

修理再生者の描写はディックの実体験に基づく。ディックがラジオやテレビの販売と修理をする個人商店で働いたことが、普通小説『汝ら共に集まれ』での人間関係、そして『市に虎声あらん』でのスチュアート・ハドリーの造形に役立った。新製品を売るだけでなく、修理の依頼をさばくのも仕事であった。さらに、『ブラッドマネー博士』(六五)では、テレビ修理屋で、スチュアートは働いている。核戦争が起きて、店主のジムは亡くなり、スチュアートは後を継いで「戦後」を生き延びるのだ。このスチュアート像は、ディックが空想した個人商店の後継者となる夢の実現でもあった。

ディックは、すりへって表面が摩滅した古タイヤに新しく溝を切って再生する仕事に従事した体験をもつ。自伝的作品の『ジャック・イジドアの告白』で、その仕事についていたイジドアは、妹のフェイに軽蔑されつつも、困ったら最後に戻る仕事として考えた。さらに、『フロリクス8から来た友人』(七〇)で、ニックは、テストに合格しない「旧人」なので、職業の選択が限られているために、古タイヤに溝を切る仕事をしていた。だが、息子には試験に合格して公務員になって欲しいと願っているのだ。

修理をする主人公に焦点があてられたのが、『銀河の壺なおし』(六九)である。父親譲りの壺なおし業を営むジョー・ファーンライトは、自尊心が強いのだが、陶器の壺を直す仕事はもはや地球にはない。ところが、シリウス第五惑星に住む年老いたグリマングから壺を直す依頼を受ける。大聖堂を海のなかから引き上げ、修理することだった。ジョーは海に潜るときに、イェイツの「幸福な羊飼いの歌」の一節「ぼくは行かなくてはならない」を口にする。『アンドロイドは電気羊の夢を見るか?』の冒頭に引用されたのと同じ詩である。世界をどのようにとらえるかというのは、同時期の『アンドロイドは電気羊の夢を見るか?』と深く関連しているのである。

ファーンライトは最後に壺を作ることになるが、こうした修理者たちは新しい発明をするわけではない。修理には現状維持や再生という大きな仕事がある。バトラーは「サービスマン」として、現場の警察官も含めていた[Butler: 19]。現在ならエッセンシャルワーカーに相当する人々だろう。いずれにせよ、底辺で社会機能を維持する担い手たちの尊厳が踏みにじられることへの怒りが、ディックにはあった。

『アンドロイドは電気羊の夢を見るか?』で、イジドアの暮らす部屋には、キップルが山積していた。そうした荒廃にあらがう者としてのあり方が、修理という形で現れるのだ。電気猫のように人間による修理を必要とする存在は増えていく。イジドアが火星に行くことができないのは知能テストで移住に必要な点数が不足しているせいだ。だからこそ、放射性物質とキップルにまみれた地上に留まり修理し続ける存在ともなりえる。人間にもアンドロイドにも心を開く「聖なる愚者」として、マーサー教のからくりが暴露されたあとも地上に居続けるのだ。イジドアは、『ヴァルカンの鉄槌』で世界連邦を継承しようとしたバリスとは態度は異なるのである。聖書や神話では、共同体の秩序を守るために神に捧げる「犠牲山羊(スケープゴート)」が重要視される。ディックの小説には、見捨てられた存在が、全体の秩序を成立させるためのスケープゴートとなることへの反発や憤りがこもっている。

デッカードがアンドロイドを倒して購入した山羊を、レイチェルが屋上から突き落としたのは、文字どおり犠牲山羊を捧げる儀式とも考えられる。四年間の命と偽の記憶を与えられただけのアンドロイドたちは、人間の犠牲であり、それを内部に取り込んだ社会を明るみに出す出会いを描いた点に『アンドロイドは電気羊の夢を見るか?』の達成がある。しかも、そうしたやりきれなさを癒やすかもしれない存在は、共感ボックスを通じたマーサー教のようなあからさまな形ではなく、市井に愚者として存在する「聖」イジドアの姿をとっているのだ。

第5章◉『流れよわが涙、と警官は言った』における涙と抱擁

1 追われる者と追う者

第二次南北戦争後の世界

一九七四年二月に『流れよわが涙、と警官は言った』が発売された。好評で、ヒューゴー賞やネビュラ賞の候補となり、最終的に七五年の第三回ジョン・W・キャンベル記念賞を受賞した。ジョン・ダウランドが作曲した《涙のパヴァーヌ》の「流れよ、わが涙、その源から落ちよ」という歌詞に由来する印象的なタイトルだけでなく、全体は四部構成をとり、各部の冒頭にその歌詞が一連ずつ引用されていた。結果として全体の統一がとれ、ディック作品としては読みやすいのも、評価を高めた一因だろう。

『アンドロイドは電気羊の夢を見るか？』における追う者と追われる者の関係を語り直しているのだが、ここで主眼となるのは、アンドロイドを一体ずつ殺害するような「狩り」ではない。いつものように、ディックは他作と共通する要素を転用し、リサイクルしながら、別種の物語に仕立て上げている。

今回物語の背景に置かれたのは、東西冷戦がもたらす最終戦争や核戦争ではなく、「第二次南北戦争」だった。六五年にロサンジェルスのワッツ地区で始まり全米に広がった「ワッツ暴動」を連想させる「大

暴動（The Insurrection）」という言葉も出てくる［第3章］。暴動は鎮圧され、その後議会が承認したティドマンの断種法によって、黒人は子どもを一人しか産めずに、人口は半減し、さらに強制労働収容所に入れられるなどして、「アメリカシロヅル」のような絶滅危惧種とみなされていた（ワッツ暴動後にブラックパンサー党が結成され、九二年の「ロス暴動」も西海岸で発生した）。こうした前提があるからこそ、最後に白人のバックマン警察本部長がガソリンスタンドで黒人の中年男性とハグをする場面が大きな意味をもつのである［第27章］。

さらに、大学内に立てこもる学生コミューンを連邦政府が弾圧し壊滅させかけたことが描かれる。小説や映画の『いちご白書』（六九）のモデルとして知られる東部のコロンビア大学で始まった学生紛争は、ディックと縁が深いカリフォルニア大学でも盛んだった。

二人の人物を軸に話が進む。エンターテイナーでありながら一日にして完全に世間から忘却されてアイデンティティを失いかけたタヴァナーと、彼が妹のアリスを殺害したと罪をなすりつけるバックマン警察本部長である。追い詰められたタヴァナーが自首を考えてバックマンに電話をかけると、「どこかのキャンパス、コロンビアへでも行くんだな」と逃亡をむしろ勧めるのだ［第27章］。学内が一種の避難所になっていた。第四部のエピローグで、二〇〇四年にコロンビア大学が再建された、と記述されているのも、そうした背景を踏まえている。

ヴェトナム戦争を背景に、社会全体の若者への締めつけがあり、タヴァナーの身分証明書を偽造する話にも、一定のリアリティがあった。徴兵逃れに海外たとえばカナダへと逃げることもあったのだ。厭戦気分から麻薬が若者に蔓延する状況となった。ディックが本格的にドラッグへ耽溺したせいで、後継作となる『暗闇のスキャナー』（七七）で密売者や常習者のカルチャーを描くことになる。『アンドロイドは電気羊の夢を見るか?』のサンフランシスコではなく、ロサンジェルスを舞台にしたことで、広範囲な西海岸のカルチャーを背景にできた。

ディック本人の私生活で生じた感情と濃厚なつながりをもつ作品である。その意味で「私小説」的でもある（このあたりも日本でディック作品が人気を得た理由のひとつだろう）。草稿を執筆した七〇年には結婚生活が破綻し、執筆完了直後に、妻のナンシーが娘のイゾルデを連れて家を出てしまった。タヴァナーとバックマンという二人の中心人物が抱える空疎感や喪失感は、ディックの当時の心境と共鳴しているのは間違いない。けれども、ディックは私的な出来事を比喩的な物語表現へと昇華することに成功したのである。

社会に存在しない男

タイトルの「警官」が指すのは、警察本部長のバックマンである。『アンドロイドは電気羊の夢を見るか?』でのデッカードはバウンティハンターで、『暗闇のスキャナー』のボブ・アークターはフレッドという名で知られる麻薬のおとり捜査官だった。彼らはあくまでも現場サイドの人間である。『流れよわが涙、と警官は言った』にも、密告屋のキャシーとの連絡役となるマクナルティ警部が出てくるが、タヴァナー関連のデータが空白であることをバックマンに知らせる役で終わっていた。

バックマンはかつて警察トップの執行官だったが、第二次南北戦争において黒人を多数収容していた強制労働収容所の廃止を求め、運営経費を故意に赤字にすることで不採算部門として閉鎖させて、彼らを解放した。また、政府の方針に反抗して大学内に立てこもる学生へ食料を与えた。こうした理由で、警察本部長へと降格させられた人物だった。このあたりは、『最後から二番目の真実』で、核戦争後の地上を支配するヤンスマンの一人であるランターノが職務に疑問をもつ立場にも似ている。

タイトルからしてもバックマンが主人公に思えるが、対照的で対位法ともいえる配置を与えられた人物が、ジェイソン・タヴァナーだった。彼を襲った悲劇がまず描かれる。

タヴァナーは歌手としてレコードも出し、三千万人が観るテレビ番組のパーソナリティとして人気者だった。タヴァナーが「シックス」という特別の存在であることが鍵となる。共演者で愛人であるヘザーも同じくシックスであり、彼らは「普通人」を見下している。その態度を「シックスの超然性（six aloofness）」と呼んでいる。エンターテイナーの人気者としての成功も天分のせいだと思っている。

タヴァナーは、ヘザーとスイスへ向かうが、途中で彼につきまとうマリリンから懇願されて彼女の住まいへ立ち寄った。嫉妬したマリオンからカリストの海綿動物を投げつけられ、その毒でタヴァナーの体細胞が破壊されてしまう。治療する病院で眠ったはずなのに、眼を覚ますとそこはロサンジェルスの安ホテルで、有名人の彼のことを周囲の誰もが知らない世界にいた。電話で連絡をとったマネージャーや弁護士や愛人のヘザーからも認知されない。裏づけとなる身分証明の書類一式がすっかりと消えていた。それ自体は外国の安宿で酔わされて追い剝ぎにあったという旅行記に出てくるありふれたエピソードに似ている。

主人公が目覚めると別世界にいる、とは、バニヤンの『天路歴程』やモリスの『ユートピアだより』にもつながる古典的な設定である。ただし、タヴァナー本人が記憶喪失となり、アイデンティティを探し求めるというパターンではない。故郷の町を再訪しても、周囲の誰もが主人公のことを知らなかった『宇宙の操り人形』に近いのである。その町は、侵略テーマに乗っ取り、宇宙からやってきた神々の闘争の場に変貌していた。『流れよ我が涙、と警官は言った』は誰しもが主人公を知っている監視社会の『時は乱れて』を裏返したともいえる。実際、身分証明書などのカードには発信機がつけられている。さらに逮捕されたときには、タヴァナーを追跡するために、超小型発信機と殺害用の小型水爆（！）まで付着されるのだ。

タヴァナーはラスベガスで遊ぶために五百ドル札などの現金を所持していたおかげで、ホテルのフロント係をくどき、ワッツ地区に住む書類偽造ができるキャシーを紹介してもらう。キャシーは精巧な身分証を偽造するが、警察への密告屋でもある。そして、警察が照会してもデータの参照元の原簿が空白で、タヴァナーが社会上存在しない人間であると判明する〔第7章〕。情報ネットワーク社会から外れたタヴァナーは、「変数人間」で描かれた想定外の存在に近いのである。それは、GPSで位置測定ができる現在の情報ネットワーク社会と近似的なのだ。視聴者数などが瞬時にわかるテレビネットワークや、電話ネットワークを利用した性的なパーティーなども登場する。安ホテルのフロント係は「テレパス」で、タヴァナーの思考を読み取ることさえできた。心のなかにまで入りこむ監視があり、さまざまな情報が公然化される状況だからこそ、「秘密」とはあくまでも情報格差でしかない。シックスは優生学上の秘密である、と当人たちは信じているのだが、バックマンのもとに関連情報は集められていた。だからこそ、タヴァナーに関する情報が空白になったことを新しい脅威とみなしたのである。

KR-3と一般意味論

完全なキャッシュレス社会ではないため、タヴァナーがもつ現金が、システムの監視を逃れて生き延びる唯一の方法となった。当初の目的だったラスベガスへ向かい、かつての愛人で顔なじみのルースを頼ったのだ。部下が担当した「社会的に存在しない」タヴァナーの一件に気づいたバックマンは、タヴァナーは管理システムに影響を与え、自分の存在の手がかりとなる全データを消去できるほどの大物ではないかと推測する。そこで、警察は二人の居所に踏み込んで逮捕、連行する。

真相は、バックマンの妹のアリスがすべての鍵を握っていたのだ。バックマンは、アリスと関係をもち、二人の間にはフロリダで育てられている息子バーニーがいる。そして、アリスはメスカリンをはじめ麻薬や幻覚剤の中毒者で、兄のところにあった実験中の多重空間包含剤KR-3を服用したのだ。その結果、レコードを愛聴するタヴァナーのファンだったせいで、彼を巻き込んだ世界を生み出したのである。タヴァナーの認識対象もいっしょに彼女の世界へと連れていかれたが、他の人間たちからすると、タヴァナーの正体は「空白」となったのである。

バックマンに事情を解説する主任検視官補のフィル・ウェスターバーグは、KR-3の効果について、友枝訳で「時間保存(time-binding)」とされる脳の働きに関係するとみなす。脳が空間を保存できなければ脳は機能しないとし、この薬が「ひとつの空間単位を別の空間単位から排除する脳の能力を失わせる」と述べるのだ〔第27章〕。まことしやかに展開された議論は、アルフレッド・コージブスキーの一般意味論における「時間結合(time-binding)」をディック流に捻じ曲げたものであった。本来、人間が動物と異なり、過去の情報を蓄積し伝達する能力をもつ点を指す語だったが、それを時間から空間の記憶の話へと拡張していた。

コージブスキーによる一般意味論は、『アスタウンディング』誌の名物編集者ジョン・W・キャンベルが傾倒し、SF作家たちに広め影響力をもった。ディックの『流れよわが涙、と警官は言った』が、キャンベルの名を冠した賞を受けたのも必然かもしれない。一般意味論に影響を受けた作家のなかでも、ヴォークト(『非Aの世界』『非Aの傀儡』)やハインライン(「爆発」「深淵」『異星の客』)を経由して、その発想がディックにも届いている。他に一般意味論を受容した作家として、L・ロン・ハバート（「バトルフィールド・アース」シリーズやサイエントロジーの提唱）やデイヴィッド・ジェロルド（『最後の猿の惑星』『ファーポイントでの遭遇──宇宙大作戦』）などがいる。

コージブスキーは、存在をしめす「be動詞」に問題があるとして、アリストテレスと結びつけて非難した。そして、一般動詞で記述する「Eプライム」と呼ぶ英語の使用を提唱する。「私は醜い（I am ugly.）」ではなく「私は醜いと感じている（I feel ugly.）」の表記が推奨される。行動を主体とする表現が採用され、ポジティブな発想をもたらす。それがキャンベルたちに未来の哲学だと感じさせた要因であった。日本でも知られる言語学者のS・I・ハヤカワなどの研究者も出て、現在も一般意味論協会は活発な活動をおこなっている。

ディックが存在論の議論に惹かれたのも、神学や哲学的関心からだけでなく、ヴォークトの「非A」シリーズなどで一般意味論に触れたことによる。抽象化についても一般意味論はメタ的な設定をするが、ディックがメタフィクション的構造を好むのも、モダニズム文学の洗礼だけでなく、ヴォークトや一般意味論を経由したと考えられる。政治的立場が異なるハインラインとの友好的な関係も、猫好きという性向だけでなく（この小説でもキャシーの飼い猫ドメニコや、ルースが語るエピソードで、ウサギが模倣する対象として猫が登場する）、一般意味論への親和性を両者がもつからだろう。

ただし、ディックは、ユングの「シンクロニシティ」をはじめさまざまな概念を独自色で使用しているので、論理的あるいは体系的な整合性を求めるのは難しい。一般意味論から借用した「時間結合」に、『パルジファル』由来の「ここでは空間が時間となる」という発想や、四次元空間の話が流れ込むのである。『ヴァリス』で自分の神学体系が「アマルガム」であると認めたように、定義として意味合いがずれた概念どうしを、言葉の類似を利用するとか、比喩表現だとみなして、アクロバット的に結びつけるのだ。[*1]ディックの迷宮世界を形成するのは、あくまでも言葉によるレトリックなのである。

エピローグをもつ作品

タヴァナーがバックマンのもとへと連行されていくのを盗聴したアリスが、途中で彼を強奪して自宅へと連れてきた。タヴァナーは、自分の名前を冠したレコードに何も録音されていないことを知り愕然とし、アリスを探すのだが、バスルームで死体となった彼女を発見する。しかも、単なる死体を超えていた。


床の上に見えたのは、骸骨だった。

骸骨は黒い艶のあるズボンをはき、革シャツを着て、鉄のバックルのついたくさりのベルトをしめていた。脚の骨からはハイヒールが脱ぎ捨てられている。［第21章］

アリスは服装倒錯の気味があり、SM調のビザールな格好をしていた。その姿のまま白骨化しているのだ。恐怖からタヴァナーはその場を逃げ出してしまう。

ウェスターバーグの説明によると、KR-3は二日間作用し、現実と空想を共存させた。服用していたアリスの脳がその間に急速に老衰し死亡した。タヴァナーが見つけたアリスの死体が老化していたのも当然なのだ。混乱の原因となったアリスの死で、世界が正常化し、空白だったタヴァナーの「情報＝現実」がもどってくる。逃げ出したタヴァナーは、陶芸家のメアリー・アンの助けもあり、ヘザーの自宅へとたどりついた。ところが、今度は新聞で殺人犯として指名手配されていることを知るのだ。

バックマンは、ウェスターバーグによる説明で事件の真相を理解したが、シックスであるタヴァナーを妹に死をもたらした犯人だ、とでっち上げて、執行官どうしの政争に利用する。バックマンはアリスの死に涙を流し続け、「男は未来や過去を思って泣いたりはしない。現在を思って泣くのだ」と了解し、ガソリンスタンドで出会った黒人男性とハグをして、息子を手元につれてこようと決意する〔第27章〕。シックスたちはアンドロイドのように始末されず、強制労働収容所送りになることもない。

物語上、ここで小説が終わっても構わないはずである。ところが、エピローグと題された第4部があり、ディック版のミニ「未来史」のように、登場人物たちのその後の消息が語られている。年代順に再配列して、主な点を列挙しよう。

一九八八年は事件が起きた年である。アリス・バックマンは二日間の「老衰」で亡くなった。タヴァナーはアリス殺害の容疑者だったが、(おそらくバックマンの働きがあり)一転無罪となった。一九八九年に、キャシーは夫のジャックの死を知り、発作から再び精神病院に入ってしまう。一九九二年末に、多重空間包含剤KR-3の実験は中止された。一九九四年の春にルース・レイはトランキライザーとアルコールの飲み過ぎで死亡した。タヴァナーは葬儀に出席し、そこで会った女性と二年間関係をもつ。一九九五年にルースの五十一番目の夫が死去した。一九九九年に、偽の一ドル黒切手のオークションがあり、切手収集家市場の闇へと消えた。

二〇〇三年三月にバックマンは妹の遺言に従い、レズビアンの団体「カリブロンの息子」に邸宅を売却し、ボルネオに移り住んだ。二〇〇四年に、第二次南北戦争の影響が薄れたとして、コロンビア大学が再建される。二〇一七年夏に、バックマンは、警察の機構や内情をあばいた本を出版した理由から、ボルネオで暗殺される。その三十年後の二〇四七年に、タヴァナーは火星の植民地にある高級保養地において百歳で死去して、小さな記事にもなったのだがすでに誰もが存在を忘れていた。タヴァナーの女性遍歴も語られるが、陶芸家のメアリー・アンだけがタヴァナーとの思い出を誇るのだ。そして、彼女からタヴァナーが手に入れた青磁の花瓶はその後も残り多くの人に観賞されるのである。しだいに強制労働収容所も消え、肥大化した警察機構は身動きがとれなくなって、二一三六年に執行官という階級が廃止された。

このエピローグによると、バックマンが思い描いていた警察機構の内部改革は、本人の暗殺死という犠牲を伴いながらも、死後に成就した。それに対して、シックスとして生まれたタヴァナーは、相変わらず生活を享受し長生きをする。死因も火星で暮らす金持ちがかかる一種のぜいたく病だった。アリスという「基準点」がなければ交わることのなかった二人を対照的つまり対位法的に描くことで、世界像を広げている。

2　音楽と涙を流すこと

音楽の流行と古典

ジェイソン・タヴァナーは、歌手にしてエンターテイナーで、三千万人の個人視聴者（現在ならさしずめフォロワー数だろうか）がいる音楽バラエティのテレビ番組「ジェインソン・タヴァナー・ショー」を仕切っている。特別ゲストを迎えて応対し、三十秒の空白も見事に埋める手腕をもっていた。アリス殺害容疑者というスキャンダル事件も無罪放免となったことで、視聴者を五百万人増やして盛況になったので、今なら全体が「炎上商法」だったと捉えられるかもしれない。そもそも、アリスがタヴァナーのファンであり、それがKR-3の作用によって彼が巻き込まれた理由だった。愛人で共演者のヘザーも歌手として知られている。

　タヴァナーやヘザーの歌は大衆的な欲望を体現している流行歌である。身分証偽造者のキャシーはテレビを観ないので、「タヴァナー・ショー」を知らなかったが、ヘザーの名前は知っていた。そして、アリスが所有するアルバムとして《タヴァナーとブルー・ブルー・ブルース》と《今宵タヴァナーと楽しく》の名前があがっていた。そのLPをアリスの邸宅でタヴァナーが再生したところ、何も音が聞こえてこなかった。「レコードは空白だった（The records are blank.）」と第20章は終わる。そのまま、タヴァナーの「記録（レコード）」が空白であることと、LPレコードは外側だけで中身が空白でも流通することをしめしている。

　テレビ人気を背景に流行するタヴァナーやヘザーの歌と対照的に扱われているのが、タイトルにも使用された「流れよわが涙（Flow my tears）」という歌詞である。十七世紀のジョン・ダウランドが作曲した代表作〈涙のパヴァーヌ〉の冒頭部分である。バックマンは、最初オープンリールで、ダウランドの四声のマドリガルをかけた。そして、ダウランドを「抽象的な音楽」と称賛し、ベートーヴェンの後期の弦楽四重奏を準備したとみなす［第10章］。*2

　〈涙のパヴァーヌ〉は曲が先行し、現在の歌詞はおそらくダウランド本人の手になると考えられている。全体は五連からなり、ディックはそのうち四連を順番に引用していった。


流れよ、わが涙、その源から落ちよ。／永遠に離れ、ぼくを嘆き悲しませよ。／夜のクロウタドリが物悲しく悪評を歌う場所で、／ぼくを絶望のまま生きさせよ。［第1部冒頭］

落ちよ、むなしい光、もう輝くな。／絶望のなかで最後の運を嘆く者たちには／夜さえも暗すぎる

ことはない。／光は恥辱を明るみにだすだけだ［第2部冒頭］

ぼくの苦悩が救われることなどない、／憐れみは逃げ去ったのだから。／疲れ果てた日々に、涙とため息とうめきが、／すべての喜びを奪ってしまった。［第3部冒頭］

安らぎの絶頂から／ぼくの運命は放り出された。／報いとして、恐れと嘆きと痛みだけが／望めるすべてだ。希望は去ったのだから。［未使用］

聞け、暗闇に棲む影たちよ、／光を軽蔑することを学べ。／地獄でこの世の侮辱を感じない者は／なんと幸い、幸いなことか。［第4部冒頭］

こうしてみると、失恋の悲しみを論理でねじ伏せていく歌詞である。「夜（night）」と「光（light）」が韻を踏んで使われ、作品全体の外枠となっている。「ぼくの苦悩が救われることなどない」がある第3部でアリスの死が確認され、バックマンは泣くのである。そして、「光を軽蔑することを学べ」と始まる第4部で、喪失に耐える者たちの話がでてくるのだ。

ダウランドの〈涙のパヴァーヌ〉は一六〇〇年に楽譜が出版された。イタリアのモンテベルディが、感情に曲を合わせたマドリガーレ〈つれないアマリッリ〉を一六〇五年に発表して音楽を改革したまさに同時代人だったのである。*3〈涙のパヴァーヌ〉は、ディックの小説が出版された時点でも、三百七十年生き延びた古典的な作品だった。正確にはイギリスの古楽器制作者のアーノルド・ドルメッチが、十九世紀末にリュートを復元し、その後古楽の再評価が高まったのである。ディックはバロック以前の古楽への関心も隠さない。

『火星のタイム・スリップ』で、アーニー・コッドは、学士しか学歴がなかったので、火星植民地にチャンスを求めてやってきた。元鉛管工で現水利労組第四惑星支部長となり、邸宅に地球から輸入したハープシコードを所有している。調律師が見つからないので調律が乱れた楽器だが、労働貴族で贅沢三昧をしているアーニーは、十八世紀イタリアのドメニコ・スカルラッティの曲を演奏するのだ。この調和のとれない楽器は、作品全体の暗喩ともなっている。

スカルラッティの名は『流れよわが涙、と警官は言った』にも登場する。タヴァナーがキャシーの猫が「ドメニコ」と知ると「スカルラッティからか?」と尋ねる。だが、近所の通りの名に由来するとわかると、スカルラッティというのはリンカーンの高校時代の英語教師だとデタラメを教える。古楽や古楽器への理解や愛情をディックは抱いていた。

ダウランドとつながるのは、ディックがたびたび言及し、普通小説家としてひそかな目標でもあったジョイスだった。タヴァナーはキャシーの家で、読みかけのプルーストの『失われた時を求めて』を見つける。タヴァナーは読んだことはないが、番組で使ったことがあると言う。時間と記憶をめぐる作品が『流れよわが涙、と警官は言った』だけでなく、ディック作品全体と結びついている。

さらに、タヴァナーが「あそこに見えるニレの木よりも年老いている気がする」と引用するとキャシーはジョイスの『フィネガンズ・ウェイク』からだと当てる。ただし、キャシーは映画で四回観たと答えるのだ。ジョイスは、『若き日の芸術家の肖像』や『ユリシーズ』で、ダウランドに言及していた。[*4] そして、リュートを復元演奏したドルメッチは、パウンドやイェイツとも親交があったので、彼らの知り合いであるジョイスもそこから知ったのだろう。

ダウランドの歌曲は、第二次世界大戦前はアルトの歌手など女性によって歌われていたが、六〇年代に入ると当時のように男性のカウンターテナーで歌われるようになる。リュート奏者のジュリアン・ブリームが伴奏した版や、アルフレッド・デラーが率いるデラー・コンソート版などが発売され、ディックが聴く機会も増えていたはずだ。

ディックによるダウランドの扱いは、『聖なる侵入』になると一歩進んで、人気歌手のリンダ・フォックスが歌うのである。古楽専門でもないリンダが、十六世紀のダウランドを歌うのは唐突に思えるかもしれない。けれども、元ポリスのスティングは〈涙のパヴァーヌ〉を含めたダウランドの曲で構成された《ラビリンス》（二〇〇六）というコンセプトアルバムを制作発表した（ポリス時代のアルバムに《ゴースト・イン・ザ・マシーン》や《シンクロニシティ》があり、ディックの作品世界との親和性も高い）。ダウランドが時代を生き延びた古典の代表と考えると、リンダが歌ってもそれほど不思議ではない。

「流行」と「古典」の関係は単純ではない。なぜなら、ダウランドの音楽や歌はタヴァナーの歌とおなじくその時代の「流行歌」でもあったからだ。リュート奏者で、世俗音楽の作曲家であるダウラントは、カトリックに改宗したことでエリザベス女王の宮廷を追われ、大陸にわたり音楽を広めた。結果として、各地で人気が出て多くの楽譜が残されている。イギリスに帰国したのは、カトリックに寛容なジェイムズ一世の時代になってからのことだった。

流行から古典へと変化するのは、ジャンル小説を書き続けて忸怩たる思いをしていたディック自身の願望でもあっただろう。『流れよわが涙、と警官は言った』が出版された翌年の七五年には、普通小説の『ジャック・イジドアの告白』が世に出て、ディックには普通小説家の道が開けたように思えた。タヴァナーのように数千万人に支持されても、死後はメアリー・アンに回想されるだけにとどまるのか、それともメアリー・アンが制作した青い花瓶のように長く残り多くの人に鑑賞されるのかは、ディックにとって他人事ではなかったはずだ。幸い、ディックの作品は古典の方へ一歩踏み出すことができた。その意味でも、『流れよわが涙、と警官は言った』は、一種の芸術家小説の側面をもっている。

流す涙と身体の抱擁

「流れよわが涙」とタイトルにあるからといって、涙を流せるかどうかだけで、普通の人間とシックスとの間に線を引くことはできない。タヴァナーが、マリリンが投げつけたカリストの海綿動物のせいで病院に入ったとき、「目を開けると、ヘザーが泣いているのが見えた」［第1章］。ヘザーはタヴァナーと同じシックスであり、少なくともシックスに対して泣くことができた。

女性たちが涙を流す場面は他でも描かれる。キャシーは夫のジャックが亡くなっているという情報を拒絶するが、それを密告先のマクナマティ警部に指摘されると泣き始める［第6章］。しかも、キャシーはタヴァナーにジャック以上の魅力を感じ、どうして同時に二人を別々に愛せないかと訴えるのだ。そのせいで、精神病院に入れられたのだ。

また、ルース・レイは、「嘆くのは人間、子ども、動物が感じることのできるもっとも強烈な感情なの」と言い、「悲しみは自分自身を解き放つことができる」とみなす［第11章］。そして、自分が飼っていた犬のハンクが死んだときの体験を引き合いに出す。ルースは、タヴァナーといっしょにいるところを逮捕されてうろたえる。そして、最終的に「夫が、ボブがほしい」と泣くのである［第13章］。それぞれが異性を思って泣く点が重要となる。

この展開は、ダウランドの曲で〈涙のパヴァーヌ〉とペアとみなされる〈わたしは恋人が泣くのを見た（I saw my lady weep）〉を連想させる。現在では、〈涙のパヴァーヌ〉は単独曲ではなく、この曲の続きとみなされ、そうした解釈に基づく録音盤も多い。前半で女性たちが泣く場面を描いてから、バックマンに泣かせる配置は偶然ではなさそうだ。バックマンはアリスの喪失を泣くが、タヴァナーが泣かないのは、彼にとって人前で泣く理由が特にないからである。どうやら泣くかどうかの違いは、人間と非人間との間に存在するのではなく、むしろ「男らしさ」で考えたほうがわかりやすい。

ダウランドの〈涙のパヴァーヌ〉は、半音階主義のメロディも含め、十七世紀には新しい、「涙」をともなう感情である「メランコリー」という流行を取り入れた作品だった。恋のせいで敵と戦う決断力が鈍り「女性化＝女々しさ（effeminacy）」に襲われるのは、同時代のロミオやハムレットが悩んだ点でもあった。権力を具現化した警察本部長のバックマンが、ヘザー、キャシー、ルースといった女性たちがしめすのと同じ感情に襲われるというのがポイントとなる。

バックマンは死亡した妹のアリスとの関係を側近のハーブたちに「彼女はわたしの妻だ」と白状する［第24章］。そして、ハーブに涙を流していることを指摘されると、「わたしの泣く姿なんて、考えたことがあったかね？」と尋ねたように、警察本部長としての威厳や、タヴァナーを厳しく追求する男らしさがゆらぐのだ。アリスの死に直面して、人前で涙を流す自分自身への驚きでもあった。それは近親相姦という秘密の漏洩以上の出来事だった。身体的な反応だが、意志の力でコントロールできず、意図的に演じられるものではない。バックマンのそうしたメランコリーの状態が肯定されている。そして、より重要になるのが、相手の体に触れる接触だった。バックマンは泣きながら帰宅するのだが、途中のガソリンスタンドで体験したエピソードが作品の要となる。

飛行艇を帰宅のために自動操縦させている間に夢を見て、バックマンは虚しさを感じ、誰かと話さずにはいられない気分になる。そして、ガソリンスタンドに停車すると、隣で給油している黒人が所有する飛行艇のボディに、矢で撃ち抜かれた心臓の絵を置いて立ち去ろうとする。ところが、バックマンは戻ってきた。

黒人は彼を眺めている。バックマンは黒人に近寄っていった。黒人は後退しなかった。その場に立ったままだ。バックマンは彼のそばに寄ると両手を差し出して黒人をとらえ、両腕にかかえ、抱きしめた。黒人は驚きにうめいて、うろたえていた。どちらも何も言わない。［第27章］

バックマンの行為に対して、生体制御用のヘッドホンを作っているホプキンズという黒人は優しく応じる。「おれにはわかるよ、あんたは夜遅くひとりきりでいたくないいんだ。ことにちょうどいまみたいに季節外れの冷え冷えとしたときにはね」と行動が理解されるのだ。第二次南北戦争後に断種法でますますマイノリティとなった黒人とマジョリティの白人とがわかり合う姿が描かれている。

現実には、六四年に公民権法が制定されても、六八年のキング牧師暗殺があり、分断は変わらなかった。また、ディックに多大な影響を与え、神学体系を作る手伝いをし、キング牧師とも連帯していたジェイムズ・パイク師は、六九年に死海近くの砂漠で自殺に近い形で亡くなっていた。そうした時代の閉塞感や喪失感もここに交差している。原因となったアリスの死亡で、タヴァナーが彼の現実に戻ったように、誰かが摂取したKR-3の効果が切れたら、ディック自身の現実へと空間ごと戻るのかもしれない。それは「胡蝶の夢」のヴァージョンのひとつでもある。

ディック本人は、未発表の講演原稿である「二日たっても崩壊していない世界を創るために」（七八）のなかで、バックマンの抱擁を、聖書の「使徒言行録（使徒行伝）」第8章にあるフィリポがエチオピアの宦官に洗礼をほどこしたエピソードとの暗合と解釈した。類似を指摘したのは、ストーリーを聞いたパイク師であった。さらにディックは、ガソリンスタンドでバックマンと同じ体験をしたと報告する。このあたりの記憶が正しいものなのか、事後的に構成されたものにすぎないのかは実証しようもないが、ディックは「時間というものは実在しない」と確信を強め、神秘主義へと傾倒することになったのである。

隔てるものなしに直接身体を触れ合うテーマは、後継作となる『暗闇のスキャナー』ではっきりとする。そこでは、スクランブル・スーツによって自分の姿を偽る麻薬潜入捜査官が主人公となるのだ。バックマンがタヴァナーに感じるのと、通りすがりの黒人とでは距離が異なる。階級や人種や民族を超えた了解だが、同時に、男どうしの連帯や絆の確認ともなっている。そうしたジェンダー的な偏りはディックの限界だと指摘できるが、可能な限り希望のもてる結末へと導いている。*5

3　偽物と本物との間で

偽物だらけの世界

偽造や偽物についての話はディック作品にはつきまとうが、『流れよわが涙、と警官は言った』にも、いくつもの偽造の話が出てくる。

第一は、ジェイソン・タヴァナーがキャシーに身分証明証などの偽造を依頼する話である。ロサンジェルスのワッツ地区は六五年の黒人暴動で知られるが、この作品世界では、スタンフォード大学だけで一万人の学生が虐殺され、第二次南北戦争後、キャシーのような住人がいた。

もし書類がそこになければ、連中はおれのことを脱走学生だと決めつけるだろう。ジェイソンは考え込んだ。警察・国家警備隊の書類がないのは学生だけだし、学生のなかでも主だった者、つまり指導者連中の場合には、書類は保管されている。［第2章］

身分証明書をもたないのは、非合法な存在であり、キャシーは身分証明書の偽造をすると同時に密告屋もして暮らしている。情報の捏造者と告発者が重なるのだ。これではネットワークから逃れられないのは明らかである。ところが、タヴァナーの件が厄介なのは、たとえ書類が偽造書類だと発覚しても、本人の照会に利用すべき原簿や元データが消えているので、社会的にはゼロの存在であり、「偽物」ですらないのである。

バックマンは、無害で巻き込まれただけのタヴァナーをアリス殺害の容疑者とみなす冤罪をでっちあげて利用するとき、「一度当局の目に留まった以上、完全に忘れられることはない」と理由づけをする［第27章］。妻の過去への調査から、FBIやCIAに目をつけられた、とディックが陰謀論をふくらますのにはそれなりの根拠があった。バックマンは、タヴァナーにも本人が知らない役割があるとみなして、最終的に釈放することを決めるのだ。

キャシーの家には中世の「彩色写本」があり、その出来栄えにタヴァナーは驚くが、彼女が中学のときの作品で、本のデザインをしていた父親譲りの技の産物だった。キャシーは模写の才能をオリジナルの制作ではなく、偽造や偽物作りへと発展させたのだ。そして、キャシーは、夫のジャックがまだ生存しているという幻想を作り上げることで精神のバランスをなんとか保っていた。精巧な偽物を作るという技術は、過去を補完するのに利用されただけで、自分の新しい人生を組み立てる方面へと発揮されてはいないのだった。

第二に、バックマンのコレクションから妹のアリスが物色した一ドルの黒切手である。一八九八年にネブラスカ州オマハで開催された「ミシシッピ流域(Trans-Mississippi)」博覧会のために、連邦政府が発行した九種類の切手のひとつで、「嵐内の西部の牛」とキャプションがついている。「雄牛の群れがいる」とアリスがタヴァナーに説明するが、裏に薄いしみがあることで偽物だと判明する［第19章］。古切手を偽造する方法に関してキャシーはすでに述べていた。「安物の古切手をもってきて、押印を消すでしょう」と手口をタヴァナーに説明しかけて口ごもってしまう［第3章］。ひょっとすると、バックマンが入手したのは、キャシーが制作した偽切手なのかもしれない。ところが、バックマン本人はどうやら本物と信じているのだ［第10章］。

この切手についたキャプションだと、西部の牛の群れを描いているはずだが、じつはスコットランドの画家ジョン・マクワターによる一八七八年の「先導者(The Vanguard)」という絵に基づいている。スコットランドの雪のなかを進む牛を、アメリカ西部の砂嵐のなかの牛に見立てたのである。[*6] バックマン兄妹が執着した一ドル黒切手自体が、スコットランドの風景を西部に転用したものであり、さらにその模造品だったのである。まさにコピーのコピーなのだ。第4部のエピローグで、オークションにかけられ、ポーランドの収集家が手に入れ、そのあとブラックマーケットに消えたとされる。それは、偽物が偽物のまま流通し富を生む世界があることを告げている。

第三は、人間をめぐる識別だった。「シックス」と普通の人間との間に引かれる境界線があり、タヴァナーたちは、カリスマ性をもち、普通には正体が知られずにいる。タヴァナーの身体に、認識番号が入れ墨されている。ナチス・ドイツの強制収容所に入れられたユダヤ人が左腕に囚人番号を入れ墨されたのにも似ている。そして、照会にかかわらず、情報が欠如していることは、社会的身体の欠如でもある。ディック作品では、以前にも「にせ物」の自爆ロボットや『偶然世界』での人格を入れ替えて遠隔操作する暗殺ロボットがあった。ここでは普通の人間でも起こり得るものとして描かれている。

普通の人間に紛れ込んでいる「シックス」は、ある意味で、ネクサス六型のようなアンドロイドと同等とみなせる。けれども、シックスはあくまでも科学者のディル・テムコが管理していた遺伝子組み換え人間の六番目の系統を指す言葉であった［第15章］。完全な人工物ではなく、染色体を操作し、人間から分化させた存在であり、変異体（ミュータント）に近い。こうした存在は、ディックが好むヴォークトの「スラン」以来繰り返し描かれてきたし、ディックも『ジョーンズの世界』などのプレコグや、『フロリクス8から来た友人』の「新人」などを書いてきた。

ディル・テムコの計画は四十五年前にワシントンＤＣで立案された。物語の舞台は一九八八年で、タヴァナーは「一九四六年十二月十六日生まれ」とアイオワの出生登録センターに自己申告する。計画全体が第二次世界大戦のマンハッタン計画の暗喩となっている。しかも十年前に「セブン」を生み出す前にテムコは死去した。その情報を入手したバックマンは、自分が「セブン」だとハッタリをかます。タヴァナーが身分証の偽造を依頼したキャシーは、「セブン」によって政府へのクーデターが潰されたと、脅威の存在として認識していた。そうした噂話が、シックスへの抑止となるのだ。この設定は、核戦争によりさまざまなミュータントが生まれる話が書かれた五〇年代ＳＦの後継者でもある。

ただし、シックスはグロテスクな方向に発展したのではなく、カリスマ性をもつことで普通人に優位に立っているし、異性への性的魅力をもつとされる。タヴァナーの運命を翻弄し、あるいは援助する女性が、ヘザー以外に、マリリン、キャシー、ルース、アリス、メアリー・アンと登場する。エピローグによれば、タヴァナーは火星の植民地にある金持ち向け養護施設で百歳を迎えて死んだ。四年の短命を条件づけられたネクサス型のアンドロイドとは別物である。シックスは長寿であり、ヘザーの話では、どうやら子どもを作ることもできるのだ。それに対して、人間のバックマンのほうは、二〇一七年にボルネオで暗殺された。両者の違いは、人間かシックスかではなくて、各自が選んだ人生の違いとなっている。

家族関係のゆらぎ

タヴァナーは、金と美貌と個性に加えてシックスとしての四十二年分の体験があるので、どのような逆境でも生き延びる自信をもっていた。では、こうしたシックスと比べて、普通の人間の優位性はどこにあるのだろうか。

この作品で、ディックは、人間だからこそタブーを犯す判断をする点に「人間性」を見出そうとする。それは合理性や計画性ではなくて、誤謬や逸脱として現れる。そうした欲望を極限まで書いたのが、後継作の『暗闇のスキャナー』(七七)となる。その最後に掲載された作者の覚書には、麻薬の摂取で死去するとか病気になった者の名前が列挙され、「モラルはない」と書きつけていた。ディック本人もフィルとして記載されている。

『流れよわが涙、と警官は言った』でのアリスは、メスカリンや麻薬に溺れ、兄との近親相姦で息子を生み、さらに同性愛者でもある。この小説は、同性愛忌避をもちながらも法を尊重する態度もある。タヴァナーを探す警察官たちが、無関係な少年愛の現場に踏み込んだときに、同性愛嫌悪をむき出しにはするが、少年の身分証から承諾年齢を超えていることを確認して見逃すのである［第12章］。少年を守る法と身分証とが結びついている。身分証の喪失により法による保護を絶たれる恐怖が、タヴァナーを脅かしていたことがわかる。

バックマンは、兄と妹の近親相姦をワーグナーの《ワルキューレ》に出てきた兄ジークムントと妹ジークリンデとの関係を使って説明していた。ただし、バックマン本人は、音楽としてはダウランドが好きで、ベルリオーズやワーグナーが嫌いという立場なのである。このあたりは皮肉に設定されている。

また、バックマンは自分をギリシア独立のために戦った「バイロンみたいだ」と考える［第10章］。ロマン派におけるバイロン的ヒーローに自分をなぞらえているが、あくまでも社会を筋が通ったものにしたいだけだと主張する。バイロンがイギリス本国にいられなくなった背景には、異母姉のオーガスタ・リーと関係を持ったことで、近親相姦を犯したという非難があった。バックマンはルールを守ろうとするが、その例外がアリスだとして、アンビバレンツな態度をとっていることがわかる。

バックマンは妹のアリスと性的関係をもち、息子のバーニーが生まれている。父と息子の関係は、両親の離婚以来「父的存在」を求めてきたディックにとって、生涯の課題でもあった。染色体を操作され、両親不在に見えるタヴァナーに、ルースが父親論をぶつところがある。

「愛というのは――」ルースはなにかを思い起こすふうに口ごもった。「燃えている家の中からわが子を救い出す父親、子どもたちを無事連れ出して自分は死んでしまう父親のようなもの」［第12章］

それに対して、タヴァナーが共感することはなかった。自己保存本能だけをもつタヴァナーは、シックスだからという理由で普通の人間と異なるのではない。彼には「自分は誰かの息子である」という感覚が欠如しているのだ。バックマンは、タヴァナーに「子どもはいるか?」と質問をし、息子バーニーの3D写真を見せる。そして、「どんな愛でも忘れることができるが、子どもに対する愛だけは別だ」とアリスの言葉を引用する［第16章］。けれどもタヴァナーは「そんなたぐいの愛情は最初からないほうがいい」と返答する。それに対して、シックスにはわからないとバックマンは断言するのだ。

バックマンとタヴァナーのすれ違いは、子どもをもつことや無償の愛情を注ぐことをめぐる見解の相違にある。対照的に、バックマンがハグした黒人男性との間で男性の絆を深められたのは、互いに子どもがいるという共通点のせいだった。

エピローグによると、バーニーは父親と同じく警官となったが、事故で下半身不随となり、CMフィルムを集める趣味に没頭して生涯を終えるのだ。バーニーは父親のようなバイロン的な英雄とはならなかった。両親は切手のコレクターでもあり、その道を選び取ることによって、バーニーはこの世での彼なりの役割をはたす。それをバックマンがたとえ不満に思ったとしても、父親として赦し、息子を抱擁したはずである。

壺のある結末

エピローグから、第二次南北戦争の後遺症が癒え、執行官による支配が終わったとわかる。ディックが第4部をつけ加えたことに関して、トマス・ピンチョンが二〇〇三年にオーウェルの『一九八四年』につけた序文が参考となる［高橋和久訳に併録］。その序文のなかで、ピンチョンは、付録の「ニュースピーク」に関する説明部分が過去形で、しかもニュースピーク以前の英語で記述されている点を踏まえ、すでに克服された未来の時点から過去のできごとを総括していると読解した。オーウェルの養子と、主人公ウィンストンの「一九四四年か五年生まれ」という設定が重なるとして、そこに希望を託したと考えるのだ。ディックも同じ操作をおこなった可能性がある。

『高い城の男』は、一冊の禁断の本『イナゴ身重く横たわる』をめぐる点でも、ディック流の『一九八四年』であった。オーウェルの小説内でゴールドスタインが書いた『寡頭制集産主義の理論と実践』に相当する。結末はドイツ帝国と大日本帝国に支配された植民地アメリカの解放ではなかった。それに対して、『流れよわが涙、と警官は言った』で、バックマンの手になる禁断の書『法と秩序の心理』は、警察機構の解体に一定の役割をはたした。

ただし、エピローグに、執行官が廃止されるという未来の希望が書きつけられながらも、そもそも第二次南北戦争の要因となった黒人への「断種法」が失効したとは記載されてはいない。過去が回復されたように見えても、不安要素を残したまま宙吊り状態である。その意味で、『流れよわが涙、と警官は言った』の歴史はまだ続くのである。そもそもエピローグの書き手は、ピンチョンがオーウェルの作品について推測したように歴史上の未来の人間でしかありえない。その点をしめすように、エピローグの最後に登場したのは、メアリー・アン・ドミニクが制作した青い花瓶の話だった。

アリスの死体を見て邸宅から逃げ出したタヴァナーが出会ったのは、陶芸家のメアリー・アン・ドミニクだった。彼女は、キャシー・ネルソンと対位法的な配置をされた人物である。キャシーは偽造の専門家であり、中学のときに中世の色彩写本の精巧な模写を完成させていた。一方で、メアリー・アンは聖母マリアとその母である聖アンナを重ねた欲張った名をもち、姓のドミニクは、偽造屋のキャシーが飼っていたネコのドミニコと同じで、そこも対比されている。偽造者のキャシーから芸術家のメアリー・アンへとタヴァナーを救う女性が交替したのだ。

タヴァナーが青い花瓶を手に入れたのは、メアリー・アンの家へと逃げ込んだとき、花瓶を壊してしまったからである。償いにメアリー・アンを番組に出して、有名にしてやると持ちかけ、番組内で中国の青磁を持ち出し、それより優れている作品だと宣伝すれば爆発的に売れると誘う。ところが彼女は拒否する。花瓶の青の色には、ロマン派にとって理想だった「青い花」が重ねられていそうだ。二日間で老衰死にいたったアリス、暗殺されたバックマン、そして天寿をまっとうしたようにみえるタヴァナーといった人間たちよりも長らえたのが陶器であった。

タヴァナーは器を壊したので、弁償のために小売値の二十ドルを支払うと、代わりの花瓶をもらった。ひょっとすると、たとえ世界がひび割れたとしても、メアリー・アンが壊れた花瓶に「修繕できるわよ（I think I can fix it)」と言ったように、修理すればよいだけなのかもしれない。神ではないので、人間は世界を創造できない。けれども、人間が関わる歴史ならば、誤ってひび割れたとしても、同じように誰かが修繕できる、という含みを残して全編が終わるのである。

終章●回帰する場所を求めて

1　キリスト物語の再話

サイケデリック体験から神秘体験へ

『流れよわが涙、と警官は言った』は、ディックが神秘体験を経験する以前の一九七〇年に、メスカリンでトリップした体験に基づき執筆された。サボテンからとれる幻覚剤メスカリンに刺激を受けたディックは、四十八時間で百四十ページの草稿を仕上げ、さらに手を入れて完成させ、七四年に出版された。

ディックは架空や現実のドラッグや麻薬をめぐる小説を書いてきた。『パーマー・エルドリッチの三つの聖痕』（六五）では、「キャンディ」や「選り好みする（choosy）」に引っ掛けた名前がお菓子のネーミングを思わせるキャンDとチューZが出てくる。『去年を待ちながら』（六六）にはドラッグJJ一八〇が登場する。『死の迷路』（七〇）は、LSD体験に基づき執筆された。『流れよわが涙、と警官は言った』（七四）では、メスカリンが常用されている。『暗闇のスキャナー』（七七）は、麻薬の密売人の話で、映画『フレンチ・コネクション』の話題もあり、物質D（「死」の略）が出てくる。

『流れよわが涙、と警官は言った』で描写されるメスカリン体験を世に広めたのは、オルダス・ハクスリーの『知覚の扉』（五四）だった。ハクスリーはカナダ在住の精神科医ハンフリー・オズモンドから処方されたメスカリンによる幻覚を体験した。それによりゴッホやボッティチェリの絵画への見方や判断が逆転してしまった。

こうした幻覚状態を表現する言葉として、オズモンドの発案で「エンジェリック（angelic）」と韻を踏む「サイケデリック（psychedelic）」が選ばれた[Chapman: 24]。眩惑を引き起こす「サイケデリック物質（＝LSDやメスカリンなどの幻覚剤）」は、アーティストたちの色彩感覚に変化をもたらした。その結果、視覚を中心に、仏教の曼荼羅やキリスト教的光のような極彩色の世界へと関心が開かれ、「サイケ」という語は日本でも定着した。

「知覚の扉」や続編の「天国と地獄」というタイトルはブレイクの詩からの引用で稀代の幻視者とつながっている。ハクスリーの本は、サイケデリック物質を利用しようと目論んでいたティモシー・リアリーたちの支持を得た。リアリーたちは『チベットの死者の書』をLSD体験のマニュアルとみなし『サイケデリック体験（邦題『「チベットの死者の書」サイケデリック・バージョン』）』（六四）を発表した。また、『プレイボーイ』誌の編集者であるデイヴィッド・ソロモンが編纂した『LSD 意識を拡張するドラッグ』（六四）という論集には、リアリーが序文を書き、ハクスリー（「文化と個人」）、オズモンド（「精神薬理学」）、ウィリアム・S・バロウズ（「鎮静ドラッグと意識拡大ドラッグとの明確な相違点」）などがLSDの擁護や医学的効果に関する論考を寄せていた。目次では、各人の名の後ろに麗々しく博士号をつけ、リアリーたちが教鞭を執るのもハーバードなど著名大学だと権威づけられた（リアリーはのちに大学を追われることになる）。リアリーと親密なジョン・レノンの手になる「ルーシー・イン・ザ・スカイ・ウィズ・ダイヤモンド」（六七）が「LSD」の暗喩だと都市伝説化したのも、ディックがメスカリンやLSDを体験したのも、この流れのなかにある。

ところが、一九七一年に向精神薬を制限する国際条約が定められた（モルヒネ、コカイン、大麻などは六一年の麻薬単一条約ですでに規制ずみ）。四種類に分類され、第一種のＬＳＤ、メスカリンは、医療的価値がない幻覚剤として全面禁止となった。第二種に入る覚醒剤（アンフェタミン）は、乱用の危険性があり医療的価値は極小から中とみなされた。「毒／薬」という両義性をもつため、医療用の使用は認められたが、慎重な扱いが必要となったのだ。

反面では、医師の処方箋さえあれば合法的に入手可能ともなる。『暗闇のスキャナー』は麻薬潜入捜査官のボブ・アークターの話だが、捜査するなかで精神病治療のために処方された薬を大量に摂取する依存者が出てくる。現在でも、トリップを引き起こす禁止薬物に指定されていない代替物を求め、一般治療薬に含まれる成分の乱用から、マジック・マッシュルームの入手までおこなわれている。

ディックが執筆のために覚醒剤を常用し、ＬＳＤやメスカリンを摂取したのは、あくまでも自ら求めた行為だった。ところが、『流れよわが涙、と警官は言った』の単行本発売と同じ七四年二月に、ディックは神秘体験をする。親知らずの口腔外科手術で投与された麻酔用ペントタールナトリウムを引き金として、ピンクの光を見る幻視が起きたのだ（歯科医院を舞台に麻酔が幻想を招く谷崎潤一郎の「白日夢」という劇をどこか連想させる）。これは一種の医療事故だった。

その体験が、七一年十一月に発生し自宅が荒らされた過去の事件へと結びつけられるのだ。七一年の時点ですでに、ディックは自分がＦＢＩやＣＩＡに監視され、政府からブラックパンサー党までの組織がその陰謀の首謀者だと推測していた。真相は不明で、錯乱による自作自演説まである。『宇宙の眼』のもとになった五〇年代の朝鮮戦争とマッカーシズムの社会的圧迫は、七〇年代のヴェトナム戦争とウォーターゲート事件で発覚した連邦政府による盗聴という監視社会による圧迫へと移行していた。それをディックが個人的体験として受けとめたのである。

ディックは神秘体験の真相を解き明かそうとして、「釈義」と名づけたメモに、一連の背後にある「ヴァリシステムA（Valisystem A）」をめぐるさまざまな覚書を書き残した。ディックにより、「2－3－74」と名づけられた一連の陰謀論的な連想が記載され、これが最晩年の『ヴァリス』を中心とした作品群の土台となった。[*1]

ヴァリス作品群

ディックの最晩年を形成するのは、「ピンクの光」を見た神秘体験の意味を解き明かし説明する『ヴァリス』（八一）を中心とした、『聖なる侵入』（八一）、『ティモシー・アーチャーの転生』（八二）の作品群である（『死の迷路』を含めた四作品がLOAの第三巻となった）。ディックが考案した「寄せ集め」と自分でも認める独自神学を伝える作品群とされる。

補完テクストとみなされ、『ヴァリス』の前身で破棄された『アルベマス』の原稿は死後公刊され、これは大瀧啓裕により翻訳された。未完に終わった「黄昏のフクロウ」の断片も残されている。さらに、『ヴァリス』に引用された大量のメモやノート群を抜粋した「釈義」も出版された。『ヴァリス』をめぐる註解的なインタビュー集はグレッグ・リックマンによってまとめられ『P・K・ディックの最後の聖訓ラスト・テスタメント』（八五）として翻訳されている。

関連するヴァリス作品群の概要は以下のようになる。

『ヴァリス』は、普通小説に限りなく近い。作家のホースラヴァー・ファットは、語り手の「ぼく」つまりフィルと分裂しながら、話は展開していく。フィリップを英語に直すとホースラヴァーになるとみなし（この言い換えは『銀河の壺なおし』に出てきた翻訳ゲームを思わせる）、貧困時代に馬肉を食べたエピソードを好んで語るディック本人をしめす。ファットは古代ローマと一九七四年のカリフォルニアを重ね、二つの時代に生きている。そして、「キリストとは地球に到来して、土着の人間の脳に生ける情報として入り込んだ地球外生命体だ」と信じる「狂気」の状態にいることが語られる。

ファットは、知人のグロリアの自殺をきっかけに錯乱し始め、やはり友人のシェリーが癌によって死亡したことで決定的となる。妻と息子に去られた喪失感のなか、ピンクの光を見て、「ＶＡＬＩＳ（巨大にして能動的な生ける情報システム）」の存在を察知する。さらに『ヴァリス』という映画が登場し、出演していたランプトン夫妻にファットは会いに向かう。そこで出会ったソフィアという二歳の少女をキリストの女性格だと信じる。友人のケヴィンに助け出され、ファットは分裂状態をとりあえず回避した。海外に旅行してきたファットは、夢に出てきた言葉の断片、さらに目に飛びこむ言葉がすべて啓示に思えるのだ。

『ヴァリス』に出てきた映画の内容は、一度完成しながらも破棄された『アルベマス』とつながっている。執筆順序が先の『アルベマス』は、作家ディックと神秘体験をする友人ニコラスというレコード店員が出てくる話だった。ニクソン大統領はフェリス・Ｆ・フレマントとなり、地球外生命体が人工衛星を通じて地球に干渉している。そしてアメリカ大統領が共産党のスリーパースパイであるという陰謀論が語られる。ニコラスは殺害されるのだが、最後に彼がレコード化を目論でいた「パーティーに行こう」という大統領への反旗をうながすメッセージを含む曲が流れることを「わたし（＝ディック）」は知るのだ。『アルベマス』と『ヴァリス』を通して、作家内の分裂した意識を描き出していた。

『聖なる侵入』は、『ヴァリス』の続編として発表され、ディックが公刊を見届けた最後のジャンル小説となった。一転してSF的ガジェットに満ちている。外世界の植民惑星、全体主義的に統治された地球、冷凍冬眠、なんでも答えてくれるスレート（「板」まさに現在のタブレット）などが登場する。そして、『ヴァリス』では、フィルとファット、『アルベマス』ではフィルとニコラスという人物への分裂だったが、ここではハーブ・アッシャーは二つのパラレルワールドに所属するとも、アッシャーの現実と夢との二つの世界を往来しているとも了解できるように描かれていた。その設定の曖昧さが悪夢を生むのだ。

完成した最後の作品『ティモシー・アーチャーの転生』は、死の直後に刊行された。ディックの神秘体験そのものではなく、死海付近の砂漠で自殺とも取れる死を迎えたジェイムズ・パイク師をモデルとした小説である。ただし事実関係は変更されている。亡くなったアーチャーの息子の妻であるエンジェル・アーチャーが義父たちとの過去を批判的に語るのだ。ジョン・レノンが殺された日に、過去を回想し、新しい出発をするまでが描かれる。この趣向自体、「ガンジーが暗殺された日だった」と始まるオルダス・ハクスリーの『猿とエッセンス』（四八）からもらった可能性も高い。そして、ハクスリーによる小説の後半が映画のシナリオであることも、ヴァリス作品群に映画が絡むことの発想の基になったのだろう。

アーチャーの秘書で愛人でもあるキルスティンの息子で、精神に病を抱えたビルが鍵となる。アーチャーが、死海の砂漠へ出かけたのは、初期キリスト教とキノコによる幻覚剤の使用の関係を立証するためだとされる［第13章］。アーチャーは自分の息子のジェフを自殺で失ったが、彼のいる霊界と通信できたと信じる。さらに愛人のキルスティンも病で亡くしたので復活させる意図をもっていた。転生のアイデアこそ含まれてはいるが、SFとは言えず普通小説に分類され、外伝的な扱いとなる。亡くなったアーチャーが、精神病院に入っていたビルへと転生したのかもしれない、という衝撃を与える場面こそあれ、語り手のエンジェルは理性的で、迷宮的な悪夢に襲われる小説ではなかった。

一九七四年の神秘体験に発したヴァリス作品群は、ディックの実生活でのエピソード（女性関係、ドラッグ摂取、精神病、自殺未遂事件、神秘体験）と密接に結びつき、主張がむき出しとなり、好悪の判断が分かれる。後期作家ディックへの人間的興味や神学体系への共感を抱く読者からは重視される。けれども、ジャンル小説を愛好する立場からすると、個別作品の世界観を形成する素材以上に、ディック個人の神学講義に比重が大であり、六〇年代以前の作品との違いに失望する人も多い。とりわけ、『ユービック』や『パーマー・エルドリッチの三つの聖痕』を頂点と評価する立場からすると点が辛くなる。

キリスト物語の再話

ヴァリス作品群に関して、一九八一年一月から四月の間に記述された「釈義 89: 29」でディックはこう述べている。

『暗闇のスキャナー』は私にとりまさに『失楽園』（人類の堕落の物語）にあたり、『ヴァリス』は『復楽園』（キリストを通じての回復の物語）にあたる。故に、『ヴァリス』が本当に理解されるのは、『スキャナー』を考慮に入れた場合だけである。『スキャナー』の最後のページのボブ・アークターは、『ヴァリス』の最初のページのホースラヴァー・ファットなのである——二つの小説はシームレスな全体をなしている。

ディック本人によるこの位置づけは無視できない。ジョン・ミルトンの聖書叙事詩『失楽園（*The Paradise Lost*）』は、旧約聖書のアダムとイヴがエデンの園から追放される「楽園喪失」を描いていた。

明けの明星である天使ルシファーが、神との戦いに敗北し、地獄でサタン（セイタン）として自分の軍団を形成する。神への復讐から、蛇となってイヴさらにアダムを誘惑し、彼らを楽園から追放させる陰謀をたくらむ。最後に「二人は手に手をとりゆっくりとよろめきながら、エデンを通って、二人きりの孤独な道を進みだした」と終わる。まさに人類の堕落についての物語なのである。

『暗闇のスキャナー』の主人公ボブ・アークターは、最後にはブルースとして、施設の農場で働く。そして、トウモロコシ畑に偽装して物質Dつまり「死」が植物として栽培され、青い花をつけているのを目撃する［第17章］。「青い」花であるのは、『流れよわが涙、と警官は言った』でのメアリー・アンの花瓶の青を受け継ぎ、さらにロマン派の神話にまで遡るだろう。アークター＝ブルースは仲間たちへ「感謝を与える（Thanksgiving）」ためにそのひとつをこっそりと持ち出すのだ。

創世記によると、アダムとイヴが楽園追放されたのは、知恵をつけた彼らがエデンの園にある永遠の命を与える「生命の木」の実を食べてしまわないようにとの配慮からだった。人は「死すべき」存在となり、男は労働、女は出産の苦しみを生まれながらにもつことと楽園追放は同義である。理想の花が死をもたらす物資であるというのが、ディックの『失楽園』だった。

そして、『失楽園』の続編となるミルトンの『復楽園（*The Paradise Regained*）』とは、楽園を回復するためにキリストが生誕し、誘惑者となったサタンによる「荒野の試練」を受け、最後に申命記を引用して「あなたがたの主、神を試してはならない」という言葉でサタンを倒すまでの短い叙事詩だった。疲弊したキリストは天使の群れに癒やされ母のマリアが待つ家へと「戻った（returned）」という語で終わる。『聖なる侵入』執筆時のタイプ原稿に記された『回復されたヴァリス（*VALIS Regained*）』という仮題は、ディックが『復楽園』の再話とみなしていた証拠である。

「釈義」では、自作が「再話」であることが重視されていた。『バッカスの信女たち』と『ハムレット』をすべて「同じひとつの物語」とみなす図式が登場する［釈義89：139］。これは『福音書』と『聖なる侵入』とは、物語的な外観は異なっても同じものと考えていたことを指す。『ヴァリス』と

一九五三年の短編「髑髏」以来、ディックはキリスト物語へさまざまなアプローチをとってきた。『ヴァリス』では、「クリストファー」という息子に「わたし」が洗礼を施す場面が出てくる［第12章］。キリストの名をかけた息子に未来を託しているのである。「ヴァリス」からの指令で「不死人」となる儀式をほどこしたと「わたし＝フィル」は信じているのだ（実際のディックに息子はいない）。

そして、映画「ヴァリス」に出演したリンダ・ランプトンは妊娠しているが、夫のエリックも含めて、その子が救世主だと思いこんでいる。さらに、ソフィアという二歳の少女が女性格のキリストとして登場する。彼女の言葉にファットは驚くが、友人のケヴィンはマイクを使った腹話術的なインチキであると見抜いて、救出する。偽のキリストの物語であり、ファットにとって信じられるのは、もはや脳に届く「ヴァリス」からの声だけとなるのである。

それに対して、『聖なる侵入』は、東西冷戦下でのキリスト物語のあからさまな再話だった。舞台となる地球は、東を科学公使館（旧ソ連共産党）、西をキリスト＝イスラム教会が共同支配した世界で、形式主義的で硬直化した世界だった。地球へと聖なるものが外世界から侵入する。

CB30-CB30bという移民惑星で、処女懐胎したリビス・ロミーから生まれたのが、マニーことエマニュエル（Emmanuel）だった。イマニュエルとも表記され、名前として広く利用されるが、元来イザヤ書やマタイ書で、イエス・キリストを指し「我らとともにいる神」という原義をもつことがマニーの養父エリアスから説明される［第1章］。マニーが生まれたのも、地球へ到着してからだった。事故で母親は死去し、

法律上の父親であるアッシャーは臓器の提供者を待つために冷凍睡眠状態になっていた。

ハーブ・アッシャーは、リビスを地球に連れてくるまで、キリストの養父であるナザレのヨセフの役目をはたしていた。ただし、アッシャーは冷凍冬眠され、代わりにエリアスが人工子宮からマニーを奪って育てることで役目を引き継ぐ。この小説の眼目は、ヨセフの視点からキリスト誕生を見守ることだろう。成長したマニーはジーナ（イスラム教で「姦通」をしめす語）という妖精の案内により、キリストを誘惑する悪魔だとして封印されていたが外へと出てきたベリアルと対面する。「荒野の誘惑」のように、マニーを破滅させようとしても、その山羊のような生き物（＝ベリアル＝ルシファー）は死んでしまい、巨大な蛾のような正体をあらわすのだ。『聖なる侵入』は、サタンを退けたところで終わり、ディックはミルトンの『復楽園』の主題をとりあえず書き終えたのである。『ヴァリス』に続編が必要だった理由がこれでわかる。

ヴァリス作品群の位置づけは次のように考えられるだろう。『アルベマス』は一人の作家を二面から見るという原型となった。同じ素材は、『ヴァリス』で分裂を肯定しながら描かれた。そして、映画の形で示された内容は、『聖なる侵入』で展開され、サタンとの対決は勝利でとりあえず終了した。『ティモシー・アーチャーの転生』は外伝的であり、自ら書いたキリスト物語へのメタ批評の位置をもつ。エンジェルは、ダンテの『神曲』への言及を繰り返し、「天国篇」の最終詩の引用までしていた［第9章］。ディックは自分なりに「地獄篇」と「煉獄篇」は書き終えたつもりだったのかもしれない。けれども、おそらく黒い髪をしたベアトリーチェが待ち構えているはずの本格的なディック版天国篇は書かれずに終わったのである。

2 世界を修理し続ける理由

ディック版の『白鯨』（一八五一）とも呼べる『銀河の壺なおし』（六九）には、カレンドたちが書き続ける名前のない「カレンドの本」が登場する。すべてがその一冊に書かれている、とマリは主人公に説明する。そして、一時間前の出来事の記述であっても、そこには過去と未来の記述が隠れているというのだ。

長い時間かけて眺めると気づくの。埋め込まれているさまざまなテクスト——どれもある原テクストからの翻訳となるんだけど——の間に、糸のようなつながりがある。過去の糸は現在に入り込み、さらに未来へと入っていく。［第7章］

これは、ディックが小説を書くときの態度や野望を率直に述べている箇所でもある。織物の糸のイメージを使いながら、カレンドの本は「本（The Book）」と呼ばれるので当然ながら聖書を連想させる。中世以来の聖書解釈があり、神やキリストの声という原テクストへの果てしなき探求も存在する。シリウス5で引き上げられるのも大聖堂であり、それは隠れた意味をサルベージすることにつながる。

政治論から存在論まで

一九七五年の時点で、ダルコ・スーヴィンは、ディックの変遷をまとめて「政治論から存在論へ（politics to ontology）」ととらえた。このような前半と後半を断絶する意見に対し、東浩紀は「神はどこにいるのか：断章」（二〇〇二）で、前半の「脱出のモチーフ」と後半の「不気味なもののモチーフ」は切り離せないと反論した。連続を重視するこの見方のほうが正当であろう。

第二次世界大戦や朝鮮戦争を重視していた五〇年代の関心が、ヴェトナム戦争を経て「内宇宙」へと移行した。時代的な変化に左右されながらも、ディック自身は大きく変化したとはいえない。ディックは「釈義89:105」においても、「VALIS」には、「政治論」「宗教」「哲学」「市井での実生活」のすべてが融合していると考えている。

東西冷戦のなかで、西半球と東半球でとらえていたものが、しだいに折り重なっていく。全体主義として、ナチスもスターリニズムもマッカーシズムも同じである。ディックは各種のディストピア社会を描くが、単なる社会批判のために現実のアメリカ社会を反転した像ではない。それだけなら時勢に流され古ぼけてしまったはずだ。

たとえば、『ブラッドマネー博士』（六五）は核戦争の脅威を描き、出版社サイドの意向でタイトルまでキューブリックの映画に寄せられてしまった。ところが、冷戦終結後に読んでも、新しい価値を十分に見いだせる。ポスト核戦争小説として非凡なのは、思わぬテクストと関連をもつからである。「我々人類の上に屋根が落ちてきた」とD・H・ロレンスの『チャタレイ夫人の恋人』（二八）の冒頭を引用しながら、第一次世界大戦の後にチャタレイ卿が電動椅子姿になったようすと核戦争後の人々を重ねる［第9章］。

核攻撃が始まったときに、それを地震と勘違いした登場人物がいる［第5章］。核を投下される側を描写するときに、サンフランシスコ地震の記憶をもつ環太平洋火山帯の住人としてのリアリティが込められている。知識と実感が思わぬ結合をして、物語を下支えしている。さらに、人工衛星からサマセット・モームの小説が朗読され、双子の弟を体内にもつ少女という道具立てが揃えば、ディック独自の迷宮世界が始まるのは保証されたようなものだ。

ディック作品が二十一世紀にも生き延びて読む価値を保っているのは、道具立てが最初から旧式だったせいかもしれない。スペースオペラから始まったので、金星や火星への植民地やら、ガニメデ人などを平然と出す。時間や空間の移動も手軽で、アルファ・ケンタウリに舞台が広がったところで、ハードSF的な期待はできない。ガジェットそのもののアイデアではなく、組み合わせが魅力なのだ。

そうした眩惑が二重三重に展開された典型例が、短編の「避難シンドローム」（六六）である。制限速度をこえて疾走するジョン・クパチーノには、妻の殺害を実行したのかどうか、今いる場所はガニメデか地球か、妻がガニメデの反乱と関係するのかどうかは定かでない。さらに、彼自身が精神錯乱なのかそれとも正気なのかも不明である。どれが正しい解釈なのかではなく判定不能なのだ。クパチーノが最後に、車の速度を制限する装置をはずして、妻を殺すために車を走らせるところで終わる。読者の判断を宙吊りにする仕掛けだが、ディックはこうした感覚の表現をたえず求めてきたのだ。

『アンドロイドは電気羊の夢を見るか？』で、アンドロイドに雇われたバウンティハンターだったフィル・レッシュが、自分が人間であるという証拠として、リスを飼っている記憶をあげていた。「檻の中には踏み車がある。リスが踏み車に乗っかるのを見たことがあるかい？　走っても、走っても、車がまわるだけで、リスは前に進めない」［第11章］。ディック作品では、見ている人間とリスとが交換可能となる（もちろん、フィルとはディックの愛称である）。

ヴァリス関連の四作品のなかでも、ニクソンのウォーターゲート事件に政治的な応答をし続けている。ニクソンを揶揄したフォレスト・F・フレマントの頭文字「FFF」は、アルファベットの順番からすると「666」という獣の数字を表すなどと考える。ディックにとって政治学と存在論が別個にあるわけではなく、たえず両立する、というか不可分なところに特徴がある。

ディックを双子関係が呪縛するのとも関連する。『流れよわが涙、と警官は言った』のバックマン兄妹のように明確に現れる場合もあるが、身体的「シャム双生児」として、『空間亀裂』では、死んだ弟の身体が残ったジョージ・ウォルトがいるし、『ブラッドマネー博士』では、エディに弟ビルが同居している。ヴァリス作品群では、双子の関係が、個人の脳の右半球と左半球の関係へと変換される。一人称のフィルと三人称のファットの分裂という形で現れる。そして、夢として処理していたものが、右半球に古代から隠れていたとして、神秘体験後は、古代ローマと現代のカリフォルニアとが同時に存在すると主張し始めるのである。

このように考えると後退しているようにさえ見えるが、ひとつの空間に複数の問題設定がたえず折り重なるのである。両者の関係は決して時間的な変化ではない。ディックにとって「あれかこれか」ではなくて、「あれもこれも」という態度とつながる。たえず「双数」あるいは「対称」的な強迫観念が並列しているのだ。それを受け入れた者がディックの読者となりえる。そして、どこまでの範囲を許容するのかにより、評価が分かれてくるのだ。

カイヨワの四分類との関係

ひとつの空間あるいは人格に複数の要素が同居併存することで生じるディックの迷宮世界を解明する補助線となるのは、ひょっとするとロジェ・カイヨワの有名な『遊びと人間』（五八）かもしれない。カイヨワには、「妖精物語からSFへ」というジャンル生成に関する論考もある。けれども、ディックの迷宮世界を理解するには、SFの起源や変遷を説明した論よりも、『遊びと人間』のほうが示唆的である。

この書でカイヨワは遊びを「アゴン（競争）」「アレア（運）」「ミミクリ（模擬）」「イリンクス（眩惑）」の四つに分類した。今でも、「遊び」を考えるときに、アゴンはサッカー、アレアはサイコロ、ミミクリはごっこ遊び、イリンクスはスキーといった具合に、世間に存在する遊びを分類する際の目安とされる。さらに分類枠を組み合わせることで、新しい遊びを生み出すヒントともなっている。

ディックはゲームが好きで、『タイタンのゲーム・プレーヤー』のように、作品の中心に置く場合さえあった。ところが、カイヨワは社会学者として、四分類を世界中の既存の遊びを分類する枠とみなすだけでなく、社会現象を分析する「モデル」と設定していた。モデルとはあくまでも現実を測定するための観念的な道具であり、それを利用した分析が主眼だったはずである。そのためカイヨワは『遊びと人間』の第1部の第4章「遊びの堕落」で、四分類に加えてさらに三段階を設定して、それぞれの功罪を明らかにする(以下、多田道太郎・塚崎幹夫訳を参照した)。

三つの各段階は、①「社会機構の外縁にある文化的形式」、②「社会生活に組み込まれている制度的形態」、③「堕落」とされる。①はいわゆる余暇や余剰的な「遊び」に分類されるもので、②は生産や労働など社会生活につながり存在が容認あるいは肯定されるものである。そして③は堕落でわかるように、非生産的行為あるいは反社会的な犯罪を助長する要素をもっている。三段階のこうした区別はあまり知られていないが、ディック作品にあてはめてみると興味深い。

「アゴン」で、①は各種の「スポーツ」で、②が「企業間の競争や試験」となる。③は「暴力、権力意志、術策」とされる。戦争に触れられていないが、カイヨワには『戦争論』があり直結することがわかる。②は、『アンドロイドは電気羊の夢を見るか?』でイジドアたちが受ける知能テストから、アンドロイド識別まであり、『いたずらの問題』の広告業界や『最後から二番目の真実』のヤンスマンあるいは『ユービック』での超能力者と不活性者、『フロリクス8から来た友人』の「新人」と「旧人」など数多ある。とりわけ、③の堕落の部分は、東西の冷戦を背景にした戦争を描くディックの小説の大半にあてはまりそうだ。

『ブラッドマネー博士』が代表となる。②が不適切に扱われずに堕落するのがディックのパターンだろう。ニクソンを代表とする大統領制への批判もここにつながる。

「アレア」で、①は「富くじやカジノ」、②は「株式投機」、③の堕落形態は「迷信、占星術」となる。①の合法的なものは、『偶然世界』にはじまり、『空間亀裂』の歓楽衛星などもある。『時は乱れて』のクイズなどは②に入るのかもしれない。③は初期長編の『ジョーンズの世界』からすでにあり、「シビュラの眼」の巫女の話まで含まれる。さらにグノーシス主義や死海文書など、たっぷりと存在する。『ヴァリス』関連はほとんどこの話題だし、「少数報告」などプレコグもここに入ってくる。

「ミミクリ」で、①は「カーニヴァル、演劇、映画」であり、②は「制服、礼儀作法、儀式」で、③は「狂気(疎外)、二重人格」となる。①は「訪問者」の侵略者によるカーニヴァルや、「ヴァリス」の映画などある。②は、役人や警官や医師に代表される連中の話となる。だが、やはり③だろう。二重人格は、「にせ物」以来、アンドロイドの問題系として前期作品で描かれ、さらには「狂気」は、『火星のタイム・スリップ』あたりから中心となる。制服を着ておとなしいはずの者が『流れよわが涙、と警官は言った』や『暗闇のスキャナー』で混乱に陥るのも描かれる。

「イリンクス」の①は「登山、スキー、スピードの陶酔」であり、②は「眩暈の統御を見せる職業」で、③は「アルコール中毒(依存症)、麻薬」だった。②にあたるものとしてジェットコースターなどがあがっているが、それ自体を扱うよりも、やはり③が主眼となる。飲酒とりわけウィスキーやワインについては枚挙にいとまがない。葉巻やコーヒーにこだわる点から現在ではニコチンやカフェイン依存症とされるかもしれない。そして、なによりも、麻薬は、『時は乱れて』以後『暗闇のスキャナー』を代表作として、後半の作品群の題材そのものとなる。

四分類の③にあたる「遊びの堕落」は、文学をはじめ多くの文化生成物における主題となってきたし、ディックの作品にだけ存在するわけではない。ところが、ゲームであるならば狙いを定めて絞るべきなのに、四つの分類軸が複数（どころかすべて）盛り込まれた小説も多い。それがディック的迷宮世界の特徴を生んでいるのではないだろうか。あくまでも、どの要素を強調するかによって、物語的外部が変わってくるにすぎないのだ。

小説も「遊び」の一種とみなせるし、すべての要素を盛り込むのは、ディックのサービス精神の発露かもしれない。『シミュラクラ』について、読者の要求に応じようとした結果失敗したと自分でも感想を述べていた。けれども、そういう形でしか物語世界を構築できないのがまさにディックなのである。しかも、『銀河の壺なおし』でマリが教えてくれたように、「ひとつの同じ物語」を繰り返し、けれども別の形で語っているにすぎないのだ、と強迫観念をもつこと――これこそ類似の迷宮世界を描こうとするディック模倣者の多くに欠けている点である。

このように多様な要素を抱え込むことでぎくしゃくとしても、小説である以上、「多宇宙（マルチバース）」化し分裂しそうな状態を「単一宇宙（ユニバース）」にまとめあげなくてはならない。『銀河の壺なおし』のジョーが壊れた壺の金継ぎを得意としたように、バラバラになりかけた要素をつなぎとめる必要がある。それにはたえず修理続けることが肝心である。デミウルゴスのような創造者としてではなく、たとえ悪しき世界だったとしても、それを修理する者であろうとするのだ。その点で、ヴォークトの『宇宙創造者』を超えたのである。『復楽園』のキリストへ憧れるのも、間違って作られた現世の訂正者としての役割を認めてのことだった。ディック作品にどこか「ぬくもり」が感じられるのは、個人から世界までを修理する者としてのディックによる肯定のまなざしが存在するせいなのだ。

3 ヘンリー・ヴォーンを携えて

形而上詩人たち

ディックは、過去の文学作品の奇想やヴィジョンをリサイクルし、SF的設定やガジェットと接合することで独自色を生み出した。発想のひとつの源となったのは、詩が与えるヴィジョンである。

ディックの発想術として、単語の思わぬ組み合わせがある。父親の姿をした侵略者を「父さんもどき(father-thing)」、「電気蟻(electric-ant)」と呼ぶなど、細部が楽しい。そうした言葉の錬金術の手法を学んだのは、十七世紀の形而上詩人からだった。[*2]『ティモシー・アーチャーの転生』でエンジェルは、バークレー在学中に十七世紀のマイナー詩人の授業が専門科目で課せられていたと述べて、知識を披露する［第12章］。これはそのままディックの関心の対象でもあったはずだ。

『逆まわりの世界』(六七)では、ホバート位相のせいで、次々と死者が蘇り、生者が若返る世界が描かれた。再生施設の経営者セバスチャン・ヘルメスは、「自由ニグロ共同体」という黒人解放につながるユーディ教の教祖ピークを掘り出してしまう。セバスチャンから情報を獲得するために接近してきたアンに誘惑され、彼女の部屋へと向かう［第10章］。アンは九ヵ月前に子宮に子どもを入れて妊娠を完成させたが、精子と卵子を分離するために、性的交わりが必要だった。相手は誰でもよかったのだが、分離を完成するためにセバスチャンを選んだのだ。

もちろん、胎児が精子と卵子に分解して、男女へと入り込むという奇想に科学実証的な裏づけはない。けれども、形而上詩人の代表であるジョン・ダンの詩「ノミ(The Flea)」のように、「まずぼくの血を吸って、次に君の血を吸ったので、このノミのなかでぼくらの血が混じっている」という根拠から、ぼくらは結婚しているのと同等だ、といったレトリックを思い起こさせる。

たとえば、ダンの「聖なるソネット」の一篇は、フィリップ・ホセ・ファーマーの「リバー・ワールド・シリーズ」第一作のタイトルに利用された。その『行け、お前たちの散らばった肉体へと』（七二）は『果てしなき河よ我を誘え』と訳された。ダンの詩は黙示録を踏まえて、天使たちに「丸い地球にある空想上の四隅で」トランペットを吹けと始まる。「丸と四隅」のようなパラドクスを弄ぶのが形而上詩人である。そして墓地に眠る魂たちに、死から蘇って、肉体へ向かえと命じるのだ。ファーマーはそれをリバーワールドに転生する主人公たちの話と結びつけた。

『ティモシー・アーチャーの転生』で語り手のエンジェルが、やはり別の「聖なるソネット」を思い出すのだ［第6章］。電気療法を受けて精神病院から出てきたビルがエンジェルの許を訪れてきて、また彼は入院させられると彼女が考えたときだった。「私の心を打ちのめせ、三位一体の神よ」と始まる詩は、敵つまり悪魔と婚約した自分を離婚させ、牢獄に入れてくれと頼む。暴力的なイメージが並べられ、最後の「あなたに凌辱されないかぎり、貞淑な者になれない」という行は、ダンが男性であることを考えると意味深である。その詩を女性であるエンジェルが引用することで、別の意味合いも出てくる。神と自分の関係をこのように逆説的にしめすダンの発想が、ディックの心を揺さぶったのである。

そして、『逆まわりの世界』のセバスチャンはアンの部屋で、十七世紀の詩の本を見つける。ヘンリー・ヴォーンが好きかと彼が尋ねると、アンは「ぼくはこの前の夜、永遠を見つけた」で始まる「現世（The World）」を暗唱する（小尾芙佐訳では「永遠」は文脈からの判断で「来世」となっている）。さらに、セバスチャンはマーヴェルの「はにかむ恋人に（To His Coy Mistress）」からの引用を読み上げる。恋人の体をいちいち褒めたら三万年どころか最後の審判まで時間がかかると詩人は言う。「だが、ぼくの背後で時の翼のついた戦車が迫る音がいつも聞こえる」。つまり時間がないから、早く愛し合おうという「カルペ・ディエム（今を生きよ）」という主題が扱われていた。「命短し恋せよ乙女」の元ネタである。

同じハイスクールの同学年生で、SF作家となってからディックと影響関係をもつアーシュラ・K・ル＝グウィンが、やはりマーヴェルの「はにかむ恋人に」の一節を短編「帝国よりも大きくゆるやかに」（七一）のタイトルに利用した。意図的になのか、ディックが引用しなかった前半部分から採用している。ハイニッシュ・ユニバースに属する作品で、「ぼくの植物のような愛は、どんな帝国よりも大きくゆるやかに育つ」と主張する部分だった。こちらは、精神に障害を抱えたメンバーだけで植民探検をさせ、発見した植物しかいない惑星で死んだ者と、エンパシーをもつために同化した者の物語だった。クリスティの『そして誰もいなくなった』を思わせる部分もある。この頃のル＝グウィンは、ディックをボルヘスになぞらえ、『天のろくろ』（七一）でも、故意に『高い城の男』とは異なる東洋思想の扱いをしめした。そうしたなかで、「帝国よりも大きくゆるやかに」は、ディックのSF密室ミステリー（?）『死の迷路』（七〇）へ応答した作品とも読めるのだ。

ル＝グウィンやディックやホセ・ファーマーが共有する十七世紀イギリス初期近代の形而上詩人への関心は、T・S・エリオットによる再評価以降のモダニズム文学や、短い詩のイメージやメタファー分析を得意としたニュークリティシズムのような批評の動きが影響している。ディックは、とりわけヘミングウェイの形而上詩の利用法を意識しているようだ。ヘミングウェイはディックにとっての文学的英雄であり、それまでひげを伸ばさなかったディックが六〇年代以降髭をたくわえるようになったのは、ヘミングウェイの肖像写真を真似したせいだ、という指摘もある［Peake: 95］。

ヘミングウェイの『武器よさらば』（二九）はタイトルも、十六世紀の軍人詩人ジョージ・ピールの詩から採られていた。語り手の私（フレデリック・ヘンリー）は、マーヴェルの「はにかむ恋人に」の「だが、ぼくの背後で時の翼のついた戦車が迫る音がいつも聞こえる」の一節を述べた。キャサリンは「その詩は知っている」とし、「マーヴェルのでしょう。でも、男と暮らしたくない女についての詩よ」という［第23章］。

このときキャサリンは妊娠をしているが、ヘンリーとの結婚を求め、二人はイタリア戦線から逃れるも、手術の失敗で彼女は亡くなってしまう。ディックは、マーヴェルの詩の同じ箇所を用いて、アン・フィッシャーが子宮内にいる胎児の「父親」を探すことに反転する。彼らの交わりは胎児を精子と卵子に分離することであり、『アンドロイドは電気羊の夢を見るか？』でのデッカードとレイチェルの交わりと同じく不毛なものとなる。

そして、ヘミングウェイの『誰がために鐘は鳴る』（四〇）は、ジョン・ダンの「人は誰も孤島ではない（No man is an island）」で始まる説教から採った引用を冒頭に載せていた。ダンは「お前は大陸の一部、人類の一部であり、弔いの鐘が誰のために鳴るかといえば、それはお前のためだ」と説く。この小説のおかげで一般読者にダンの説教が認知されるようになった。

それを踏まえて、『時は乱れて』のなかで、主人公がクイズを解くヒントを与えてくれる場面でダンの説教が登場する［第3章］。また、『アンドロイドは電気羊の夢を見るか？』で、バウンティハンターがアンドロイドを殺しているという事実をプリスから聞いて驚愕したイジドアに同じ箇所を言わせる。

「そりゃきみの誤解だ」イジドアにとっては初耳の話だった。あのバスター・フレンドリーでさえ、そんなことは一度もいわなかった。「だいいち、現代マーサー教の教えに反するもの。あらゆる生命はひとつなんだよ。〝人は誰も孤島ではない〟って、むかしシェイクスピアも言った」
「ジョン・ダンよ」［第13章］

イジドアの無知をプリスが訂正する場面だが、イジドアがアンドロイドと人間とを「生命」として同一に捉える思想の持ち主だとわかる。だが、同時に、データベースとして正確な情報をもつことと、たとえ誤った記憶でも情報が与える重要な意味合いを理解することの違いがしめされる。プリスは、ジョン・ダンの言葉を知っていても、仲間のアンドロイドといっしょにクモの足を千切って、イジドアを戦慄させる。それはシックスであるタヴァナーが子どもへの愛を最後まで理解できなかったのにも通じるのである。

このようにディックはヘミングウェイが利用した形而上詩人の作品を巧みに取り込んでいた。『流れよわが涙、と警官は言った』では、タイトルにピールやダンではなくて、同時代のダウランドを使うことで、ディックは自分の文学的英雄に対抗したようにも見える。

光の詩人ヘンリー・ヴォーン

ダンやマーヴェルなど形而上詩人のなかで、ディックが好んだのがヘンリー・ヴォーンだった。前述のように『逆まわりの世界』で言及されただけでなく、『ヴァリス』や『ティモシー・アーチャーの転生』まで、作中にたびたび名前や作品が登場する。[*3] ディックが偏愛したのも、ヴォーンが奇想だけでなく、「光」を描く詩人だったからである。

十七世紀半ばに活躍したヴォーンはウェールズの医師で、双子の弟トマスは錬金術師（悪魔崇拝を広めた人物というデマを被ったこともある）で、兄の詩へも影響を与えた。「大内乱（清教徒革命）」の渦中に暮らす王党派詩人であり、周囲の喧騒や社会的狂気を逃れる詩を書き続けた。それは、アメリカの連邦政府やニクソンなどの大統領、マッカーシズム、さらには共産党などの既存の左派にも反発し、ましてやナチス・ドイツやスターリンのソ連など全体主義へ嫌悪感をもつディックを惹きつける魅力をもっていたはずだ。

ヴォーンは、同じく形而上詩人であるトマス・トラハーンとともに、子ども時代の価値についての考えを一新させた。「幼年時代（Child-hood）」には、「加齢が教えることはみな有害なんだから、なぜ今でも幼年時代を愛してはいけないのだ」などと出てくる。こうした子ども像は、ワーズワスに伝えられた。『ヴァリス』で、ワーズワスのオードの副題「幼い子ども時代の回想による不死の暗示」をとりあげ、ファットはそんな詩はついに書けなかった、と語り手は述べる［第9章］。

ヴォーンの詩ではキリストの幼年時代に光もあてられていた。ディック作品の『ヴァルカンの鉄槌』のマリオン、『火星のタイム・スリップ』のマンフレッド、『聖なる侵入』のエマニュエルといった知性や才能を過剰に抱えた子どもへの同情にもつながっている。そして、ファットがワーズワスになれなかったと書き記す点に、挫折した詩人として散文作家を志したディックがうかがえる。[*4] 対照的に、ル＝グウィンは生涯にたくさんの詩集を残した。

ディックが執筆していた当時、ヴォーンの神秘主義詩を、R・A・ダーが『詩的ヴィジョンとサイケデリック体験』（七〇）などで持ち上げていた。ヴォーン研究から出発したダーの本では、LSDなどのサイケデリック物質の体験と、ブレイクを中心としたロマン派の詩人たちや、ヴォーンを中心とした形而上詩人たちによる作品のヴィジョンとが結びつけられた。修練や能力ではなく、物質によるトリップという手軽な方法への批判もあったが、ディックはサイケデリック体験により、幻視者の系譜へ近づこうとしたのである。

『逆まわりの世界』で引用されたのは、「現世」の冒頭の「ぼくはこの前の夜、永遠を見つけた」だった。これは「混じり気なく終わりのない光の輪のようだった」と続くのである。ダウランドの歌詞などと共通点をもち、韻を踏む「夜（night）」と「光（light）」の二つが関連することが強調され、最後には光の輪が指輪へと重ねられていく。

また『去年を待ちながら』（六六）の巻頭には、同じ「現世」の最終近くにある「お前が太陽を踏み、彼よりも輝くかもしれない道」の二行が引用されていた。ヴォーンは日曜日にひっかけた「御子の日（Son-Days）」という詩を書いている。当時は音により「太陽＝息子＝キリスト」という連想があり、太陽を「彼」で受けたのだ。二行の続きで、キリスト（＝太陽）を自分の踏み台とみなす高慢な行為への戒めが続いていた。続きを隠して、そこに意味を含ませるのが、ディックの引用パターンでもある。

『ティモシー・アーチャーの転生』で、エンジェルはヴォーンの「みんな光の国へ逝ってしまった（They are all gone into the world of light）」という詩を紹介する［第12章］。夫も、義父も亡くなり、その愛人までも死亡してしまう感慨を、ヴォーンの「みんな光の国へ逝ってしまった」という表現に重ねたのだ。そして、最後の連を引用する。「彼らが逝くとき、わたしの視野を覆い隠す霧を払ってください。そうでなければ、わたしをここから丘へと移してください、そこなら遠眼鏡はいりませんから」。遠眼鏡は「第一のコリント人への手紙」の十三章の「鏡」を踏まえている。『暗闇のスキャナー』のタイトルの元となったとされる箇所だ。

ヴォーンの詩には、エンジェルが説明した「鏡／遠眼鏡（glass）」だけでなく「視野／望遠鏡（perspective）」も登場していた。十七世紀から十八世紀にかけて、詩人たちは新しい科学や光学の知見そして装置を作品に取り込んできた。媒体となる装置の変化につれ、光への認識も変化していく。ディックは、聖書から直接インスピレーションを得ただけではなく、ヴォーンの詩を経由して、『暗闇のスキャナー』の考えにたどりついたのである。スクランブル・スーツは、コンピュータがさまざまな姿を鏡として映し出し、正体を不確かにさせる。そして、サイバーパンク後の光学迷彩などの後継するアイデアも、聖書から形而上詩の系譜に源泉があったのだ。

ニュートンの光学が成立する十七世紀の神秘主義的で光の詩人ともいえるヴォーンを偏愛するディックらしく、作品のエンディングで光が活躍する作品がある。『高い城の男』では、ジュリアナはアベンゼンの家を出ると、「動いて、輝き、生きている」タクシーか車を探しながら歩くのである。闇のなかのヘッドライトが正しい光なのかを選ぶのだ。そして、『火星のタイム・スリップ』では、暗闇のなかを探す懐中電灯のあかりとなる。それは探し出す光となっている。さらに『聖なる侵入』では、破壊された明けの明星の光のかけらを、町の機械がゴミ収集のように集める場面で終わるのである。光を求めずにはいられないディックがそこにいる。

ディックが回帰する場所

P・K・ディックは、一九八二年三月二日に病院で亡くなった。一月の心臓発作が引き金となり、結局帰らない人となった。生前最後の本となる『ティモシー・アーチャーの転生』の出版を見届けることもなく、ましてや『ブレードランナー』の公開によるディック再評価の高まりを知らないまま、現在、早逝した双子の妹であるジェイン・シャーロットの隣に埋葬されている。

『ヴァリス』で、ドラッグを勧める友人のケヴィンにたいして、「ぼく(=フィル)」は文学それもマイナーな形而上詩を勧めた。そして、ヴォーンの詩「人（Man）」から「人は帰るべき家をもっていると知ってはいるが、存在する場所はめったにわからない。遠くにあるから、帰り方をすっかり忘れてしまった、と言うのだ」を引用する［第3章］。ミルトンの『復楽園』で、悪魔の誘惑に勝ったキリストは母マリアの家へと帰った。では、「ぼく（＝ディック）」は果たしてどこに帰るのだろうか。

生涯光を求めたディックにふさわしいヴォーンの詩がある。それは、「後退」（吉中孝志訳）とか「もと来た道」（平井正穂訳）と訳される「帰途（The Retreat）」である。「逃避シンドローム」で、出発点となる妻の殺害へと何度となく帰っていく感覚の源泉になった詩と思える。

ヴォーンの「帰途」の前半では、天使のような幼年時代が称賛される。歩き始めた段階では、振り返れば神の顔を見ることもできた。ところが、生まれて以後「罪深い音を自分の舌に教えこんで、良心を傷つけるようになった」という。さらに五感に罪を教えこむことを通じて、大人になるのと汚れていくことが同義となる。この感慨は、荒地派に属する詩人の田村隆一による「帰途」だと「言葉なんかおぼえるんじゃなかった」となる（明らかにヴォーンの翻案と読める田村の詩のタイトル「帰途」は秀逸な訳であり、これを採用させてもらった）。そして、ヴォーンは、昔にもどり辿った道を歩き直したいと願うのだ。ところが、その願いはかなわないので、実際には死に向かいよろよろと進むだけなのである。

「帰途」の背景には、前世が第一行路で、現世が第二行路という考えがあった。大内乱のなかで終末論が当時隆盛したが、それは来世への期待を伴っていた。現世が終わり、最後の審判のあとで第三行路へ行く話となる。ところが、ピューリタンを中心とした前進する動きに対して、ヴォーンは幼年時代、さらには誕生の瞬間へと戻りたいと主張するのだ。

前進運動を愛する人たちもいるけど、
ぼくは後ずさりで動きたい。
そして、この塵が骨壺へと落ちるとき、
ぼくがやってきたあの状態へと帰るのだ

Some men a forward motion love;
But I by backward steps would move,
And when this dust falls to the urn,
In that state I came, return.

とりわけ最後の二行で、「帰る（return）」と「骨壺（urn）」が結びつけられる。死により墓地へと葬られるのだが、死が第二の行路つまり現世での出発点へと戻ることになってほしいのだ。ヴォーンのこうした回帰の肯定は、後退する世界や人を描き続けたディックにとって発想の源となったはずだ。

そして、これは、死者が蘇る姿を書き続けた『逆まわりの世界』の章扉に数多く引用された、エリウゲナによる「自然区分論」の思想とも共鳴する。エリウゲナは九世紀のアイルランドの神学者で、あらゆるものの始まりと終わりが神であり、万物がそこに帰ると考えた。汎神論につながる新プラトン主義的思想のせいで、エリウゲナは異端とみなされたが、その言葉はディックに訴求する力をもっていた。

ヴォーンにおいて、「帰る」と結びついた骨壺は、『ヴァリス』の最後で、ファットが外国で撮影してきたクラテルとつながる［第14章］。クラテルはギリシアで酒と水を混ぜて宴会で飲むための容器として使用された壺だが、教会の洗礼盤の形状に利用されたことをファットは知る。ファットは一九七四年三月に単語が頭にうかび、すでにヴァリスから啓示を受けていたのだと理解する。実際には、キーツの「ギリシア壺のオード」あたりの記憶が残留していて飛び出してきただけかもしれない。

ディック作品には、壺や器が重要なアイテムとして頻繁に登場する。『パーマー・エルドリッチの三つの聖痕』では、予測コンサルタントのバーニーが流行しないとはねつけたのは元妻が作った壺だった。『銀河の壺なおし』では、ジョーは壺の修理から制作へと一歩踏み出して終わる。そして『流れよ涙、と警官は言った』では、メアリー・アンが作った青い陶器が最後を飾る。『ヴァリス』では、麻薬の売人であるステファニーが蹴ろくろで作った壺がファットに贈られ、そこに神が潜んでもいる。

このように壺や陶器という器がディックの関心をとらえるのは、旧約聖書の創世記にあるように、人間が塵から作られたのならば、壺も同じ素材からできているせいだ。土器は石器時代の暮らしからの離脱を可能にした文明の利器であり、熱を受けると土の性質が変わり、簡単に自然分解もしない。しかもジョーが金継ぎを得意としたように、修復されながら使われてきた。器は毎日の飲食に使う道具であり、死後の骨灰の在り処(ヴォーンの「人」にあった「人が帰る家」)にもなり、さらには世界全体をしめすモデルともなる。内部がいつのまにか外部につながる空間モデルを、誤訳してまでクラインの「壺」とみなが呼ぶのである。そして「クラインの壺」の比喩こそ、ディックの迷宮世界によくあてはまる。

「帰る」という語にあらかじめ「骨壺」が含まれていることの発見がヴォーンの詩にはあった。この重ね合わせは、《パルジファル》の「ここでは空間が時間となる」という一節にミンコフスキー空間を幻視したディックにふさわしい。音楽ならば伴奏や和音、絵画なら近景と遠景を利用して複数の異なるイメージを同時に提示できるが、直線的な文字列を利用する文学で表現するのはかなり難しいのである。そこで詩人は一語のずれにその感覚を盛り込んだのだ。

たった一語でさえ幻視を生み、時空を混乱させてねじる瞬間をもつことができる。そうした一歩が、ディックの迷宮世界への入り口となる。神は細部に「も」宿る。ヴォーンの「帰る(return)」という一語を目指した詩がもつ、最後で読者を眩惑させる瞬間が、亡くなったディックが死後に回帰したいと望んだ場所だったのだ、と私は思う。

あとがき

本書は、P・K・ディックという稀代の作家が生み出した迷宮世界が、どのような成り立ちをしているのかを、まとまって扱われることが少ない中短編や初期の長編を出発点とし、『宇宙の眼』『高い城の男』『アンドロイドは電気羊の夢を見るか?』『流れよわが涙、と警官は言った』の四長編、さらにヴァリス作品群を通じて、自分なりに考えたものである。

クレタ島の迷宮から建造者ダイダロス自身が脱出できなかった逸話をもとに、「われわれがつくり、落ちこみ、そして逃げ出すことのできない迷宮」と『ヴァリス』の登場人物に言わせるほど、ディックは迷宮に意識的な書き手だった。現在、盛んなのは、ディックの私生活を詳細に調べた評伝的議論、「人間かアンドロイドか」という存在論の再検討、ディックの神学や哲学の追求である。だが、個別の作品がもつ豊穣さに関して本文に密着して語られている状況とはあまり思えなかった。本書のような「まずは作品ありき」という態度も必要ではないだろうか。

ディック体験のよもやま話を少しだけ。最初に意識して読んだディック作品は、はっきりと記憶しているが『S-Fマガジン』の一九七四年四月号に掲載された短編「このけだるい地上に」である。現在邦題は「この卑しい地上に」へと変更されてしまったが、今も思い出すのは初見のタイトルの方である。一種の魔女譚だが、エンディングの衝撃はけっこう大きかった。『宇宙の眼』はたしか市の図書館にあった世界SF全集で斜め読みをし、七五年に出たオリジナル短編集『地図にない町』は今も現物を所有しているのだが、読んでも記憶にそれほど残ってはいなかった。

ただし、浅倉久志編訳の『模造記憶』は何度も読んだ。なかでも「囚われのマーケット」は、最初の著書である『ピグマリオン・コンプレックス』に使用させてもらった（現在改定新版が小鳥遊書房から出ている）。一種の魔女譚だが、マーケットを守るために、宇宙船を完成させる材料を未来人に売りつけておきながら、打ち上げが失敗し、その後も食い物にできる都合の良い未来を選ぶ話に、現代の経済活動のアレゴリーを感じたのだ。商売相手を生かさず殺さず、という技に驚かされた。ディックがレコードショップやテレビ販売修理店で苦労した、という伝記的事実をあとから知って納得がいったものだ。

ご多分に漏れず映画『ブレードランナー』を観た衝撃で、『アンドロイドは電気羊の夢を見るか？』を手にした口である。映画との違いに驚いたが、小説はデッカードのノワール物とは思えなかったので、当時は映画に軍配を挙げていた。ディックが拘泥するくたびれた中年男の屈託を理解するには時期尚早だったのだ。シュワルツェネッガー主演の映画『トータル・リコール』のときには、原作とされる短編を立ち読みしてやり過ごした。『パーマー・エルドリッチの三つの聖痕』は購入こそしたが、ハードカバーは高価だと不満を抱いた。しだいに神格化されていくディックとは疎遠となった。当時、『ヴァリス』周辺やその後の普通小説の翻訳群まで手に取る気にはならずにいた。今回まとめて読んで、『ティモシー・アーチャーの転生』や『アルベマス』が思わぬ快作だと知ったが、不明を恥じるだけである。

それから幾星霜。コロナ禍もあってか、二〇二二年の没後四〇周年がひっそりと過ぎてしまうのはどこか寂しいと思い、遅まきながら『宇宙の眼』から再読してみた。多数の未読作も含めて次々と読みたくなるではないか。翻訳を脇に並べ、大いに参照しながら、ゴランツ版の中短編集の五冊やLOAの三冊を読むうちに、七〇年代のジェイムスンやスーヴィンやレムやジジェクが評論で入れあげた理由も徐々に実感してきた。とりわけ冷戦渦中の東欧のポーランドやユーゴスラビア出身の知識人が、ヴェトナム戦争の徴兵逃れの場所となったカナダを中心にディックに可能性を見出したのは当たり前である。エフレーモフのような政府公認の凡庸な社会主義リアリズムSFを打破する魅力を読み取ったはずだ。そして仏訳がボードリヤールなどのフランス思想に大きなインパクトをあたえてきた。それにしても、二十一世紀になっても、ディックが提起した問題が古びていないのには驚かされた。最初に完成させた普通小説が中国を舞台にしていたのは意外だったが、ディックが前提としていた米中の対立と依存関係や、東西冷戦の図式は形を変えて今も存続している。

副産物というわけではないが、読み続けるなか、言及されるウィスキーの銘柄が気になり、おなじみのジム・ビームやI・W・ハーパーだけでなく、ジェムスンやVAN69を購入するようになった。ラフロイグの十年物は祝杯用にお預けだが、その理由も該当する小説を読んだ人ならご存知のとおり。それぞれの銘柄がどの小説に出てきたのかを即答できたら、ディック「クイズマスター」の称号も夢ではない。高価なウィスキーをコーヒーに入れるなんてもったいない、という会話がでてくる作品もある。だが、アーニー・コットが自慢した「地球(ホーム)コーヒー」で、ぜひお試しあれ。

小鳥遊書房の高梨治氏との間で、ディックについて異なるアプローチの論があってもいいのではないか、という話になった。その成果が本書である。「SF者」ではないので、思いがけない誤りもあるかもしれない。どの程度成功しているのかは、読者の判断を待ちたい。高梨氏に多謝。

ディック初読から半世紀を経た年に

小野俊太郎

索引
(ディック作品、五十音順)

註

◉第１章

＊１＝仁賀克雄による「輪廻の豚」という意訳は別にして、大森望訳の「身重く」は『高い城の男』に登場する小説内小説である『イナゴ身重く横たわる（*The Grasshopper Lies Heavy*）』になぞらえた結果であろう。鈴木聡訳の「彼処にウーブ横たわりて」が妥当だろうが現行訳に従う。また、「ウーブ」と訳されてきたが、現在「ラブ（love）」のスラングとして「ワブ（wub）」が使われることからも、その音が近いと思える。仮に時代を遡ってラブの意味でとるならば、食人恐怖を踏まえた小説のアイロニーが増大する。

＊２＝“Evolution Of Universal Pictures 1912 - 2020”（https://www.youtube.com/watch?v=L1soNAti2WI）

＊３＝「ビートとディックの関係」スティーヴン・ベレットは『ビートたち：文学史』（2020）で、1944年にコロンビア大学で起きた殺人事件を出発点とみなしている。ディックとロバード・ダンカンとの関連については、阿部重夫が指摘している。

＊４＝John Rennie Short et al. “The Decline of Inner Suburbs: New Suburban Gothic in the United States” *Geography Compass* 1:3 (2007)

＊５＝「ウーブ身重く横たわる（輪廻の豚）」を採用しデビューさせてくれた『プラネット・ストーリーズ』（1939-55）も消滅した。多くの雑誌が生き延びるために新しい方向性を探ってもいた。『プラネット・ストーリーズ』以外でも、レイ・ブラッドベリの『火星年代記』の一部を掲載した『スリリング・ワンダー・ストーリーズ』（1936-54）、長編一挙掲載を売り物にしていた『スタートリング・ストーリーズ』（1939-55）、専属のペンネームを使い多くの作家に執筆させ、ロバート・ブロックなども参加した『ファンタスティック・アドベンチャーズ』（1939-53）などが相次いで消えていった。

＊６＝ピカロの系譜については、Patrick W. Shaw and Patrick A. Shaw. “Huck’s Children: the Contemporary American Picaro,” *Mark Twain Journal* Vol. 21, No. 4 (FALL, 1983)を参照。『ハックルベリー・フィンの冒険』のハックを南北戦争後のピカロと位置づけ、戦後アメリカの現代的なピカロの開花は「日本の上のキノコ雲と同じくらい明らかだ」とする。ショーたちは、サリンジャーの『ライ麦畑でつかまえて』（51）、ラルフ・エリスンの『見えない人間』（52）、ソール・ベローの『オーギー・マーチの冒険』（53）、ジャック・ケルアックの『路上』（57）などを挙げていた。50年代のイギリスの「怒れる若者」世代にもピカロを描く流れがあり、ディックが意識した可能性は高い。

＊７＝ダルコ・スーヴィン編『遙かな世界　果てしなき海』の序文、およびニコライ・トーマン「SF論争」を参照。

＊８＝第一作はリイ・ブラケットの『文明の仮面をはぐ』と合本だった。第二作『ジョーンズの世界』はマーガレット・セント・クレアの『未知のエージェント』、第五作『宇宙の操り人形』はアンドリュー・ノース（アンドレ・ノートン）の『大

宇宙の墓場』と組み合わされた。どれも女性作家とのカップリングだが、ディック作品に漂う乾いた叙情性が好まれたのかもしれない。また、『いたずらの問題』はE・C・タブ作品、『未来医師』と『ヴァルカンの鉄槌』はジョン・ブラナー作品と組み合わされている。エース・ダブルの「完全版（complete）」という売り文句は、「省略版（abridged）」とは異なる点を誇っていた。ところが、実際には、二冊分の内容の厚みを考慮した語数制限があり、ディックの作品も含めて原稿を刈り込まれた短めの長編が多い。また、アイザック・アシモフ（アジモフ）による「ファウンデーション（銀河帝国の興亡）」シリーズの一作目を『千年計画』と改題して再録したときには、「ファウンデーション　省略版」と表記され、方針は一貫してはいなかったようだ。

＊9＝ケン・ビンモアは『ゲーム理論』（2007）の第2章「偶然」で、フォン・ノイマンが提唱したとされるのは、「ミニマックス（minimax）原理」ではなく「マキシミン（maximin）原理」と理解すべきだと指摘した。要するに不利益が最小になるように行動する指針とみなせる。

◉第2章

＊1＝日本での翻訳は中田耕治訳が1959年に出た。1970年には「世界SF全集」の第18巻として、ワイドスクリーン・バロックの傑作であるアルフレッド・ベスターの『虎よ、虎よ』とともに収録され、ディック作品でも名が知られていた。その後1986年に、『虚空の眼』の邦題で大瀧啓裕訳が出ている。ディックの代表的な長編を編纂したLOA（ライブラリー・オブ・アメリカ）の三冊本では、編者のジョナサン・レセムは、1961年の『高い城の男』以前の作品を含めなかったので入っていない。中期以降の作品に隠れがちであるが、『宇宙の眼』はディックの初期の長編でも重要な位置を占める。多くの評論家が参考にしてきたローレンス・スーティンによる評伝『複数の聖なる侵入』内の格づけでは、10点満点中7点を獲得していた（同点は『時は乱れて』、『アルファ系衛星の氏族たち』、『去年を待ちながら』、『ザップ・ガン』、『流れよわが涙、と警官は言った』、『死の迷路』、『聖なる侵入』）。ディック全作品のモチーフと相互関連を分析したアンドルー・バトラーも、五段階で星四つをつけて評価は高い。冷戦下でディックが関心を抱いた政治と神学の要素が露骨に組み込まれているせいなのだ。

＊2＝その後、反物質によってすべての物質が消滅せずに、なぜ物質世界が生成されたのかに関して、日本の小林誠と益川敏英が1973年に発表した理論により前進した。両者はノーベル物理学賞を受賞したが、その理論は、つくばにあるKEK（大学共同利用機関法人高エネルギー加速器研究機構）の周長3キロの加速器などによって実証されている。現在ヨーロッパには、国をまたがって設置された欧州原子核研究機構がもつ、全周27キロの大型ハドロン衝突型加速器が稼働している。たとえば、ダン・ブラウンの『天使と悪魔』（2000）では、その前身となった加速器により生み出された「反物質」が、神学的なシンボルとなっていた。素粒子物理学と神学を結びつける作品の系譜に『宇宙の眼』は含まれる。

＊3＝ウィル・ハーシー「米国が隠蔽した原爆投下の真実を暴露した、ジョン・ハーシーの『ヒロシマ』は永遠の必読書」『エスクワイア』公開日:2021/06/17（https://

www.esquire.com/jp/entertainment/book/a36416629/john-hersey-hiroshima/)

＊4＝ミセス・プリチェットとかミス・リースという表現を採用するが、その称号が、既婚や未婚への紋切り型の視線を表現している。プリチェットやリースの二人の行動が、「ミセス」や「ミス」がつけられる女性特有のものとする時代的、またディック自身の偏見もある。ハミルトンの妻マーシャはミセス・ハミルトンとは呼ばれない．

◉第３章

＊1＝この賞はSF作家ヒューゴー・ガーンズバックに由来する。ガーンズバックの代表作は、2660年を舞台にした『ラルフ124C41＋』（11）であり、雑誌編集者として1926年に世界最初の商業SF雑誌『アメージング・ストーリーズ』を創刊した。ラジオやテレビの商業放送を行ったことでも知られる。その功績を讃えて、1953年の世界SF大会（ワールドコン）で賞が創設され、一回目はアルフレッド・ベスターの『分解された男』が受賞した。ちなみに、60年にはハインラインの『宇宙の戦士』、61年にウォルター・M・ミラー・ジュニアの『黙示録3174年』､62年にハインラインの『異星の客』と問題作が受賞してきた。また、65年には、フランク・ハーバートの『デューン』が獲得している。

＊2＝『高い城の男』を、1965年に「ハヤカワ・SF・シリーズ」のために翻訳したのは川口正吉だった。川口はSF（E・E・スミスのレンズマンシリーズ）やミステリー（ヒラリー・ウォーなど）、さらに歴史ノンフィクションや評論などの分野で幅広く活躍した翻訳者である。奥付の主訳書一覧には、A・ドルーリ『アメリカ政治の内幕』があり、政治的な要素をもつディックの小説を訳せる適任者とみなされたのかもしれない。川口訳は、解釈を補うタイプのもので、原文からの逸脱さえ感じられる。しかも､『高い城の男』以前に､多重人格（解離性同一性障害）を扱った映画の原作本となる『イヴの３つの顔――一つの肉体に宿る三人の女性』や、『心の秘密 精神分析医の記録』を手掛けていた。そして、『高い城の男』とおなじ65年には、J・C・リリーの『人間とイルカ――異種間コミュニケーションのとびらをひらく』を出版している。リリーは､精神世界やＬＳＤと結びつく。その後、川口は71年にキューブラー・ロスの『死ぬ瞬間』を紹介して、これはベストセラーとなった。「臨死体験」とか「安楽死問題」ともつながり、ディックの『ユービック』などが扱う「半–死」の問題系と交差する。そうした川口の訳業の文脈でディックの全体像をとらえると日本受容に関して違った読みが生まれそうだ。

＊3＝いわゆる白人と黒人の混血におけるパッシングに関しては、フィリップ・ロスの『ヒューマン・ステイン』（2000）、ブリット・ベネットの『ひとりの双子』（2020）のように現在も書かれている。ワイマール共和国でのユダヤ人パッシングに関しては、Kerry Wallach, *Passing Illusions: Jewish Visibility in Weimar Germany*（University of Michigan Press 2017）を参照。

＊4＝「ガス室」はナチス･ドイツの発明に思われがちだが､すでにアメリカにおいて、精神疾患などを排除しようとする「優生学」がガス室の発想をとっていた。エドウィン･ブラックの『弱者に仕掛けた戦争　アメリカ優生学運動の歴史』（2003）

とりわけ第12章、第13章を参照。
＊5＝現在、美談の神話は解体され、列車内で発行したビザは5、6人分だとか、ソ連側の利益確保がユダヤ人の国内移動を容易にしたと判明している。福田恵介「杉原千畝が「命のビザ」を発給した本当の理由　親族の証言や一次資料で解き明かされた実像」https://toyokeizai.net/articles/-/407232を参照。
＊6＝https://www.jewishencyclopedia.com/articles/14506-tribes-lost-ten
＊7＝パイクはABCに番組をもち、全国規模の人気を得ていて、ディックとは比較にならないほどの著名人だった。パイクは息子の自殺などの契機もあり、神秘主義に傾倒し、最後に自殺にも等しい旅をおこなってイスラエルで死を遂げる。これは『ティモシー・アーチャーの転生』で、批判もまじえて描かれる。
＊8＝海外の小説での日本人名がときとして違和感を与えるのは、漢字表記との関係からである。トルーマン・カポーティの「ティファニーで朝食を」(58)に出てくる日系二世のカメラマンである「ユニオシ」も、そうした部類に入る。小説と映画を比較した村山瑞穂は、画家で写真も撮った国吉康雄がヒントになったのではないかと推測する(「『ティファニーで朝食を』の映画化にみる冷戦期アメリカの文化イデオロギー：日系アメリカ人Ｉ・Ｙ・ユニオシの改変を中心に」)。また、ブライアン・オールディスの『十億年の宴』は、ディックをピランデルロの系譜の作家という興味深い指摘をしていたが、『高い城の男』の言及で、誤記だろうが「タコミ(Takomi)」と表記していた。
＊9＝日本とハワイの関係には、明治維新以来深い因縁がある。最初の日本移民船が1968年にハワイ王国へ向かったことに始まり、長期の交流史をもつ。また、真珠湾攻撃をハワイで体験したＥ・Ｒ・バローズは、ターザンがインドネシアの抵抗勢力に参加して、日本軍と戦う『ターザンと外人部隊』を44年に執筆したが、版元に拒否された。結局、戦後の47年に自費出版の形で公表された。
＊10＝https://www2.yamanashi-ken.ac.jp/~itoyo/basho/letter/siyukyos.htm。また堀切実『俳道——芭蕉から芭蕉へ』を参照。

◉第4章
＊1＝Abraham Josephine Riesman “Digging Into the Odd History of Blade Runner’s Title” https://www.vulture.com/2017/10/why-is-blade-runner-the-title-of-blade-runner.html
＊2＝Daniel Valencia “BLADE RUNNER AND THE CYBERMEXIC ORGANISM: THE ERASURE OF MEXICANS IN SCIENCE FICTION FILM” (https://scholarworks.calstate.edu/downloads/8336h566b)
＊3＝《魔笛》でパパゲーナが魔法の鈴について歌う〈おおなんとすばらしい音だ〉の主題を使ったギター変奏曲をフェルナンド・ソルが完成させた。正確には《魔笛》のフランス翻訳版から引用した曲である。庵野秀明総監督の『ヱヴァンゲリヲン新劇場版：破』(2009)で、一種のアンドロイドであるレイと、創造者ともいえるゲンドウが食事をしている場面で、ソルの曲が流されるのは、ディックの作品との関係を踏まえると、かなり意味深に思える。
＊4＝イジドアが排除され、デッカードがおこなうのは、テストやスクリーニングだった。イジドアやアンドロイドへの差別は、そうした「客観的な数値やデータ」

に基づいている。「もうすぐ合格しそうだった」という知能テストの結果イジドアは「特殊」の範疇に入れられ、火星への移住などは不可能であり、プリスはイジドアを侮蔑的な「ピンボケ」と呼び、同棲を最初拒否する。彼は人間から差別されているアンドロイドに差別される対象となっているのだ。マーサー教にイジドアが帰依するのは、万物を平等に扱うという建前のせいだった。テストによる識別と差別と排除は、ディックにとって常に関心事だった。『火星のタイム・スリップ』では、「自閉症児」マンフレッドは施設に入れられるが、学校が識別する場所だった。『ジョーンズの世界』の実験施設内のミュータント、『アルファ系衛星の氏族たち』の衛星をまるごと病院施設のような「流刑地」とされる話がある。『フロリクス８から来た友人』では「新人」を識別するテストに受かることが職業選択の自由の獲得には不可欠だった。

＊５＝冷戦が抱える不安の代表となったUFO現象は、ユングによって、「円」は心的に完全なものの投影とみなされた。また、宇宙人の表象の変遷を、ポストモダンへの心性の変化とみなす議論もある（木原善彦『ＵＦＯとポストモダン』）。円盤型だけでなく、葉巻型などの存在もある。50年代には、ロバート・ワイズ監督の『地球の静止する日』（51）でもワシントン上空に空飛ぶ円盤が飛来し、人々をパニックに陥れ、野球場のそばに着陸した。宇宙人は友好的な存在だった。それを受けた島耕二監督の『宇宙人東京に現わる』（56）も岡本太郎がデザインをしたパイラル星人は、空飛ぶ円盤を乗りこなしていた。他方で、恐怖を掻き立てる存在としては、フレッド・シアーズ監督の『世紀の謎　空飛ぶ円盤地球を襲撃す』（56）があった。そして、日本では、のちに怪獣映画で活躍する関沢新一が監督した『空飛ぶ円盤恐怖の襲撃』（56）があり、M87星雲から飛来する宇宙人を描いた。関沢脚本の『宇宙大戦争』（59）が、空飛ぶ円盤の飛来に始まるのである。円盤を観察し、遭遇を求める脚本家の北村小松など著名人が参加した「日本空飛ぶ円盤研究会」が設立された。会員でもあった三島由紀夫は、葉巻型を目撃したとして、さらに『美しい星』(62)を書いた。とりわけ70年代は、空飛ぶ円盤が映像などで活躍した。ジェリー・アンダースン監督のテレビドラマ『謎の円盤UFO』（70）とスピルバーグ監督の映画『未知との遭遇』（77）をあげることができる。アニメの『宇宙円盤大戦争』（75）とそれを受けた『UFOロボ　グレンダイザー』（75）があり、アラブ圏などで人気を得た。また、『円盤戦争 バンキッド』（76-77）は、ブキミ星人との円盤対決がある。『UFO戦士ダイアポロン』（76）になると、もはや円盤ではなくなる。倉本聰は「うちのホンカン」（75）で北海道でのUFO騒動を描き、岡本喜八監督の『ブルークリスマス』（78）で、UFOが飛来して青い血をもつ人間が増える話だった。また、光瀬龍は、UFOの目撃ということで現代のビジネスマン、日野富子、エゼキエルなどを結びつける『宇宙のツァラトゥストラ』（78）を完成させた。あとがきで目撃体験が二度あるとまで記していた。冷戦における「ノスタルジー」と「第二次世界大戦の記憶」がそこにまつわっている。

＊６＝「待機員」（63）には、ニュース道化のジム・ブリスキンが出てきた。大統領の代行役をガス・シャツ（戦後アメリカ共産党の大立て者ガス・ホールを連想させる名である）から受け継いだマックス・フィッシャーは笑いもののネタだ

と考える。ところが、エイリアンの侵入により突然コンピュータの政治システムが故障したせいで、マックスは大統領の代行を務め、さらに支配権を維持する。凡人が権力を握ることの是非を問う内容になっている。そこでのニュース道化は、報道のためにインタビューをし、スクープをものにする。権力をおそれつつ、風刺や現実批判を伴っていた。

＊７＝イジドアが過失により猫を殺してしまう話は、禅の公案である無門関の十四則「南泉斬猫」にさえも通じる。三島由紀夫が『金閣寺』で繰り返し取りあげたことで知られる。

◉第５章

＊１＝Lee Konstatinou “The Eccentric Polish Count Who Influenced Classic SF's Greatest Writers”（https://gizmodo.com/the-eccentric-polish-count-who-influenced-classic-sfs-g-1631001935）

＊２＝ワーグナーやベルリオーズがだめにした音楽の水準を取りもどしたのが、現代音楽の作曲家シュトックハウゼンによる電子音楽《少年の歌》(55) だとバックマンは言う。現代批評に大きな影響を与えた「交差対句法（カイアズマス）」で書かれたダニエル書第三章をテクストに、五チャンネルで録音され、音が左右に走るのが今も刺激的である。録音テープを切り刻んで配列しなおすミュージック・コンクレートは、文章のカットアップともつながるコラージュ的な手法である。《少年の歌》は、ビートルズの《リボルバー》(66) 内の〈トゥモロー・ネバー・ノウズ〉や《ホワイトアルバム》(68) 内の〈レボリューション９〉のアレンジにヒントを与えた。とりわけ、〈トゥモロー・ネバー・ノウズ〉は、レノンのLSD体験を背景に、ティモシー・リアリーたちによる『チベットの死者の書　サイケデリック・バージョン』に基づく歌詞を採用しているので、ディックの関心にも近い。

＊３＝伊藤友計『西洋音楽の正体』第１章「モンテベルディ、1600年前後の音楽」参照。

＊４＝中尾真理「『ユリシーズ』第16挿話におけるブルームとスティーヴンの音楽談義」奈良大学紀要第49号（2023）参照。

＊５＝「人間以前（Pre-persons）」(74) の優生学的な世界をめぐってのジョアンナ・ラスやル・グウィンからの反発や非難が生じたことをディックは戸惑っていた。『空間亀裂』で妊娠中絶と貧困の関係を扱ったディックにとって、タブー視をしたくなかったとも思える。もちろん、ディックの視野が時代的ジェンダー的限界をもっているのは間違いない。

＊６＝https://www.scotiana.com/scottish-painting-the-vanguard-by-j-a-macwhirter-becomes-western-cattle-in-the-storm-on-us-postage-stamp/

◉最終章

＊１＝ポール・ウィリアムズの『フィリップ・K・ディックの世界』などを参照。

＊２＝ディックは、独自の神話体系となる『幻想録』(25) を書いたＷ・Ｂ・イェイツに傾倒していた。『火星のタイム・スリップ』で、運河のひとつを「ウィリアム・バトラー・イェイツ」と名づけたほどである。短編「レダと白鳥」(53) で

は、ギリシア神話の白鳥となったゼウスとレダの話を持ち出していた。『アンドロイドは電気羊の夢を見るか？』では、巻頭にイェイツの「しあわせな羊飼いの歌」からの引用があった。『聖なる侵入』では、やはり同じ詩からの引用がある。ただし、詩集では「寂しい羊飼い」が対になるように並べられている。双数的な存在をディックは忘れるはずものない。牧歌のイメージからは、電気化された羊とは牧師に導かれる哀れなキリスト教徒という含みもありえるのだ。また、東西冷戦の宇宙開発競争を踏まえて、時間旅行の失敗から、円環的時間内にとりこまれ、繰り返し失敗を演じるアメリカの時間飛行士たちがそこから内破して脱出するより死を選ぶ「時間飛行士へのささやかな贈物」(74) が書かれた。これさえも、イェイツが第一次世界大戦で亡くなった若いパイロットへの追悼として書いた「死を予知するアイルランドの飛行士」(19) をどこか連想させる。

＊3 =吉中孝志訳注『ヘンリー・ヴォーン詩集――光と平安を求めて』(広島大学出版会、2006) を随時参照した。

＊4 =ロマン派詩を専門とする今泉容子は、「英詩と映画における記憶：ワーズワスの「不死の暗示のオード」＆ヴェアホーヴェンの「トータル・リコール」」で、ワーズワスのオードとのつながりを語る。だが、今泉の指摘を待たなくても、ディック本人が意識していたのだ。また、ヴォーンを媒介してマーヴェルとワーズワスが結びつくことに関しては、吉中孝志『花を見つめる詩人たち――マーヴェルの庭とワーズワスの庭』(研究社、2017) が参考になる。

参考文献その他

■ディック関連■

◎ディック作品

★中短編集

The Collected Short Stories of Philip K. Dick (5 volumes) (Gateway, 2014)

仁賀克雄編訳『地図にない町』(早川書房、1976)、『ウォー・ゲーム』(朝日ソノラマ、1985)、『人間狩り』(筑摩書房、1991)、『宇宙の操り人形』(筑摩書房、1992)、『ウォー・ゲーム』(筑摩書房、1992)、『ウォー・ヴェテラン』(社会思想社、1992)

浅倉久志編訳、『悪夢機械』(新潮社、1987)、『模造記憶』(新潮社、1989)、『永久戦争』(新潮社、1993)、『マイノリティ・リポート』(早川書房、1999)、『シビュラの日』(早川書房、2000)、『ペイチェック』(早川書房、2004)

ディック傑作集四冊『パーキーパットの日々』(早川書房、1991)、『時間飛行士へのささやかな贈物』(早川書房、1991)、『ゴールデン・マン』(早川書房、1992)、『まだ人間じゃない』(早川書房、1992)

大森望編訳『アジャストメント』(早川書房、2011)、『トータル・リコール』(早川書

房、2012)、『変数人間』(早川書房、2013)、『変種第二号』(早川書房、2014)、『小さな黒い箱』(早川書房、2014)、『人間以前』(早川書房、2014)

★長編
LOA 三冊本
Philip K. Dick: Four Novels of the 1960s (LOA #173): The Man in the High Castle / The Three Stigmata of Palmer Eldritch / Do Androids Dream of Electric Sheep? / Ubik (Library of America, 2007)
Philip K. Dick: Five Novels of the 1960s & 70s (LOA #183): Martian Time-Slip / Dr. Bloodmoney / Now Wait for Last Year / Flow My Tears, the Policeman Said / A Scanner Darkly (Library of America, 2008)
Philip K. Dick: VALIS and Later Novels (LOA #193): A Maze of Death / VALIS / The Divine Invasion / The Transmigration of Timothy Archer (Library of America, 2009)

*

[原書発行順]
Solar Lottery (Gateway, 2010)
Three Early Novels: The Man Who Japed, Dr. Futurity, Vulcan's Hammer (Gollancz, 2013)
Eye In The Sky (Gateway, 2010)
The Simulacra (Gateway, 2010)
The Zap Gun (Gateway 2011)
Galactic Pot-Healer (Gateway 2010)
Confessions of a Crap Artist (Gateway 2010)
Radio Free Albemuth (Mariner Books Classics, 2020)
The Broken Bubble (Gateway, 2014)
Gather Yourselves Together (Gateway, 2014)
Voices from the Street (Gateway, 2014)

[原書発行順]
『偶然世界』小尾芙佐訳(早川書房、1977)、『ジョーンズの世界』白石朗訳(東京創元社、1990)、『いたずらの問題』大森望訳(早川書房、2018)、『虚空の眼』大瀧啓裕訳(東京創元社、1991)、『宇宙の眼』中田耕治訳(早川書房、2014)、『時は乱れて』山田和子訳(早川書房、2014)、『未来医師』佐藤龍雄訳(東京創元社、2010)、『ヴァルカンズ・ハマー』荒川水路訳(Kindle, 2014)、『ヴァルカンの鉄槌』佐藤龍雄訳(東京創元社、2015)、『高い城の男』川口正吉訳(早川書房、1965)、『高い城の男』浅倉久志訳(早川書房、1984)、『タイタンのゲーム・プレーヤー』大森望訳(早川書房、2020)、『火星のタイム・スリップ』小尾芙佐訳(早川書房、1980)、『シミュラクラ〔新訳版〕』山田和子訳(早川書房、2017)、『最後から二番目の真実』佐藤龍雄訳(東京創元社、2007)、『アルファ系衛星の氏族たち』友枝康子訳(東京創元社、1992)、『パーマー・エルドリッチの三つの聖痕』浅倉久志訳(早川書房、1984)、『ブラッドマネー博士』阿部重夫・阿部啓子訳(サンリオ、1987)、『ドクター・ブラッドマネー　博士の血の贖い』佐藤龍雄訳(東京創元社、2005)、『空間亀裂』佐藤龍雄訳(東京創元社、

2013)、『去年を待ちながら〔新訳版〕』山形浩生訳（早川書房、2017)、『ライズ民間警察機構』森下弓子訳（東京創元社、1998)、『ザップ・ガン』大森望訳（早川書房、2015)、『逆まわりの世界〔改訳版〕』小尾芙佐訳（早川書房、2020)、『ガニメデ支配』佐藤龍雄訳（東京創元社、2014)、『アンドロイドは電気羊の夢を見るか？』浅倉久志訳（早川書房、1977)、『ユービック』浅倉久志訳（早川書房、1978)、『銀河の壺直し』汀一弘訳（サンリオ、1983)、『銀河の壺なおし〔新訳版〕』大森望訳（早川書房、2017)、『フロリクス8から来た友人』大森望訳（早川書房、2019)、『死の迷路』山形浩生訳（早川書房、2016)、『あなたを合成します』阿部重夫訳（サンリオ、1985)、『あなたをつくります』佐藤龍雄訳（東京創元社、2002)、『流れよわが涙、と警官は言った』友枝康子訳（早川書房、1989)、『ジャック・イジドアの告白』阿部重夫訳（早川書房、2017)、『暗闇のスキャナー』山形浩生訳（東京創元社、1991)、『スキャナー・ダークリー』浅倉久志訳（早川書房、2005)、『ヴァリス』大瀧啓裕訳（東京創元社、1990)、『ヴァリス〔新訳版〕』山形浩生訳（早川書房、2014)、『聖なる侵入』大瀧啓裕訳（東京創元社、1990)、『聖なる侵入〔新訳版〕』山形浩生訳（早川書房、2015)、『ティモシー・アーチャーの転生』大瀧啓裕訳（東京創元社、1997)、『ティモシー・アーチャーの転生〔新訳版〕』山形浩生訳（早川書房、2015)、『アルベマス』大瀧啓裕訳（東京創元社、1995)、『メアリと巨人』菊池誠・細美遙子訳（筑摩書房、1992)、『市に虎声あらん』阿部重夫訳（早川書房、2020)。

★ノンフィクションなど

Jonathan Lethem & Pamela Jackson (eds.) ,*The Exegesis of Philip K Dick* (Gollancz, 2012)

D. Scott Apel (ed.). *Philip K. Dick: The Dream Connection* (The Impermanent Pres, 2014)

ピーター・ニコルズ編『解放されたSF／SF連続講演集』浅倉久志他訳（東京創元社、1981)〔ディック「人間とアンドロイドと機械」所収〕

P・K・ディック『P・K・ディックの最後の聖訓　ラスト・テスタメント』阿部秀典訳（ペヨトル工房、1990)

ポール・ウィリアムズ編『フィリップ・K・ディックの世界』小川隆訳（河出書房新社、2017)

◎ディックに関する評伝や評論など

R. D. Mullen (ed.). *On Philip K. Dick: 40 Articles from Science-Fiction Studies* (SF-TH Inc, 1992)　[OnPKDと略]

Lawrence Sutin. *Divine Invasions: A Life of Philip K. Dick* (Gollancz, 2006)

Greg Egan. *Diaspora: The dark, post-apocalyptic thriller perfect for fans of BLACK MIRROR and Philip K. Dick* (Gollancz, 2010)

Laurence A. Rickels. *I Think I Am: Philip K. Dick* (University of Minnesota Press, 2010)

Umberto Rossi. *The Twisted Worlds of Philip K. Dick: A Reading of Twenty Ontologically Uncertain Novels* (McFarland, 2011)

Andrew Butler. *Philip K. Dick* (Pocket Essentials, 2012)

Anthony Peake. *A Life of Philip K. Dick: The Man Who Remembered the Future* (Arcturus, 2013)

Alexander Dunst & Stefan Schlensag (eds.). *The World According to Philip K. Dick* (Palgrave Macmill, 2015)〔巽孝之「タゴミ氏の惑星」所収〕
Kyle Arnold. *The Divine Madness of Philip K. Dick* (Oxford UP, 2016)
Brian J. Robb. *Counterfeit Worlds: The Cinematic Universes of Philip K. Dick* (Polaris, 2023)
三田格編著『あぶくの城』(北宋社、1983)
『悪夢としてのＰ・Ｋ・ディック』(サンリオ、1986)
『ユリイカ　特集　Ｐ・Ｋ・ディック以降』(1987 年 11 月号)
『銀星倶楽部 12 号』(ペヨトル工房、1989)〔後藤将之「フィリップ・K・ディックの社会思想」所収〕
『ユリイカ　特集　Ｐ・Ｋ・ディックの世界』(1991 年 1 月号)
『フィリップ・K・ディック・リポート』(早川書房、2002)〔東浩紀「神はどこにいるのか：断章」所収〕
ダヴィッド・ラプジャード『壊れゆく世界の哲学――フィリップ・K・ディック論』堀千晶訳（月曜社、2023)

※ディック作品の翻訳状況に関しては、Tinokuknoi A. による「サイト・キップル site KIPPLE」が網羅的なデータを掲載している。(http://pkd.jpn.org/)
雨宮孝による「ameqlist 翻訳作品集成 (Japanese Translation List)」も詳細なデータを挙げている。(https://ameqlist.com/)
［どちらのサイトも労作であり、本書執筆中も大いに参考にさせていただきました。最大限の謝辞を捧げたいと思います。］

■その他の参考文献■

Aldiss, Brian. *Billion Year Spree: History of Science Fiction* (Corgi, 1975)
Barnhisel,Greg. *Cold War Modernists: Art, Literature, and American Cultural Diplomacy* (Columbia UP, 2024)
Baudrillard, Jean. *Simulacra and Simulation Sheila Faria Glaser* (tr.) (University of Michigan Press, 1994)〔邦訳　『シミュラークルとシミュレーション』竹原あき子訳（法政大学出版局、1984 年)〕
Belletto, Steven. *No Accident, Comrade: Chance and Design in Cold War American Narratives* (Oxford UP, 2011)
Belletto, Sreven. “The Game Theory Narrative and the Myth of the National Security State” *American Quarterly*, 61:2 (2009)
Bould, Mark, Andrew Butler, Adam Roberts, Sherryl Vint (eds.). *Fifty Key Figures in Science Fiction* (Routledge, 2009)
Chapman, Rob. *Psychedelia and Other Colours* (Faber& Faber, 2015)
Durr, R.A.. *Poetic Vision and the Psychedelic Experience* (Syracuse UP , 1970)
Hall, Edith. *The Return of Ulysses : A Cultural History of Homer’s Odyssey*, Johns Hopkins UP, 2008)
Hartwell, David G.& Kathryn Cramer (eds.). *The Space Opera Renaissance* (Forge, 2006)
I Ching or Book of Changes Cary F. Bayes (tr.). (Bollingen Foundation Inc., 1950)

Keene, Donald (ed.). *Anthology of Japanese Literature Volume One* (Grove Press, 1955)
McFarlane, Anna, Graham J. Murphy, Lars Schmeink (eds.). *Fifty Key Figures in Cyberpunk Culture* (Routledge, 2022)
Roberts, Adam. *The History of Science Fiction* (Palgrave Macmillan, 2016)
Seed, David. *Very Short Introductions: Science Fiction* (Oxford UP, 2011)
Shaw, Patrick W. and Patrick A. Shaw "Huck's Children: the Contemporary American Picaro" *Mark Twain Journal* 21:4 (1983)
Short, John Rennie et al. "The Decline of Inner Suburbs: New Suburban Gothic in the United States" *Geography Compass* 1:3 (2007)
Solomon, David (ed,) *LSD The Consciousness-Expanding Drug* (G.P. Putnam's Sons, 1964)
Suzuki, Daisez T. *Zen and Japanese Culture* (Bollingen Foundation Inc., 1959)
Vint, Sherryl. *Science Fiction A Guide for the Perplexed* (Bloomsbury, 2014)
Vint, Sherryl. *Science Fiction* (The MIT Press, 2021)
Wallach, Kerry. *Passing Illusions: Jewish Visibility in Weimar Germany*（University of Michigan Press 2017）
West, Nathanael. *The Day of the Locust* (Green Light, 2011)
West, Nathanael. *A Cool Million, or, The Dismantling of Lemuel Pitkin* (Green Light, 2011)
Ward Moore. *Bring the Jubilee* (Farrar, Straus and Young, 1953)
イェイツ、W・B・『幻想録』島津彬郎訳（パシフィカ、1978）
ウェスタッド、O・A・『冷戦 ワールド・ヒストリー（上・下）』益田実・山本健・小川浩之訳（岩波書店、 2020）
ウェスト、ナサニエル『孤独な娘』丸谷才一訳（岩波書店、2013）
カイヨワ、ロジェ『戦争論　われわれの内にひそむ女神ベローナ』秋枝茂夫訳（法政大学出版局、2013）
カイヨワ、ロジェ『妖精物語からＳＦへ』三好郁朗訳（サンリオ、1978）
カイヨワ、ロジェ『遊びと人間』多田道太郎・塚崎幹夫訳（講談社、1990）
ジーター、K・W・『ブレードランナー２』浅倉久志訳（早川書房、1996）
スーヴィン、ダルコ編『遙かな世界　果てしなき海』深見弾、関口時正訳（早川書房、1979）
ビンモア、ケン『ゲーム理論』海野道郎・金澤悠介訳（岩波書店、2010）
ブラック、エドウィン『弱者に仕掛けた戦争　アメリカ優生学運動の歴史』貴堂嘉之監修、西川美樹訳（人文書院、2022）
ベルジュラック、シラノ・ド『日月両世界旅行記』赤木昭三訳 (岩波書店、2005)
ポオ、E・A・『ポオのＳＦ〈１〉』八木敏雄訳（講談社、1979）
ボードリヤール、ジャン『象徴交換と死』今村仁司・塚原史訳（筑摩書房、1992）
ユング、C・G『空飛ぶ円盤』松代洋一訳（筑摩書房、1993）
ミルズ、C・ライト『ホワイト・カラー――中流階級の生活探究』杉政孝訳（東京創元社、1971）
『チベットの死者の書――原典訳』川崎信定訳 (筑摩書房、1993)
リアリー、ティモシー『「チベットの死者の書」サイケデリック・バージョン』菅靖彦訳（八幡書店、1994）

リースマン、デイヴィッド『孤独な群衆』加藤秀俊訳（みすず書房、1964）
リンド、R・S・&H・M・リンド『ミドゥルタウン』中村八朗訳（青木書店、1990）
レム、スワニスワム『高い城・文学エッセイ（スタニスワフ・レム コレクション）』沼野充義・巽孝之・芝田文乃・加藤有子・井上暁子訳（国書刊行会、2004）
伊藤友計『西洋音楽の正体』（講談社、2021）
今泉容子「英詩と映画における記憶——ワーズワスの「不死の暗示のオード」&ヴェアホーヴェンの「トータル・リコール」」『文藝言語研究・文藝篇』26号（1994）
大場正明『サバービアの憂鬱 ——「郊外」の誕生とその爆発的発展の過程』（KADOKAWA、2023）
木原善彦『ＵＦＯとポストモダン』（平凡社、2006）
小林誠編著『宇宙はなぜ物質でできているのか——素粒子の謎とＫＥＫの挑戦』（集英社、2021）
鈴木大拙『禅と日本文化』北川桃雄訳（岩波書店、1964）
巽孝之『パラノイドの帝国——アメリカ文学精神史講義』（大修館書店、2018）
田村隆一『田村隆一全詩集』（思潮社、2000）
中尾真理「『ユリシーズ』第16挿話におけるブルームとスティーヴンの音楽談義」『奈良大学紀要』第49号（2023）
藤永茂『ロバート・オッペンハイマー——愚者としての科学者』（筑摩書房、2021）
堀切実　『俳道 芭蕉から芭蕉へ』（富士見書房、1990）
村山瑞穂「『ティファニーで朝食を』の映画化にみる冷戦期アメリカの文化イデオロギー——日系アメリカ人Ｉ・Ｙ・ユニオシの改変を中心に」『紀要 言語・文学編』39号（2007）
山内志朗『普遍論争——近代の源流としての』（平凡社、2008）
吉中孝志編注『ヘンリー・ヴォーン詩集——光と平安を求めて』（広島大学出版会、2006）
吉中孝志『花を見つめる詩人たち——マーヴェルの庭とワーズワスの庭』（研究社、2017）

【著者】

小野俊太郎
（おの　しゅんたろう）

文芸・文化評論家
1959年、札幌生まれ。
東京都立大学卒、成城大学大学院博士課程中途退学。成蹊大学などでも教鞭を執る。
著書に『モスラの精神史』（講談社現代新書）、『大魔神の精神史』（角川 one テーマ21新書）、『〈男らしさ〉の神話』（講談社選書メチエ）、『社会が惚れた男たち』（河出書房新社）、『日経小説で読む戦後日本』（ちくま新書）、『ハムレットと海賊』（松柏社）、『スター・ウォーズの精神史』『ゴジラの精神史』、『新ゴジラ論』『フランケンシュタインの精神史』『ドラキュラの精神史』（以上、彩流社）、『シェイクスピア劇の登場人物も、みんな人間関係に悩んでいる』、『シェイクスピアの戦争』、『［改訂新版］ピグマリオン・コンプレックス』『ガメラの精神史』、『快読　ホームズの『四つの署名』』、『『アナと雪の女王』の世界』、『「クマのプーさん」の世界』、『『トム・ソーヤーの冒険』の世界』、『エヴァンゲリオンの精神史』（以上、小鳥遊書房）など多数。

P・K・ディックの迷宮世界

世界を修理した作家

2024年12月25日　第1刷発行

【著者】
小野俊太郎

発行者：高梨 治
発行所：株式会社小鳥遊書房
〒102-0071　東京都千代田区富士見1-7-6-5F
電話 03-6265-4910（代表）／FAX 03-6265-4902
https://www.tkns-shobou.co.jp
info@tkns-shobou.co.jp

装幀　宮原雄太（ミヤハラデザイン）
印刷　モリモト印刷株式会社
製本　株式会社村上製本所
ISBN978-4-86780-063-8　C0098